0,80

PATRICIA WENTWORTH

Die anonymen Briefe

Buch

In dem kleinen Ort Tilling Green kennt jeder jeden. Die eingeschworene Dorfgemeinschaft lebt auf engstem Raum zusammen; da bleibt nicht das Geringste unbeobachtet, und die Gerüchteküche brodelt – besonders um das Herrenhaus, in dem die Reptons leben. Eines Tages wird die dörfliche Routine durch einen anonymen Briefeschreiber empfindlich gestört, der nicht nur unschöne Dinge behauptet, sondern auch handfeste Drohungen ausspricht. Die junge Kindergärtnerin Doris Pell treiben die Anschuldigungen sogar in den Selbstmord. Kurz nachdem bekannt wird, dass ihre Kollegin Connie Brooks den Verfasser der Briefe zu kennen glaubt, kommt auch sie unter mysteriösen Umständen zu Tode. Die Ereignisse überschlagen sich: Eine Hochzeit im Herrenhaus wird abgesagt, der Außenseiter des Dorfes als Täter verdächtigt und zum Entsetzen aller eine weitere Leiche gefunden. Miss Silver, die sich als Feriengast getarnt in Tilling Green aufhält, beginnt zu ermitteln – und gerät selbst in Gefahr …

Autorin

Patricia Wentworth (alias Dora Amy Elles) ist mit ihren klassischen englischen Miss-Silver-Romanen *die* Wiederentdeckung unter den großen »Ladies of Crime«. 1878 in Indien geboren, ließ sie sich nach dem Tod ihres ersten Mannes in Camberley, England, nieder. Nach historischen Romanen schrieb sie 1923 ihren ersten Krimi, dem im Laufe der Zeit 70 weitere folgen sollten. Ihre bekannteste Heldin ist Miss Silver, die in 31 Romanen die Hauptrolle spielte. Als reizende alte Dame mit scharfer Kombinationsgabe hilft sie Scotland Yard bei der Lösung von Kriminalfällen und wurde damit zu einem der bekanntesten Vorbilder für Agatha Christies Miss Marple. Patricia Wentworth starb 1961.

Von Patricia Wentworth außerdem im Goldmann Verlag erschienen:

Die Hand aus dem Wasser. Roman (1102) · Der Alington-Fluch. Roman (5267) · Die Schatulle. Roman (5917) · Tod im Sommerhaus. Roman (5946) · Der chinesische Schal. Roman (5959) · Eine Tote kehrt zurück. Roman (5997) · Die Frau in Schwarz. Roman (5279) · Miss Silver bleibt länger. Roman (5284)

Patricia
Wentworth

Die anonymen Briefe

Roman

Aus dem Englischen von
Bodo Baumann

GOLDMANN

Die Originalausgabe erschien 1957 unter dem Titel
»Poison in the Pen«.

Umwelthinweis:
Alle bedruckten Materialien dieses Taschenbuches
sind chlorfrei und umweltschonend.
Das Papier enthält Recycling-Anteile.

Taschenbuchausgabe September 2000

Umschlaggestaltung: Design Team München
Umschlagfoto: Tony Stone/Myron
Satz: deutsch-türkischer fotosatz, Berlin
Druck: Elsnerdruck, Berlin
Krimi: 5283
Lektorat: Julia Eisele
Herstellung: Max Widmaier
Made in Germany
ISBN 3-442-05283-1

3 5 7 9 10 8 6 4 2

KAPITEL 1

Mit einem Blick, wie man ihn zuweilen bei liebevollen Tanten beobachtet, die einen wohlgeratenen Neffen bei sich empfangen, betrachtete Miss Silver den jungen Mann. Frank Abbott beugte sich vor, um die Tasse Tee, die sie ihm eingegossen hatte, entgegenzunehmen. Obwohl er weder ein enger noch weitläufiger Verwandter, sondern Detektivinspektor von Scotland Yard war, verlebte er bei ihr seinen freien Sonntagnachmittag. Seinen Beruf sah man ihm schwerlich an. Er hätte bei der Armee oder bei der Marine dienen, im diplomatischen Dienst oder als praktizierender Anwalt tätig sein können. Im Übrigen zeichnete er sich durch eine dezente und hübsche Garderobe von höchst bemerkenswertem Zuschnitt aus, und seine hoch gewachsene, schlanke Gestalt passte sich mit einer Leichtigkeit, die von langer Übung kam, den Schnörkelformen von Miss Silvers gedrechselten Walnusssesseln an. Sie waren trotz ihrer klotzigen Lehnen und klobigen Aufsätze viel bequemer, als sie aussahen. Seine kühlen, hellen Augen in seinem blassen, unregelmäßigen Gesicht erwärmten sich sichtlich, als ihr Blick auf seiner Gastgeberin ruhte. Er bewunderte sie – »verehren« wäre sein Wort dafür gewesen. Sie war unterhaltsam, amüsant, lehrhaft, eine nie versiegende Quelle der Heiterkeit für einen humorbegabten Mann wie ihn, doch selbst in seinen respektlosesten Momenten blickte er immer noch zu ihr auf.

Sie lächelte ihn nun an und erkundigte sich, ob er einen schönen Urlaub gehabt habe.

»Sie haben doch einen Teil davon in Ledshire verbracht,

nicht wahr? Die Ansichtskarten, die Sie mir schickten, haben eine Reihe von Erinnerungen in mir wieder erweckt. Jene vom Marktplatz in Ledlington …«

Er lachte.

»Ist die Ansicht von Sir Alberts Hosen nicht prächtig?«

Da das Denkmal von Sir Albert Dawnish, das den erwähnten Platz beherrscht, zu Englands bekanntesten Scheußlichkeiten gehört, mochte das Miss Silver nicht weiter vertiefen. Stattdessen bemerkte sie, dass die Dawnish-Supermärkte inzwischen zu einer nationalen Institution geworden seien und dass Ledlington, wenn nicht die ganze Grafschaft, von der Großzügigkeit seines Steueraufkommens nur profitiert hätten. Worauf sie wieder auf ihre Frage nach dem Urlaub zurückkam.

»Haben Sie die Marches gesehen?«

»Ich war dort in Begleitung meiner Kusinen, die zu einer Cocktailparty eingeladen worden waren. Ich wurde dem Chefkonstabler, der schönen Rietta und deren Sohn und Erben vorgestellt. Auch die kleine Tochter lernte ich kennen. Sie wurde mit den Drinks herumgereicht. Ein sehr verblüffendes Kind. Sie steckte mir die Faust ins Auge und sagte: ›Gooo!‹«

Miss Silver strahlte:

»Sie waren so entzückt, als sie auch noch ein kleines Mädchen bekamen. Einzelkinder sind ein großer Fehler. Haben Sie die ganze Zeit über bei Ihren Kusinen gewohnt?«

»Bei den Kusinen? Ja – aber nicht die ganze Zeit bei den gleichen. Ich habe mir nie gemerkt, wie viele Kinder meine Großeltern in die Welt setzten, aber sie scheinen ziemlich gleichmäßig über Großbritannien verteilt zu sein. Ein paar abenteuernde Nachkommen hat es auch ins Commonwealth und die Vereinigten Staaten verschlagen. Da sie durchweg verträgliche und gastfreundliche Leute sind, brauchte ich nie Hotelrechnungen zu bezahlen, und kein Urlaub wird teuer. Diesmal habe ich drei abgegrast und am Schluss auch noch Joyce

Rodney, obwohl sie eigentlich nur eine Stiefkusine ist; aber dafür waren wir umso bessere Freunde.«

Er griff nach einem von Hannahs federleichten Hörnchen, die sie mit sündhaft viel Butter und Honig befrachtete.

»Ja?«, fragte Miss Silver mit gemäßigter Neugier, während sie ihm Tee nachschenkte.

Er lachte.

»›Ja‹ – wahrhaftig, so ist es, obwohl ich nie darauf komme, wie Sie das erraten. Ich würde gern mit Ihnen über diese Sache reden, die Joyce bedrückt.«

Sie lehnte sich in dem Sessel zurück, der das weibliche Gegenstück zu Abbotts Sitzgelegenheit bildete. Wie viele seltsame Geschichten dieses beschauliche Zimmer schon gehört hatte, dachte sie. Die viktorianischen Stiche an den Wänden – *Hope, The Black Brunswicker, The Soul's Awakening* –, die altmodischen Möbel, alles reproduzierte die Atmosphäre einer älteren und geruhsameren Zeit, ehe das Flugzeug die Länder dieser Welt so eng zusammenrückte, dass sie entweder lernen mussten, friedlich miteinander auszukommen oder in einem lodernden Finale ihr Ende zu finden. Teppiche und Vorhänge wiederholten so originalgetreu wie möglich Farbe und Muster der Stoffe, die ursprünglich zu diesen Möbeln gehörten – ein überwiegend strahlendes Pfauenblau, das durch die in den Teppich eingewebten pinkfarbenen und gelben Blumensträußchen abgewandelt wurde. Der nüchterne Schreibtisch und die zahllosen Fotos, die auf dem Kaminsims, den Bücherschränken und Beistelltischen kaum noch Platz fanden, legten Zeugnis ab von dem Beruf, der diesen bescheidenen Wohlstand erschaffen hatte.

Eine Zeit lang war Miss Silver im »Lehramt« tätig gewesen, wie sie es zu bezeichnen pflegte, wenngleich sie in Wahrheit nur eine Anstellung als Gouvernante mit der trüben Aussicht fand, ihr ganzes Leben in fremden Häusern verbringen zu müssen, bis sie sich mit gezwungenermaßen kärglichen Ersparnissen statt einer Pension zur Ruhe setzen durfte. Dass sich ihr eines Tages eine andere Karriere eröffnete, betrachtete sie als glückliche Fügung. Als Privatdetektivin wurde sie für einen sich ständig erweiternden Kreis von Kunden zu einem Begriff, hatte sie ihr bequemes Auskommen, ihre eigene Wohnung, gewisse Annehmlichkeiten und die Unterstützung von Hannah Meadows, ihrer anhänglichen Haushälterin. Sie hatte eine Menge ihr treu ergebener Freunde. Das bewiesen die Fotos in den Rahmen aus Silber, Plüsch oder Silberfiligran auf Plüsch.

Viele verängstigte Leute hatten dort gesessen, wo Frank Abbott jetzt saß. Die Wände dieses beschaulichen Zimmers waren Zeugen so mancher stammelnd hervorgebrachter Bekenntnisse geworden, bedrängter Tugend, entlarvter Verbrechen, einer gewissermaßen im viktorianischen Rahmen waltenden Gerechtigkeit. So empfand es Frank, und im Bewusstsein dieser Tatsache sagte er:

»Joyce hat sich vor kurzem in Tilling Green niedergelassen. Sie ist Witwe. Ihr Mann war für eine der großen Ölgesellschaften im Mittleren Osten tätig gewesen, aber er starb. Er hat ihr ein kränkliches Kind, aber kein Vermögen hinterlassen. Da sie keine näheren Verwandten hat, nahm sie das Angebot einer entfernt verwandten, ältlichen Tante an, zu ihr nach Tilling zu ziehen.«

»Ja?«, sagte Miss Silver abermals.

»Sie hatte ihr so freundlich geschrieben – Joyce sagte, der Brief sei ihr wie ein Geschenk des Himmels ins Haus geflattert. Sie hätte sich doch nur mit Heimarbeiten etwas Geld verdienen können, weil das Kind pflegebedürftig ist. Miss Wayne bot ihr ein Heim und ein kleines Gehalt, wenn sie sich im Haushalt betätigte, an. Nun ist ihr ganzer Tag damit ausgefüllt, zu kochen, zu schrubben, die Hühner zu versorgen et cetera. Aber sie beklagt sich nicht, solange es dem Kind bekommt.«

Miss Silver griff nun, nachdem sie ihren Tee getrunken hatte, zu einem mit bunten Blumen gemusterten Strickbeutel. Sie entnahm ihm vier Stricknadeln mit einer Reihe von Maschen aus zartblauer Wolle, aus denen ein Geburtstagsgeschenk für die Tochter ihrer Nichte Ethel Burkett entstehen sollte, ein Pullover für die kleine Josephine, die im nächsten Monat sieben Jahre alt wurde. Miss Silver hatte das Talent, beim Stricken konzentriert zuhören zu können. Und während sich die Nadeln rhythmisch und schnell knapp über ihrem Schoß bewegten, sagte sie mit ihrer angenehmen Stimme:

»Aber etwas belastet sie.«

Er nickte. »Sie bekommt anonyme Briefe.«

»Mein lieber Frank!«

»So etwas ist immer unangenehm, und keiner weiß besser als Sie, dass das ein Symptom für etwas sehr Hässliches sein kann.«

»Was steht in diesen Briefen?«

Er hob eine Hand und ließ sie wieder fallen.

»Sie hat sie zerrissen – der übliche Instinkt, sich von etwas Scheußlichem zu befreien.«

»Aber ich nehme doch an, dass sie Ihnen eine ungefähre Vorstellung von dem Inhalt gegeben hat.«

»Einer von ihnen bezog sich auf ihren Mann. Er starb ziemlich plötzlich – an einem Herzschlag, glaube ich. Der Brief war eine Unterstellung, dass er nicht auf natürliche Weise gestorben sei. Der zweite – sie hat zwei anonyme Briefe erhalten – behauptete, sie sei nur nach Tilling gekommen, um sich ›wieder einen Mann zu angeln‹.«

»Du meine Güte!«, erlaubte sich Miss Silver zu bemerken und fügte dann hinzu:

»Hat sie sich Miss Wayne anvertraut?«

»Sie hat es keinem anvertraut – nur mir. Sie wissen ja, welche schrecklichen Ausdrücke in solchen Briefen verwendet werden. Sie verspritzen das reinste Gift. Miss Wayne ist eine affektierte, unscheinbare Person, die nicht einmal ›buh‹ zu einer Gans sagen könnte. Sie hatte aber eine ältere Schwester, die vor ein paar Monaten gestorben ist. Ich gewann den Eindruck, dass die Schwester es damals war, die Joyce den Brief schrieb, und sie nach Willow Cottage einlud. Als die ältere Schwester war sie die tonangebende Person im Haus gewesen. In der Erinnerung des Dorfes wird sie immer als ›Miss Wayne‹ lebendig bleiben, während die jüngere Schwester sich wohl bis zum Ende ihrer Tage mit dem Titel ›Miss Renie‹ abfinden muss.«

Miss Silver hüstelte.

»Gibt es jemand, der Mrs. Rodney anfeindet oder einen Grund hat, ihre Anwesenheit in Tilling zu missbilligen?«

»Ich kann mir nicht vorstellen, weshalb jemand Joyce hassen sollte. Sie gehört zu jener Sorte von Frauen, die überall gut ankommen: ein gefälliges Aussehen, aber keine Schönheit; klug, aber keine echte Intelligenz. Tatsächlich hat sie keine extremen Eigenschaften, die eine Feindschaft herausfordern könnten, wie sie sich in den Briefen widerspiegelt. Die Leute haben doch eher Mitleid mit einer jungen Witwe. Sie trägt ihre Trauer nicht wie ein Schild vor sich her, hat ihren Mann sehr geliebt und ist rührend zu ihrem kleinen Sohn. Miss Wayne, die schon eine Ewigkeit dort wohnt, kennt jeden im Dorf und in der Nachbarschaft. Joyce sagt, sie wären alle ganz reizend zu ihr gewesen.«

Miss Silvers Blick ruhte gütig auf ihrem Gast.

»Sie sagten, Miss Wayne habe keine Kenntnis von diesen Briefen?«

»Oh, nein. Sie ist eine schüchterne Person – sie würde sich nur schrecklich darüber aufregen.«

»Hat Mrs. Rodney irgendeinen Verdacht?«

»Nicht einen Schimmer.«

»Und Sie?«

Seine farblosen Augenbrauen wölbten sich.

»Mein Besuch dort dauerte vier Tage. Ich habe an einem Wohltätigkeits-Bazar im Rathaus teilgenommen und wurde anschließend einer Reihe von Leuten vorgestellt, die den Bazar nicht besucht hatten. Wir wurden ins Herrenhaus zum Tee eingeladen. Ich habe keinen Anlass, den Vikar, den Küster oder eine der achtbaren Ladies in den besten Jahren und darüber, die den Kirchenvorstand bilden, zu verdächtigen. Tatsächlich habe ich nicht den geringsten Grund, überhaupt jemanden zu verdächtigen – wie sollte ich auch?«

Ihr Blick blieb nachdenklich auf Abbott gerichtet.

»Solche Dinge hängen nicht immer von Gründen ab.«

In seinen Augen blitzte die Spottlust auf.

»Weibliche Intuition? Ich fürchte, da kann ich nicht mithalten! Ich kenne zwar nicht die genauen Ziffern für das laufende Jahr, doch grob geschätzt leben in diesem Land zwei Millionen mehr Frauen als Männer. Was für ein bestürzender Gedanke, wenn man sich vorstellt, dass sie alle tagein, tagaus diesem schrecklichen Talent frönen!«

Miss Silver überlegte inzwischen, dass ihr Gast kaum etwas Konkretes berichtet hatte. Sie sagte nachdenklich:

»Ein Wohltätigkeits-Bazar – die Gemeinde, die sich sonntags zum Gottesdienst versammelt – das Herrenhaus – eigentlich sind Sie ganz schön im Dorf herumgekommen. Was ist das für eine Familie, die das Herrenhaus bewohnt?«

Er warf ihr einen anerkennenden Blick zu. »Wie Sie eben sagten – ich kam ganz schön herum. Also, der Besitz ist sehr alt, und die Familie, dem er gehört, ist fast ebenso alt. Ursprünglich gehörte er den Deverells, doch irgendwann im letzten Jahrhundert starb der männliche Zweig aus, und der Besitz fiel einem gewissen Repton zu, der mit der Erbin verheiratet war. Dieser weigerte sich, seinen Namen zu ändern, also saßen dort fortan die Reptons. Sie kamen prächtig damit zurecht, bis vor ungefähr dreißig Jahren der Besitz abermals geteilt wurde. Die direkte Erbfolge endete mit einer Frau, die mit dem ganzen Bargeld abgefunden wurde, während der Grundbesitz an einen Vetter fiel, einen gewissen Colonel Roger Repton, der ihn heute noch verwaltet. Der Arme muss jeden Penny umdrehen und darf als Vormund für die Tochter der inzwischen verstorbenen Erbin fungieren, die das ganze Bargeld bekommen hatte. Das Mündel heißt Valentine Grey, ein sehr attraktives Wesen, das am Rand einer Verehelichung mit einem gewissen Gilbert Earle herumflattert, der im Auswärtigen Amt beschäftigt ist, vermutlich der nächste Lord Brangston sein wird und das Geld, das sie mit in die Ehe bringen würde, sehr gut gebrauchen könnte. Denn der gegenwärtige Lord Brangston hat fünf Töchter, die er alle versorgen muss. Soviel ich hörte, wollen sie weder heiraten noch arbeiten. Ich habe sie, glaube ich, beim Tanzen kennen gelernt, wo sie alle als Mauerblümchen in den Ecken saßen. Soweit ich mich erinnern kann, heißen sie Violet, Daffodil, Rosemary, Daphne und Artemisia. Der Vater scheint das Talent eines Hellsehers zu besitzen.«

Das rief einen milden Protest bei seiner Gastgeberin hervor, die einen Faden vom Wollknäuel abspulte und den Inspektor aufforderte, beim Thema zu bleiben.

»Also: Zum Haushalt des Colonels gehört noch seine Schwester, Miss Maggie Repton, ein sehr sesshafter Typ, die sich an die Stätte klammert, wo sie geboren wurde, weil es ihr gar nicht in den Sinn kommt, irgendwo anders hinzuziehen oder etwas anderes zu tun, als ihrem Bruder den Haushalt zu führen. Die junge Mrs. Repton kümmert sich überhaupt nicht darum.«

»Es gibt noch eine junge Mrs. Repton?«

»Und ob! Ein sehr dekoratives Wesen namens Scilla. Allerdings weiß ich nicht, ob sie ihren Namen mit ›i‹ schreibt wie dieses Zwiebelgewächs oder eher klassisch mit Ypsilon – also wie Scylla und Charybdis. Das macht natürlich einen wesentlichen Unterschied.«

Da sich Miss Silver dazu nicht äußern wollte, fuhr er fort:

»Roger, heißt es, kann nicht ganz bei Trost gewesen sein, als er sie heiratete. Sie ist entschieden nicht das, was man in Tilling Green vorzufinden erwartet, und sie macht kein Geheimnis daraus, dass das Landleben sie anödet und sie sich nach der Stadt sehnt. Ich vermute, sie hatte keine Ahnung, wie schlecht sie finanziell dastehen würde – besonders dann, wenn Valentine einmal heiraten sollte.«

»Das brächte finanzielle Veränderungen mit sich?«

»Und ob! Wie ich hörte, leistet sie einen beträchtlichen Beitrag zur Haushaltskasse.«

Miss Silver begann eine neue Reihe von Maschen. »Und warum erzählen Sie mir das alles?«

Sein Lächeln hatte einen Anflug von Boshaftigkeit. »Erzähle ich Ihnen denn nicht immer alles?«

»Nur, wenn Sie gute Gründe dafür haben.«

»Vielleicht waren meine Gründe rein egoistischer Natur. Indem man die Dinge beim Namen nennt, kommen sie in die Reihe, und – und Sie sind immer so anregend!«

»Ich wundere mich«, sagte sie, »dass Sie mir den Haushalt der Reptons so ausführlich beschrieben, während Sie den Wohltätigkeits-Bazar und die Kirchengemeinde kaum erwähnten.«

»Ich kann Ihnen nicht jeden beschreiben.«

»Warum diese Konzentration auf das Herrenhaus?«

Wenn er zögerte, dann nur einen winzigen Augenblick.

»Vielleicht, weil in einem der Briefe Gilbert Earle erwähnt wurde.«

»Und was stand über ihn in dem Brief?«

»Ich sagte Ihnen doch schon, dass Joyce beide Briefe vernichtet hat. Aber soweit ich informiert bin, warf man ihr vor, sie versuche, ihn anzulocken – sich ihm an den Hals zu werfen oder Ähnliches. Nur etwas drastischer formuliert. Diese anonymen Briefschreiber haben in der Regel wenig Sinn für eine saubere Ausdrucksweise.«

»Kennen sich Mrs. Rodney und Mr. Earle überhaupt?«

»Sie kennen sich. Er weilt jedes Wochenende im Dorf, tatsächlich ist ihre Bekanntschaft jedoch schon älteren Datums. Als frisch verheiratete Frau lernte sie ihn vor Jahren im Ausland kennen. Sie haben gemeinsame Freunde und Bekannte aus dieser Zeit, zuweilen brachte er sie auch nach einer Dorfveranstaltung nach Hause. Aber ich bin sicher, das war absolut unverfänglich.«

»Ist Miss Valentine Grey der gleichen Meinung? Oder diese junge Mrs. Repton?«

Er lachte.

»Was Scilla Repton darüber denkt, kann ich nicht sagen; doch Valentine hat meiner Ansicht nach nicht das geringste Interesse daran, Gilbert zu verbieten, andere Leute nach Hause zu bringen. Man hat nämlich nicht den Eindruck, dass sie bis über beide Ohren in ihn verliebt wäre. Das traf eher auf einen anderen Mann zu – auf den Neffen des Vikars, der ihr offenbar den Kopf verdrehte, ehe er spurlos von der Bildfläche verschwand. Er ließ nie mehr etwas von sich hören, und deshalb begann Gilbert Earle bei ihr das Rennen zu machen. Jetzt wird sie ihn wohl heiraten. Doch Joyce meint, mit dem Herzen wäre sie nicht dabei.«

»Die beiden sind befreundet?«

»Ich glaube schon ...« Er zögerte. »Joyce hat ja kaum Zeit, wissen Sie. Sie muss sich um den Haushalt kümmern, den Jungen in den Kindergarten bringen, ihn abends wieder abholen ...«

Miss Silver nickte und meinte, es wäre ja ein Glück, dass der Junge wenigstens kräftig genug sei, eines Tages die Schule besuchen zu können. Dann fragte sie:

»Wissen Sie, ob noch jemand in Tilling anonyme Briefe erhalten hat?«

Er schien ein wenig betroffen über ihre Frage.

»Warum fragen Sie mich das?«

»Mein lieber Frank – Sie wissen doch selbst, dass diese Frage von entscheidender Bedeutung ist. Hinter solchen Briefen, wie Sie sie mir schilderten, steckt doch der Wunsch, Macht auszuüben, und ein Groll, der sich entweder gegen eine Person oder die Allgemeinheit richtet. Ist es ein persönlicher Groll, wird er sich mit diesen Briefen erschöpft haben oder jedenfalls nicht weiter um sich fressen. Ist das Motiv aber Machttrieb oder Hass auf die Allgemeinheit, weiß man nie, wo das enden oder wie viel Unheil der Betreffende damit anrichten wird.«

»Diese Sorge bewegte mich auch«, sagte er zögernd.

»Hat Mrs. Rodney nicht daran gedacht, diese Sache der Polizei mitzuteilen?«

Er schob seinen Sessel zurück.

»Davon wollte sie nichts hören. Das würde man ihr im Dorf sehr übel vermerken. Ich glaube sogar, dass sie dann nicht mehr dort leben könnte, wo sie doch alle bisher so freundlich zu ihr gewesen sind und das Kind sich so wohl fühlt.« Er stand auf und stellte seine Tasse auf den Tisch zurück. »Ich weiß nicht, warum ich Sie überhaupt damit belästigte. Es wird sich vermutlich von selbst erledigen.«

KAPITEL 2

Von den beiden Zeitungen, die Miss Silver abonniert hatte, nahm sie sich in der Regel das leichtere, reicher bebilderte Blatt zum Frühstück vor, während sie sich die solidere Kost, die von der *Times* angeboten wurde, für eine spätere und ruhigere Stunde aufsparte. Ungefähr zehn Tage nach ihrer Teestunde mit Frank Abbott sprang ihr eine Schlagzeile ins Auge, die sie an ihr Gespräch erinnerte:

TOTENSCHAU IN TILLING GREEN!

Es passierte ihr nicht zum erstenmal, dass ein Name, den sie nur einmal gehört hatte, sich alsbald wieder in Erinnerung brachte. Sie las die Meldung mit Interesse.

Eine junge Frau war in einem Zierteich, der zum Grundstück des Herrenhauses gehörte, ertrunken aufgefunden worden. Die Ertrunkene hieß Doris Pell und war weder im Herrenhaus wohnhaft noch beschäftigt gewesen. Sie hatte bei ihrer Tante gelebt und für einen kleinen Kreis von Kundinnen als Schneiderin gearbeitet. Die Beweisaufnahme erbrachte, dass anonyme Briefe das unbescholtene Mädchen in den Tod getrieben haben mussten, weil sie Doris Pell einen liederlichen Lebenswandel vorwarfen – ein Vorwurf, der jeder Grundlage entbehrte, wie der *Coroner* ausdrücklich feststellte. Die Polizei ermittelte inzwischen gegen den unbekannten Briefschreiber.

Miss Silver legte das Blatt beiseite. Was für eine beklagenswerte Kurzschlussreaktion! Wie seltsam, dass die Menschen so unterschiedlich in einer Notlage reagierten! Der eine setzt sich mutig und entschlossen zur Wehr, der andere lässt sich willenlos treiben. Da sich dieses tote Mädchen seiner Unschuld offenbar sicher war – warum hatte es dann nicht gekämpft? Nun ist das Licht, das über Dörfern scheint, erwiesenermaßen gnadenlos – weiß ist weiß, und schwarz ist schwarz, und wer seinen guten Ruf verliert oder auch nur befleckt sieht, wird sich davon nie mehr ganz erholen. Aber die Jugend sollte darauf doch elastischer reagieren können, sollte Kraft zum Aufbäumen haben, die Fähigkeit zum Neubeginn!

So hing sie noch eine Weile ihren traurigen Betrachtungen nach, bis dann, als sie sich auf einen Brief an ihre Nichte Ethel Burkett konzentrieren wollte, die sie wegen der zerrütteten Ehe ihrer Schwester Gladys um Rat gefragt hatte, das Telefon auf ihrem Schreibtisch läutete.

Miss Silver nahm den Hörer ab und hörte Frank Abbott sagen:

»Hallo – sind Sie es?«

Nachdem sie ihn in diesem Punkt beruhigt hatte, fuhr er fort: »Dann darf ich bei Ihnen vorbeikommen? ... Danke. Ich bin gleich da.«

So blieb ihr nur Zeit zu einem Zwischenbescheid an Ethel, in dem sie die Ansicht vertrat, dass es sich Gladys zweimal überlegen solle, sich von Andrew scheiden zu lassen, weil sie erstens über kein eigenes Geld verfüge, zweitens allem, was nach Arbeit aussah, hartnäckig aus dem Weg ging, und drittens ...

Die Tür ging auf. Hannah sagte:

»Mr. Frank ...«

Sie war wie immer liebevoll überrascht, ihn zu sehen; und er war überraschend gern bereit, sich bei ihr wie zu Hause zu fühlen.

Nachdem sie in ihrem Sessel Platz genommen und ihr Strickzeug in Gang gesetzt hatte, sagte er:

»Nun – ich weiß nicht, ob Sie erraten können, was mich herbringt.«

Sie neigte den Kopf.

»Ich habe den Bericht von der Leichenschau in Tilling Green gelesen.«

»Eine dumme, verdammenswerte Affäre! Mehr verdammenswert als dumm, würde ich sagen. Was geht nur in so einem menschlichen Gehirn vor, dass er – oder sie – daran geht, Mitmenschen zu vernichten! Wissen Sie eigentlich, dass ich dieses Mädchen kennen lernte, als ich in Tilling Green war? Sie besuchte Miss Wayne wegen irgendeiner Nähgeschichte. Sie war ein so sensibles, scheues Ding – wurde rot bis unter die Haarwurzeln, als ich sie ansprach. Joyce war sehr nett zu ihr, und das Mädchen verehrte sie offensichtlich.«

Miss Silver hatte selten erlebt, dass Abbott seinen Zynismus so total abschminkte. Kein affektiertes Gehabe, kein frostiger Blick! Sie sagte mit sehr viel Wärme:

»Mein lieber Frank ...«

Er nickte.

»Ich bin kindisch, ich weiß. Aber das hat mich an meiner verwundbarsten Stelle getroffen. Sie war ein so guter Mensch – einfach, ehrlich, gütig. Und jemand findet ein Vergnügen daran, solch Leben zu vernichten!«

Sie strickte nachdenklich.

»Besteht ein Verdacht, dass sie einem Verbrechen zum Opfer fiel?«

»Nicht im Sinne des Gesetzes, das wird nicht als Mord ausgelegt. Es scheint kein Zweifel daran zu bestehen, dass sie in den Teich sprang und sich ertränkte – ›im Zustand geistiger Verwirrung‹! So steht es im Bericht der gerichtlichen Leichenschau. Sie hat eine Schneiderarbeit im Herrenhaus abgeliefert. Dort machte sie noch einen ganz normalen Eindruck.« Seine Schultern zuckten. »Vielleicht ist Ihnen schon aufgefallen, dass Zeugen immer so etwas behaupten, wenn Menschen selbst Hand an sich legen! Es gibt eine Stelle, wo die Auffahrt zum Herrenhaus über einen künstlich angelegten Bach führt. Der Bach fließt unter einer Brücke durch und stürzt dann über einen Felsen hinunter in diesen künstlichen See. Sie muss über das seewärts gelegene niedrige Brückengeländer gesprungen sein und sich den Kopf an einem Stein aufgeschlagen haben. Worauf sie ertrank. Wie der Bericht sagt, war sie nicht bei Verstand, und was ihr den Verstand raubte, ist offensichtlich. Und deshalb bin ich hier!«

Die blaue Rüsche an den Stricknadeln wurde länger. Miss Silver sagte:

»Ja?«

Er fuhr fort, in seine gewohnte Redeweise zurückfallend:

»Man hat uns gebeten, jemand dorthin zu schicken. Ich weiß nicht, ob Sie sich noch daran erinnern können, dass wir vor ungefähr fünf Jahren nur zehn Meilen weiter, in Little Poynton, eine ähnliche Anhäufung von Scheußlichkeiten erlebten. Eine Reihe von Selbstmorden, Verleumdungen und

Ähnliches mehr. Die Sache konnte nie zufrieden stellend geklärt werden, und deshalb rief man den Yard zur Hilfe. March hat sich nun offiziell wegen dieser Tilling-Geschichte an uns gewandt. Es scheint, dass mehrere Leute anonyme Briefe bekamen. Zwei dieser Briefe sind in seinem Besitz, wovon einer in London aufgegeben wurde. Da es sich um einen Brief aus jüngster Zeit handelt, könnte er eine wichtige Spur sein. Ich kann mir nicht vorstellen, dass am Datum des Poststempels viele Leute aus Tilling Green in Kensington gewesen sind.«

Miss Silver machte eine kleine, verneinende Handbewegung.

»Ich kann mir nicht vorstellen, dass ein abgebrühter Verfasser von anonymen Briefen sich eine derartige Blöße gibt.«

»Ich weiß nicht – jeder macht mal einen Fehler! Jedenfalls ist es die einzige Spur, die wir bisher haben. Das Papier ist billige linierte Kaufhausware, der Umschlag etwas bessere Qualität. Dicke, ungelenke Blockbuchstaben – die Experten sagen, sie seien mit der linken Hand geschrieben worden. Eingestreute orthografische Fehler – vermutlich absichtlich falsch. Keine Fingerabdrücke bis auf das, was man auf solchen Briefen erwartet: Schalterbeamte – Briefträger – Empfänger. Sehr hilfreich!« Er lehnte sich vor. »Nun hat uns March vorgeschlagen, dass Sie mit offiziellem Segen dorthin fahren und ermitteln. Der Boss hält das für eine gute Idee, und ich bin hier, um Sie zu fragen, ob Sie den Auftrag übernehmen wollen.«

Sie strickte eine Weile schweigend vor sich hin. Dann sagte sie:

»Leider kenne ich dort niemand. Es hätte keinen Sinn, wenn mein Besuch in Tilling Green nicht auf eine ganz natürlich erscheinende Weise zu Stande käme.«

»Diese Miss Wayne nimmt zuweilen zahlende Gäste in ihr Haus auf. Eine von ihnen war Miss Cutler, die jetzt in Chiswick wohnt. Wir könnten arrangieren, dass Sie zufällig mit dieser Dame zusammentreffen, und danach wäre es ein Kinderspiel, ihr die Empfehlung einer ländlichen Pension zu entlocken. Dann könnten Sie an Miss Wayne schreiben und sie fragen, ob sie bereit wäre, Sie als Pensionsgast aufzunehmen.«

Nach einer Pause sagte sie:

»Miss Wayne darf den Grund meines Besuchs nicht wissen?«

»Niemand außer Joyce darf ihn wissen. Am wenigsten Miss Wayne. Sie ist eine konstitutionell furchtsame Person und würde ihres Lebens nicht mehr froh, wenn sie erführe, sie habe einer Detektivin Logis gegeben.«

Sie sah ihn ernst an.

»Ich weiß nicht. Mir widerstrebt es, meine Gastgeberin im Unklaren zu lassen. Das ist nicht mein Stil.«

»Oh – dann könnten wir ebenso gut Ihre Ankunft über den Rundfunk bekannt geben!«

Sie blickte ihn tadelnd an.

»Umso größer ist die Verantwortung, die Sie Mrs. Rodney aufbürden. Ist sie bereit, diese auch zu übernehmen?«

»Joyce rief mich heute Morgen von einer Telefonzelle in Ledlington aus an. Sie ist sehr besorgt, sehr bestürzt wegen Doris Pell, sehr in Angst, so etwas könne sich wiederholen. Ich habe ihr schon von Ihnen erzählt, als sie mir die Sache mit den anonymen Briefen berichtete. Sie war es, die mich fragte, ob Sie nicht nach Tilling Green kommen könnten. Sie machte mir den Vorschlag, Sie als Logiergast dort einzuquartieren.«

Miss Silver spulte einen Faden vom Knäuel ab.

»Aber ein versteckter Wink, dass mein Besuch nicht nur Erholung …«

»Unmöglich«, unterbrach er sie und lachte dann. »Joyce meint, Miss Wayne wäre ein absolut hoffnungsloser Fall. Nicht, dass sie nicht verschwiegen sein könnte – aber sie würde sich verraten, ohne es zu wissen. Und schon jetzt ist sie ganz aus dem Häuschen wegen der Briefe: Nachts steht sie auf, um nachzusehen, ob die Türen verriegelt sind, will nicht mehr allein in der Wohnung bleiben und Ähnliches mehr. Joyce meint, Miss Wayne würde geradezu erleichtert sein, wenn sie noch eine Person im Haus hätte. Und das Haus ist für Ihre Zwecke geradezu ideal gelegen: am Rand des Dorfplatzes, links und rechts Nachbarn, der Dorfladen nur einen Steinwurf entfernt, die Einfahrt zum Herrenhaus direkt gegenüber, Kirche und Vikariat ebenfalls. Und wenn ich Ihnen sage, dass die Klatschtante des Dorfes, eine gewisse Miss Eccles, Ihre Nachbarin sein wird, werden Sie einsehen, dass Sie sich so eine herrliche Gelegenheit gar nicht entgehen lassen dürfen!«

»Und wer oder was ist das übliche Geheimnis des Dorfes?«

»Mister Mysterium? Der den Klatschstoff liefert? Das ist in diesem Fall ein Gentleman namens Barton, ein stiller, harmloser alter Knabe, der sich Katzen hält und keine von den Ladies zum Tee einlädt. Er hat nicht mal eine Zugehfrau, und daher musste ja der Eindruck entstehen, dass er etwas zu verbergen habe. Er kocht und wäscht selbst – und ob er auch Staub wischt, weiß man nicht, weil er immer die Haustür absperrt, was selbst Miss Wayne nie eingefallen wäre. Bis vor kurzem jedenfalls nicht!«

Im Verlauf ihrer beruflichen Karriere als Detektivin hatte Miss Silver schon häufig Mittel anwenden müssen, die sie als Privatperson verabscheute. Sie begann sich mit dem Gedanken anzufreunden, die Bekanntschaft von Miss Cutler machen zu müssen.

KAPITEL 3

Ältere Damen mögen es nicht, wenn man mit der Tür ins Haus fällt. Es dauerte einige Zeit, bis eine Annäherung zu Stande kam, die Miss Cutler sich gern gefallen ließ – bei Tee und Kuchen im Wohnzimmer einer gemeinsamen Bekannten.

Da konnte es nicht ausbleiben, dass man sich über Urlaubserlebnisse auf dem Land unterhielt, der Name Ledshire fiel ... Und dass man sich sofort interessiert vorneigte, weil Miss Cutler ihre Empörung über das schreckliche Ereignis in Tilling Green bekundete – »wo ich gewohnt habe, tatsächlich gewohnt, Miss Silver, und das erst vor einem Jahr!«

»Tatsächlich?«

Miss Cutler nickte heftig. Sie hatte ein knochiges, intelligentes Gesicht und Haare, die so sehr vom Rötlichen ins Blassgoldene hinüberspielten, dass der Gesamteindruck schon fast grau war.

»Oh, ja«, sagte sie. »Ich wohnte dort drei Monate bei den beiden Waynes in Willow Cottage. Das arme Ding, das sich jetzt umbrachte, hat mir damals sogar zwei Blusen genäht! Ein so bescheidenes, nettes Mädchen – mir wurde ganz schlecht, als ich es in der Zeitung las.«

Anschließend erfuhr Miss Silver alles über die Geschwister Wayne.

»Und Sie sind nie mehr dort gewesen?«

»Nein! Miss Esther starb – ganz plötzlich, das arme Ding. Obwohl ich eigentlich gar nicht einsehen kann, warum man die Leute bedauern soll, die plötzlich sterben. Für die Familie ist das natürlich unangenehm; aber ein schneller Tod ist doch das Beste, was einem passieren kann. Nun ja – für Miss Renie war es sicherlich ein großer Schock. Sie war so schrecklich abhängig von ihrer großen Schwester. Wirklich peinlich, mit ansehen zu müssen, dass eine erwachsene Frau so unterwürfig sein kann. Wie ich hörte, lebt sie jetzt mit einer verwitweten Nichte zusammen.«

»Und nimmt sie noch Pensionsgäste ins Haus?«

»Das kann ich Ihnen leider nicht sagen. Begütert waren die Waynes nicht, und wenn nun auch noch die Nichte versorgt werden muss ... Ich dachte manchmal daran, wieder dorthin zu fahren; aber ich habe keine Ahnung, wie es jetzt um den

Haushalt bestellt ist. Miss Renie jedenfalls konnte *nicht* gut kochen. Aber die Leute, mit denen sie dort verkehrten, waren sehr angenehm. Die Giftspritzerei durch diese Briefe – das muss ja für alle eine schreckliche Überraschung gewesen sein! Ausgerechnet jetzt, wo dieses bezaubernde Mädchen im Herrenhaus sich verheiraten möchte. Da war noch so ein junger Mann in Aussicht, als ich dort war – der Neffe des Vikars, Jason Leigh. Ein seltsamer Name und ein ziemlich seltsamer junger Mann. Die beiden waren zwar nicht verlobt, doch niemand zweifelte daran, dass sie ein Paar würden. Nun ja, wie ich hörte, ist nichts daraus geworden, und nun heiratet sie einen anderen. Ich habe mich dort besonders mit einer gewissen Miss Eccles angefreundet, und gelegentlich korrespondieren wir heute noch.« Und so kam Miss Cutler der Reihe nach auf alle Leute zu sprechen, die sie in Tilling Green kennen gelernt hatte: »Colonel Repton ist mit einer sehr jungen Frau verheiratet – sehr hübsch, aber nicht sehr populär. Die Leute im Dorf würden sie anwidern, sagt sie, und wer hört so was schon gern ... Valentine Grey ist sehr vermögend. Gilbert Earle, der Mann, den sie jetzt heiraten wird, ist der Erbe eines Titels ... Keine Ahnung, schreibt Miss Eccles, wie der Oberst zurechtkommen soll, wenn ihm sein Mündel nichts mehr zahlt – sie hat doch fast alle Ausgaben bestritten! Miss Eccles ist selbst weitläufig mit den Reptons verwandt. Ja, und es soll eine Generalprobe der Hochzeitszeremonie stattfinden. Ich weiß nicht, ob ich das für eine gute Idee halte. Zwar scheint das in diesen Häusern so üblich zu sein, aber irgendwie verträgt sich das doch nicht mit dem Sakrament der Ehe.«

Miss Silver war natürlich die perfekte Zuhörerin. Sie hing an den Lippen von Miss Cutler, und wenn der Redefluss ins Stocken zu geraten drohte, flocht sie ein aufmunterndes Wort ein. Als sie sich von Miss Cutler verabschiedete, hatte sie ein klares Bild von Tilling Green und dessen Bewohnern. Zu

Hause setzte sie sich dann an den Schreibtisch und verfasste einen Brief, der folgendermaßen begann:

Miss Wayne, Willow Cottage, Tilling Green, Ledshire

Sehr verehrte gnädige Frau!
Eine Bekannte von mir, Miss Cutler, hat mir erzählt, dass sie vor einiger Zeit einen sehr angenehmen Urlaub bei Ihnen verbrachte. Das hat mich ermutigt, Ihnen zu schreiben und Sie zu fragen, ob Sie in Erwägung ziehen würden, auch mir zu gestatten, als zahlender Gast für eine kurze Dauer zu Ihnen zu kommen. Die ruhige Umgebung des Dorfes …

Auf diesen Brief erhielt sie postwendend die Antwort, die sie erwartete. Miss Wayn würde sich sehr freuen. Sie sei überzeugt, dass eine Freundin von Miss Cutler … Sie habe ihre teure Schwester verloren, von der ihr Miss Cutler zweifellos erzählt haben würde, doch sie und ihre Nichte wollten sich die größte Mühe geben, ihrem Gast den Aufenthalt so angenehm wie möglich zu machen. Sie wolle sich auf diesem Wege auch bei Miss Cutler für deren Empfehlung bedanken. Was den Logispreis betreffe, so würde ja alles bedauerlicherweise laufend teurer. Sie sähe sich daher gezwungen, ein wenig mehr zu verlangen als vor einem Jahr …

Und so reihten sich die spinnenfeinen Zeilen aneinander und schlossen mit einer Krakelei, die sich nur mit Mühe als *Irene Wayne* entziffern ließ.

KAPITEL 4

Miss Silver fand Willow Cottage ausgesprochen entzückend. Tilling Green war ein bezaubernder kleiner Ort, weit genug von Ledlington entfernt, dass er seinen ländlichen Charakter bewahrte, und dennoch bequem mit dem Bus erreichbar. An Sehenswürdigkeiten gab es eine Kirche aus dem vierzehnten Jahrhundert mit einigen interessanten Grabplatten und -steinen, das schöne alte Herrenhaus und zwei oder drei selten hübsche Fachwerkbauten. Willow Cottage selbst war natürlich jüngeren Datums, was jedoch Miss Silver unter dem Aspekt der Bewohnbarkeit nur als Vorteil betrachtete. Alte Katen sind zweifellos malerisch, was man inwendig aber zumeist mit den zu steilen Treppen, zu niedrigen Decken und vorsintflutlichen sanitären Einrichtungen bezahlen muss, ganz zu schweigen von der fehlenden Warmwasseranlage. Willow Cottage besaß hingegen ein hübsches, kleines, modernes Badezimmer, dem, wie Miss Wayne sie informierte, der viktorianische Wintergarten zum Opfer gefallen war.

»Als wir das Haus vor dreißig Jahren kauften, fanden wir ihn zu moosig. Er hätte uns nur die Wände im Esszimmer feucht gemacht. Meine Schwester beschloss auf der Stelle, dass er abgerissen werden müsse. Sie war eine wundervolle Person, meine Schwester. So entschlussfreudig, Miss Silver. Ich dagegen bin ganz anders. Ich sehe immer überall Schwierigkeiten. Ich sagte: ›Oh, Esther!‹ – so hieß sie mit Vornamen – und sie: ›Was gibt's da zu ohen?‹ Natürlich war es dumm von mir, ihr zu widersprechen, aber ich konnte mir nicht helfen, auch daran zu denken, wie unbequem es sein könnte, wenn man erst durchs Esszimmer muss, um ein Bad nehmen zu können. Doch Esther meinte, Essens- und Badezeiten müssten ja nicht notwendigerweise zusammenfallen, und falls jemand dazu neigte, morgens zu spät aufzustehen, würde die räumliche Gegebenheit eine Hilfe sein, sich das abzugewöhnen. Und tatsächlich – ich fand, dass es gar nicht so schwierig sei, eine halbe Stunde früher aufzustehen. Man braucht nur ein bisschen Willenskraft.«

Wenngleich Miss Silver die Lage auch nicht ideal fand, war sie nicht in der Verfassung, das zu bekritteln. Es hätte ja auch kein Badezimmer vorhanden sein können, und sie war entzückt über ihr Schlafzimmer – eines der beiden, die nach vorn lagen, mit der netten Aussicht auf den Dorfplatz, die Einfahrt zum Herrenhaus und die angrenzende Kirche, wie Frank Abbott es ihr beschrieben hatte.

Miss Wayne setzte sie in Kenntnis, dass in den nächsten beiden Tagen im Herrenhaus eine Hochzeit stattfinden würde.

»Sie werden ein buntes Tilling Green erleben, möchte ich meinen – eine Generalprobe der Hochzeit am Mittwoch, und eine Party im Herrenhaus am Abend! Das bringt natürlich viel Arbeit mit sich – für den Colonel und Mrs. Repton und seine Schwester. Die ist es, die tatsächlich den Haushalt führt – die junge Mrs. Repton hat nicht viel damit im Sinn. Joyce und ich sind nicht eingeladen, aber ich sagte zu ihr: ›Meine Liebe, das kannst du eigentlich nicht erwarten. Zwar kenne ich die Familie schon dreißig Jahre, und Valentine und du seid befreundet – und wir hätten Jessie Peck als Aufsicht für David haben können –; aber da wir nicht eingeladen wurden, gibt es dazu nichts mehr zu sagen. Du musst daran denken, dass wir nicht zur Verwandtschaft gehören.‹«

Miss Silver unterbrach diese Dissertation mit der Frage:

»Und die Braut? Sie ist doch mit dem Colonel verwandt, nicht wahr? Ich meine, weil er sich so viel Arbeit ihretwegen macht. Kennen Sie das Mädchen denn?«

»Valentine Grey? Gütiger Gott – von Kindesbeinen an! Die Hochzeit ist am Donnerstag Nachmittag. So ein bezauberndes Mädchen, und der Bräutigam sieht so gut aus. Zwar hatte man etwas anderes erwartet – aber die Leute heiraten ja nur sehr selten ihre erste Liebe, nicht wahr?«

Miss Silver hörte interessiert zu.

»Ja, ich glaube, das kommt äußerst selten vor.«

»Wie gütig von Ihnen«, sagte Miss Wayne mit ihrer leisen, ernsthaften Stimme. »Ich meinte es wirklich so. Nicht, dass Sie denken, ich wollte den beiden etwas Unfreundliches nachsagen. Man möchte sich nicht gern vorwerfen lassen, man denke schlecht über andere Leute, nicht wahr?«

Miss Silver lächelte.

»Ich denke, hier geht es nicht um Gesinnung, sondern um Tatsachen! Charaktere entwickeln sich, der Geschmack wandelt sich. Wer mit siebzehn oder achtzehn ein passender Partner gewesen sein mochte, ist es fünf oder sechs Jahre später möglicherweise nicht mehr.«

»Wie schön Sie das ausgedrückt haben«, sagte Miss Wayne. Sie war ein kleines, mausgraues Ding, das sich rosig um Augen und Nase verfärbte, wenn es bewegt oder bedrückt war. Jetzt blinzelte es. »Nein, es wäre mir unangenehm, wenn Sie etwas Falsches von mir dächten. Valentine ist ein so bezauberndes Mädchen, und von Jason Leigh hat man lange nichts mehr gehört. Ich erkundigte mich erst neulich bei seinem Onkel – er ist der Neffe des Vikars, wissen Sie –, und er sagte: ›Er schreibt nie.‹ ›Oh!‹, sagte ich. ›Oh, Mr. Martin, das ist doch recht traurig für Sie, nicht wahr?‹ Aber er meinte, das wäre es ganz und gar nicht, weil junge Männer eben gern ›abenteuern‹. Ein sehr eigenartiges Wort, das er da gebrauchte, als Pfarrer und überhaupt, nicht wahr?«

Miss Silver erkundigte sich nach dem Beruf von Mr. Leigh.

»Oh, er *schreibt«*, gab Miss Wayne vage Auskunft. »Ziemlich ausgefallene Sachen, glaube ich. Meine Nichte erzählte mir, er schriebe kluge Sachen – aber wenn man selbst nicht so furchtbar klug ist, möchte man es eben einfacher haben, meinen Sie nicht auch? Eine nette Liebesgeschichte mit Happy-End oder so. Man nimmt ja auch Anteil am Schicksal anderer Leute, und ich hoffe, dass die liebe Valentine einmal sehr glücklich wird. Ich glaube, ich erzählte Ihnen schon, dass am Mittwoch nachmittags eine Generalprobe der Hochzeitszeremonie stattfindet. Hätten Sie Interesse daran, in die Kirche hinüberzuschlüpfen und zuzuschauen? Zur kirchlichen Feier sind Joyce und ich natürlich eingeladen, und wenn die Reptons Sie am Mittwoch mit uns zusammen in der Kirche sehen, bekommen Sie vielleicht auch noch eine Einladung. Schließlich macht ein Gast mehr oder weniger wirklich nicht viel aus, denn ein paar Leute sagen doch immer ab. Janet Grant zum Beispiel, die schon so lange mit der Familie befreundet ist, kann nicht kommen, weil ihre Schwägerin wieder mal eine ihrer Attacken hat. Esther – meine teure, leider verstorbene Schwester – sagte immer, Jessica – so heißt die Schwägerin – würde nicht halb so oft krank werden, wenn sie nicht wüsste, dass Janet sofort zu ihr kommt, sobald sie sich in den Finger schneidet. Aber man muss es ihr nachsehen, sage ich immer, denn niemand weiß besser als ich, wie schrecklich Einsamkeit sein kann! Jessica hat nicht geheiratet, wissen Sie, und sie versteht sich auch nicht mit Janets Mann, Major Grant – an sich ein netter Mann, aber ein bisschen aufbrausend. Nun, zwischen meiner Schwester und mir hat es nie ein böses Wort gegeben. Ich denke, es sind meistens die Männer, die die Schwierigkeiten machen – meinen Sie nicht auch?«

Mit dem gleichen Thema war in diesem Moment Mrs. Needham befasst, die Ehrwürden Thomas Martin in der Pfarrei gegenüber den Haushalt führte, seit das Arbeitsamt in Ledlington sie ihm in der dunkelsten Stunde seines Lebens ins Pfarramt geschickt hatte. Nach einer Reihe wohlmeinender, aber inkompetenter »Hilfen« war sie ihm wie ein Geschenk des Himmels erschienen. Sie war groß, kräftig, unerschütterlich – eine gute Köchin, eine ausgezeichnete Haushälterin und eine wunderbare Managerin. Tatsächlich besaß sie so viele Tugenden, dass es kaum ins Gewicht fiel, wenn ihr eine abging. Sie war sauber, ehrlich, besaß alle nur denkbaren häuslichen Eigenschaften, nur ihre Zunge stand niemals still. Es gab Zeiten, wo Tommy Martin das Gefühl hatte, er könne das nicht mehr ertragen. Doch inzwischen hatte er gelernt, sich notfalls so gekonnt in sich selbst zurückzuziehen, dass er kaum noch wusste, ob sie redete oder nicht. Oder er schloss sich in sein Arbeitszimmer ein und durfte dort nicht gestört werden.

Mrs. Needham hätte auch an ihm nicht den richtigen Gesprächspartner für das Thema gefunden, das sie gerade abhandelte. Sie saß mit Mrs. Emmott, der Frau des Küsters, beim Tee – einer dürren, sehr melancholischen Erscheinung, die man nie anders als in Schwarz sah. Mrs. Emmott hatte sich soeben erlaubt zu bemerken, dass es keinen Rauch gebe ohne Feuer, und Mrs. Needham gab ihr aus vollem Herzen Recht: »Genau das sagte ich auch, meine Liebe! Und wenn es irgendwo stinkt, dann steckt in neun von zehn Fällen ein Mann dahinter. Damit möchte ich nicht gesagt haben, dass bei der armen Doris etwas faul gewesen wäre. Einen anrüchigen Lebenswandel konnte man ihr bestimmt nicht nachsagen. Aber wenn da nicht irgendwo ein Mann dahintersteckte – warum ging sie dann ins Wasser? Mädchen machen doch so was nicht ohne Grund.«

»Niemand hat sie jemals in männlicher Begleitung gesehen«, sagte Mrs. Emmott mit resignierender Stimme.

Sie diskutierten nun schon eine gute halbe Stunde lang über Doris Pell. Mrs. Needham war bereit, auch andere zu ihrem Recht kommen zu lassen.

»Mag alles sein«, sagte sie, »aber sind wir immer dabei? Erst gestern Abend – aber vielleicht sollte ich darüber lieber nicht sprechen.«

Mrs. Emmott starrte sie an. »Dann hätten Sie es erst gar nicht erwähnen dürfen, meine Liebe.«

»Vielleicht hätte ich das nicht. War ja auch wirklich nichts Schlimmes. Und wenn ich es Ihnen nicht sagte, würden Sie vielleicht sonst was denken von ihr.«

»Von wem?«

»Von Connie Brooke, die hier anrief und Mr. Martin sprechen wollte; aber er war nicht da.«

»Und was war daran so schlimm?«

»Gar nichts. Sagte ich doch. Nur, dass sie weinte. Das ist alles.«

»Vielleicht war sie erkältet.«

Mrs. Needham schüttelte den Kopf.

»Man kann am Telefon sehr deutlich unterscheiden zwischen einem Mädchen, das erkältet ist, und einem Mädchen, das Kummer hat. ›Oh, er ist nicht zu Hause?‹, sagte sie, und ich sagte: ›Nein, er ist nach Ledlington zu einer dieser Sitzungen des Wohlfahrtsausschusses gefahren, und er sagte mir, er würde anschließend bei Reverend Craddock zu Abend essen, einem Studienkollegen von ihm.‹ Und sie sagte: ›O mei, o mei‹, und ich konnte ganz deutlich hören, dass sie nicht schniefte, sondern schluchzte. Und just in diesem Moment kommt Mr. Martin zur Tür herein. Offenbar war Reverend Craddock im letzten Moment zu einem Kranken gerufen worden, und deshalb war er doch noch nach Hause gefahren. Ich gebe ihm den Hörer, und ehe ich mich auch nur einen Schritt entfernen konnte, höre ich sie rufen: ›Oh, Tommy, kann ich nicht einen Sprung vorbeikommen? Ich weiß sonst nicht mehr, was ich tun soll!‹ Sie wissen ja, dass diese jungen Dinger ihn nur Tommy nennen.«

Mrs. Emmott schielte an ihrer Nase entlang.

»Ja, man sollte es ihnen eigentlich verbieten«, bekräftigte sie. Und dann, mit melancholischem Interesse:

»Kam sie auf einen Sprung vorbei?«

Mrs. Needham, die sich gerade Tee einschenkte, nickte.

»Oh, ja! Und ich hatte recht gehört – sie hatte geweint. Ihre Augen waren ganz geschwollen. Und als sie fortging, war sie auch nicht besser dran als vorher. Ich wollte ihm gerade das Tablett mit seinem Abendessen hinüberbringen, als die Tür seines Arbeitszimmers aufging und sie beide herauskamen. Ich stellte mich also rasch in eine Ecke, wo sie mich nicht sahen, und er sagte: ›Also, meine Liebe, Sie sollten sich das gut überlegen. Ich kann Ihnen keinen Rat geben, was Sie tun müssen, solange ich nicht weiß, was Sie bedrückt. Aber wenn es wirklich mit diesen scheußlichen Briefen zusammenhängt, haben Sie eine Gewissenspflicht.«

»Donnerlittchen – und was hat sie darauf gesagt?«

Mrs. Needham lehnte sich in dem Sessel vor, den sie vollständig ausfüllte, und senkte die Stimme:

»Sie fing wieder an zu weinen. Mr. Martin sagte: ›Aber, aber, liebes Kind, nicht schon wieder! Ihr Taschentuch ist schon so nass, dass man es auswringen kann!‹ Und sie, schluchzend: ›Oh, arme Doris – was soll ich nur tun? Aber was einmal gesagt ist, kann man nie mehr zurücknehmen, nicht wahr?‹ Und er darauf: ›Nein, das kannst du nicht, und deshalb solltest du dir das alles noch einmal gründlich überlegen.‹ Damit brachte er sie zur Haustür, und wenn Sie mich fragen, war er froh, dass er sie los war. Denn diese jungen Dinger nützen ihn wirklich unverschämt aus – kommen hierher, wann es ihnen passt, ohne zu fragen, ob er schon was gegessen hat.«

Nachdem sie ihren Tee getrunken hatten, ging Mrs. Emmott in den Dorfladen, um dort eine Konserve mit Irish Stew abzuholen, die Mrs. Gurney für sie zurückgelegt hatte. Dabei entwickelte sich ein kurzer, melancholischer Plausch, in dessen Verlauf Mrs. Emmott ihrer Freundin Mrs. Gurney anvertraute, was sie von Mrs. Needham gehört hatte. Mrs. Gurney erzählte es dann etwas später ihrer Kusine Jessie Peck, die es, wiederum mit einigen Ausschmückungen versehen, an ihre Schwägerin weitergab, die dienstags und donnerstags bei Miss Eccles und mittwochs und freitags bei Miss Wayne putzte.

Die Schwägerin heißt Hilda Price, und wem die es nun allen erzählte, kann man überhaupt nicht abschätzen, weil sie nichts für sich behalten konnte. Jedenfalls hatte sich binnen vierundzwanzig Stunden im Dorf herumgesprochen, dass Connie Brooke wüsste, *wer* die anonymen Briefe geschrieben hatte, *was* Doris Pell in den Tod trieb, und sie sich nur noch überlegte, *ob* sie das, was sie wusste, weitererzählen sollte und *wem* ...

KAPITEL 5

Es dauerte nicht lange, bis Miss Silver entdeckt hatte, wie geschwätzig Miss Wayne war. Wäre sie tatsächlich nur zur Erholung hierher gekommen, wie es angeblich der Fall war, hätte sie daran Anstoß genommen, doch unter den gegebenen Umständen konnte sie das Mitteilungsbedürfnis ihrer Gastgeberin nur begrüßen. Binnen kurzem war sie im Besitz der Lebensgeschichte fast aller Bewohner von Tilling Green, war mit deren Fehlern und Pannen vertraut und kannte die Tragödien – Kriegsverluste, Nachkriegsveränderungen –, die hin und wieder das beschauliche Leben einer dörflichen Gemeinde zu erschüttern pflegen. Sie wusste über die Geburtsziffern Bescheid, die Eheschließungen, die Todesfälle, die Zu- und Abgänge, die ihr wie Teile eines Puzzlespieles von Miss Wayne zugereicht wurden: Da gab es hier eine Tatsache, dort eine Vermutung, hier einen Seufzer wegen einer Pflichtvergessenheit oder eine Träne wegen eines schmerzlich Vermissten, eine Spekulation, die einen beklagenswerten Vorfall heraufbeschworen haben konnte: Warum waren die Farmers nach dreißig Jahren plötzlich weggezogen? – Warum hatte Lily Everett John Drew den Verlobungsring zurückgegeben? – Warum war Andrew Stone nach Australien gegangen?

Miss Silver saß strickend im Sessel, während das alles auf sie niederprasselte, und als Miss Renie auf ihren geheimnisvollen Nachbarn zu sprechen kam, wurde daraus ein Sturzregen:

»Was für eine außergewöhnliche Person! Meine teure Schwester, die es nicht leiden konnte, wenn man über jemand schlecht redet, hat sich oft über ihn gewundert. Warum sperrt er die Türen zu und verriegelt die Fenster? Warum lässt er niemand ins Haus, wenn er nichts zu verbergen hat? Der Vikar sagt, er mag nun einmal keine Frauen. Aber fragen Sie ihn mal, wie oft er denn im Haus gewesen ist! Ich weiß es, denn Gales Cottage hat den Eingang an der Seite, wie man das sonst nur an diesen alten Katen findet. Ich kann wirklich nichts dafür, dass ich immer sehen kann, wer dort aus und ein geht!«

Miss Silvers Interesse hielt unvermindert an.

»Mr. Barton wohnt ganz allein im Haus?«

»Oh, ja – wenn Sie die Katzen nicht mitrechnen.«

»Er hat Katzen?«

Miss Renie warf beide Hände in die Höhe. »Sieben Stück! Wie unhygienisch! Ich habe nicht den Eindruck, dass er viel von Hausputz hält. Und was für raubeinige Biester das sind! Und alle haben sie biblische Namen, wie profan!«

Etwas entfernt vom Kaminfeuer saß die junge Witwe, Mrs. Rodney, und nähte einen Flicken auf das Hinterteil einer kurzen Flanellhose. »Die Landluft bekommt ihm«, warf sie mit ihrer angenehmen Stimme ein. »Er scheuert jetzt schon seine Hosen durch!«

Miss Silver lächelte ihr freundlich zu. »Das muss ja ein großer Trost für Sie sein.«

»Ja«, meinte Miss Renie, die sich nebenbei mit dem Legen einer Patience beschäftigte. »David ist entschieden kräftiger geworden. Aber man weiß ja nie, was Kindern alles zustoßen kann. Wenn ich an die arme Mrs. Pavey denke – nicht eins ist ihr geblieben von den sechs, die sie auf die Welt brachte. Die Namen können Sie auf einem Grabstein drüben auf dem Friedhof lesen; ist kaum noch Platz für ihren eigenen – das arme Ding.«

Miss Silver, der das Muskelflattern in den Mundwinkeln von Joyce Rodney nicht entgangen war, beeilte sich, der Witwe zu versichern, dass der kleine David in der Tat sehr robust aussähe und eine gesunde Farbe habe.

Miss Wayne verließ für eine Weile das Zimmer.

»Nein, zum Glück brauche ich mir im Augenblick keine Sorgen wegen Davids Gesundheit zu machen«, bestätigte Miss Rodney. »Tante Renie ist wirklich gut zu dem Kind. Nur neigt sie dazu, überängstlich zu sein. Sie hat ja nie Verantwortung getragen, weil Tante Esther ihr alles abnahm. Deswegen wird sie auch so schnell nervös und erinnert sich an Leute, die Dutzende von Kindern hatten und nicht wussten, wie sie sie versorgen sollten! Diese Geschichten sollen sie lieber für sich behalten. Dumm von mir; aber das macht mich nervös.«

Miss Silver ließ einen Moment die Nadeln im Schoß ruhen.

»Mrs. Rodney ...«

»Oh, nennen Sie mich doch bitte Joyce – das tut jeder hier.«

Miss Silver hüstelte.

»Vielleicht werde ich später darauf zurückkommen, wenn ich mich ein wenig eingelebt habe. Doch im gegenwärtigen Zeitpunkt wäre es unklug, einen zu vertraulichen Ton anzuschlagen.«

»Oh ...«

»Es wäre besser, formell auf Distanz zu bleiben. Was ich Sie fragen wollte: Warum äußert sich Miss Wayne sehr freimütig über eine Reihe von tragischen Ereignissen in Tilling Green, die teilweise schon Jahre zurückliegen, während sie Doris Pell und die Leichenschau, die ihren Tod als Selbstmord bezeichnete, mit keinem Wort erwähnt?«

»Die Geschichte hat sie furchtbar mitgenommen.«

»Sie meinen, sie bringt es nicht übers Herz, darüber zu sprechen?«

»Ich dachte, sie fiele augenblicklich in Ohnmacht, als Miss Eccles ins Haus kam und uns die Neuigkeit erzählte. Sie haben Miss Eccles noch nicht kennen gelernt. Sie muss immer gleich alles weitererzählen, was sie erfährt. Nur war es für

Tante Renie und mich eben keine Neuigkeit, sondern ein Schock. Wir mochten Doris Pell beide sehr! Sie hat das Kleid genäht, das Tante Renie trägt, und mir den Stoff für einen Rock und eine Bluse zugeschnitten.«

Miss Wayne, die in diesem Moment wieder ins Zimmer kam, sagte mit schwacher, etwas zittriger Stimme:

»Oh, meine Liebe – sprichst du gerade von der armen Doris?« Sie wandte sich ihrem Gast zu: »Was für ein schmerzliches Thema – aber Sie werden sicherlich etwas darüber in den Zeitungen gelesen haben. Wir waren natürlich bei ihrer Beerdigung. Die arme Miss Pell tat mir ja so Leid – das ist die Tante, wissen Sie. Das ganze Dorf war da und das Grab ein Meer von Blumen.« Sie betupfte mit einem Taschentuch die Augen und ihre gerötete Nasenspitze.

»Sie werden verstehen, dass uns das sehr nahe ging, aber ich wollte Sie nicht mit unserem Kummer belästigen. Joyce hätte auch nicht darüber sprechen sollen. Wir müssen uns ein angenehmeres Thema suchen. Valentine Greys Hochzeit – das wäre jetzt das richtige!«

Sie wandte sich ihrer Nichte zu: »Ich habe Miss Silver von der Generalprobe morgen Nachmittag erzählt. Ich dachte, wir könnten uns dort hinstellen, wo wir keinem im Weg sind, und zuschauen. Mettie Eccles hat eben angerufen – reine Geldverschwendung, weil sie gleich nebenan wohnt –, aber sie ist ein bisschen extravagant in solchen Dingen ... Du meine Güte, wo war ich stehen geblieben?«

Joyce sah lächelnd hoch. »Bei der Generalprobe der Hochzeitsfeier.«

»Oh, ja – natürlich – wie dumm von mir! Esther sagte immer, ich ließe meine Gedanken schweifen. Also, Mettie rief an und sagte mir, Lexie Merridew wäre unpässlich. Sie ist eine von Valentine Greys Brautjungfern, und es wäre eine schreckliche Enttäuschung, wenn sie bei der Hochzeit ausfiele. Aber Mettie sagte, ihr Kleid wäre hier, weil Valentine selbst die Garderobe für ihre Ehrenjungfrauen bei Elise in Ledlington in Auftrag gegeben habe. Und nun meint Valentine, wenn Lexie wirklich nicht kommen könnte, sollte Connie für sie einspringen.«

Sie drehte den Kopf in Miss Silvers Richtung und sprudelte eine Erklärung hervor: »Wir sprechen von Connie Brook. Sie leitet mit einer Freundin einen kleinen Kindergarten, den David auch besucht. Geschäftsleute aus Ledlington, die in der Nähe gebaut oder sich Häuser gekauft haben, haben die beiden auf diese Idee gebracht. Connie bewohnt das letzte Haus am Ende des Dorfplatzes. Ihre Mutter war mit den Reptons verwandt, wissen Sie? Sie hat die gleiche Größe wie Lexie, sieht aber nicht so gut aus wie sie. Schade – Lexie hätte das Kleid besser gestanden – sie ist so ein hübsches Mädchen! Aber, was sage ich denn – die arme Connie, sie kann ja nichts dafür! Hauptsache, das Kleid passt.«

KAPITEL 6

Die Generalprobe war für halb vier Uhr angesetzt. Während sie den Dorfplatz überquerten, wurde Miss Silver mit Informationen über den Vikar, Reverend Thomas Martin, gefüttert: »Ein Witwer – seine Frau starb vor dreißig Jahren, und er hat nie mehr geheiratet. So ein Jammer! Er muss sich einsam fühlen. Die Pfarrei – viel zu groß natürlich! Jeder mag ihn; aber ich halte es nicht für gehörig, dass die jungen Leute ihn *Tommy* nennen. Das hat auch meine Schwester sehr schockiert. Sie hat ihm das sogar vorgehalten – so willenstark war sie! Er lachte nur, was sie gar nicht zum Lachen fand. Und er ist so nachlässig in seiner Kleidung – wirklich sehr bedauerlich.«

Dann, in der Kirche, mussten sie doch nicht so sehr weit hinten stehen, weil Miss Wayne so lange nach vorne drängelte, bis sie einen wirklich guten Blick auf den Altar hatten, der bereits mit Grünzeug und eingetopften weißen Lilien geschmückt war. Der Duft war sehr penetrant in der frostigen Luft. Bei der eigentlichen Hochzeit würden natürlich am nächsten Tag alle Lichter brennen, doch heute lag das Kirchenschiff im Schatten. Obwohl es draußen noch ein paar Stunden hell blieb, würde es sogar im Hochsommer unter diesen grauen Schwibbogen immer schummrig bleiben.

Miss Silver war froh, dass sie ihren Wintermantel trug. Sie fuhr nie aufs Land, ohne für alle Überraschungen des englischen Wetters gewappnet zu sein. Sie hatte ihren zweitbesten Hut aufgesetzt – ein schwarzer Filz mit einer diskreten Rüsche aus violetter Seide. Zur Hochzeit würde sie natürlich ihren besten aufsetzen, ein erst vor kurzem erworbenes Stück, das nach Meinung ihrer Nichte Ethel Burkett eine sehr willkommene Abwechslung im Garderobenbestand Miss Silvers darstellte – besonders, was die Fasson betraf. Zur Zeit ruhte es noch in der untersten Schublade der bauchigen Kommode in Miss Waynes Abstellkammer, sorgsam in Seidenpapier verpackt, zusammen mit einem neuen Paar grauer Glacéhandschuhe und einem gewebten Schal aus grauer und lavendelfarbener Seide, in einer Hutschachtel.

Auf dem Weg zur Kirche war Miss Mettie Eccles kurz neben ihnen stehen geblieben, um ihnen mitzuteilen, dass Valentines Freundin, Lexie Merridew, die ›Erste Brautjungfer‹ hätte sein sollen, sie tatsächlich in letzter Minute im Stich gelassen hätte. »Irgendein kindischer Vorwand – völlig unpassend! Solche Dinge sollten bei einem erwachsenen Mädchen ja nun wirklich keine Rolle mehr spielen. Sie mussten Connie bitten, ihren Platz einzunehmen. Ein magerer Ersatz; aber das Kleid wird passen; für sie ist es natürlich aufregend.«

Dann setzte sie ihren Weg, wie gewohnt sehr pressiert, fort. Miss Silver gewann den Eindruck, dass die Generalprobe nur in Miss Eccles' Beisein beginnen könne, und wenn man ihr die Regie überlassen hätte, Lexie Merridew selbstverständlich nicht unpässlich geworden und der Bräutigam rechtzeitig zur Stelle gewesen wäre ... Eine Schande, absolut unmöglich, dass sie nun ohne ihn anfangen mussten!

Tatsächlich schien alles, was überhaupt schief gehen konnte, schief zu gehen. Das war Miss Eccles' Eindruck, dem sie mit spitzen, beißenden Bemerkungen Ausdruck verlieh – in einer Flüsterstimme, die man noch in der hintersten Ecke der Kirche verstehen musste. Zweifellos erreichten sie Colonel Repton, der nicht weit entfernt vor ihr auf den Altarstufen stand. Connie Brooke, die unverhofft zur »Ersten Brautjungfer« avancierte Kindergärtnerin, sah ihn einen dieser dräuenden Blicke über die Schulter werfen, die sie schon als kleines Mädchen so eingeschüchtert hatten. Ob Valentine die geflüsterten Bemerkungen hörte, war schwer auszumachen. Sie stand sehr gerade und blass neben ihrem Vetter und Vormund, das Kinn vorgereckt, den Blick fest auf die kostbaren alten Glasfenster der Apsis gerichtet. Das Licht, das sie dem Altarraum spendeten, war spärlich, dafür umso farbiger. Und sie waren schon antik gewesen, als Giles Deverell sie Stück für Stück abmontierte und vergrub, um sie vor Cromwells Männern zu retten.

Valentine blickte auf das Scharlachrot, Violett und Saphirblau über dem Altar. Der Altar lag schon im Dämmerlicht, aber die Farben des Fensters leuchteten vor dem Herbsthimmel. Die Braut trug ein dunkelblaues Kleid, das jedoch im Schatten des Chors schwarz wirkte. Sie dachte: Es gibt Dinge, die du retten kannst, wenn du sie nur tief genug vergräbst, und hörte Maggie Repton zum vermutlich zwanzigsten Male sagen: »Gottogott, was ihn nur aufgehalten hat?« Sie brauchte sich nicht erst umzusehen, um sich bewusst zu werden, wo Tante Maggie auf der ersten Bank auf der Seite der Brautleute Platz genommen hatte und nervös mit ihren Handschuhen, ihrem Gesangbuch und der langen polierten Stahlkette spielte, die sie sich zweimal um den Hals gewickelt hatte und die ständig gelockert werden musste, damit die Trägerin Luft bekam.

Mettie Eccles, die nun endlich in der Bank gleich hinter ihr saß, konnte nicht mehr tun, als ihr beruhigend auf die Schulter zu klopfen. Maggie verlor immer gleich den Kopf, wenn es nicht so lief, wie es laufen sollte. Und was für ein seltsames Paar sie und Scilla Repton doch abgaben! Niemand, der es nicht wusste, wäre auf die Idee gekommen, dass sie Schwägerinnen waren. Aber wie hatte Roger Repton auch so töricht sein können, ein Mädchen zu heiraten, das nicht mal halb so alt war wie er. Miss Eccles hatte eine Menge dazu zu sagen – damals und heute noch:

»Es ist ja nicht nur der Altersunterschied! Man muss tolerant sein, und ich gebe gern zu, dass ich ein paar sehr erfolgreiche Ehen kenne, wo der Mann erheblich älter ist als die Frau. Es funktioniert nicht immer; aber ich wäre die Letzte, die bestritte, es könnte ein Erfolg werden. Nur kann man unmöglich behaupten, dass Scilla Repton ein häuslicher Typ ist. Weitab davon! Ich kann mir nicht vorstellen, dass sie bereit ist, auch nur einen Handschlag im Haushalt zu tun, obwohl sie wie alle diese Familien schrecklich unter Personalmangel leiden und täglich Mädchen aus dem Dorf als Aushilfe im Haushalt beschäftigen müssen. Wenn Valentine aus dem Haus ist und nicht mehr deren Gehälter bezahlt, möchte ich wissen, wie es weitergehen soll! Wir können doch alle nicht so tun, als wüssten wir nicht, dass Roger es nur ihrem Geld verdankt, dass er das Haus überhaupt noch unterhalten kann.«

Ja – wie lange würden sie das Haus noch behalten können? Der Antwort auf diese Frage fieberte nun Mettie Eccles mit allen Fasern ihres mageren Körpers entgegen. Und es war nicht nur diese eine ungelöste Frage, die sie so mitnahm. Sie lebte in einer derartigen geistigen Höhenlage, dass Unwissenheit für sie kein Segen, sondern eine Art von Fegefeuer bedeutete.

In diesem Moment wurde sie von der Neugierde verzehrt, warum der Bräutigam nicht erschienen war. Und warum die Generalprobe ohne ihn angefangen hatte. Weshalb? Hätte man die Frist nicht um noch einmal zehn Minuten verlängern können? Warum hatte Roger Repton nicht länger warten wollen? Hatte sie gewusst, dass eine Fristverlängerung sinnlos war? Aber in diesem Fall müssten sie eine Nachricht bekommen haben – telefonisch oder telegrafisch! Nein – das konnte auch nicht sein; denn sie hatte Valentine nicht für einen Moment aus den Augen gelassen. Desgleichen nicht Roger, Maggie oder Scilla. Alle waren unbenachrichtigt geblieben! Gilbert Earle war aus absolut ungeklärten Gründen der Generalprobe seiner Hochzeit fern geblieben! Er und sein Trauzeuge, die mit dem Auto aus der Stadt kamen, hätten längst da sein müssen. Man hatte ihnen Zimmer im *»George«* reservieren müssen. Der Polterabend sollte im Herrenhaus gefeiert werden. Die Hochzeit war für morgen um halb drei Uhr nachmittags festgesetzt.

Und kein Lebenszeichen von Gilbert Earle …

Scilla Repton bewegte den Kopf auf ihrem schlanken Hals und sagte mit ihrer gelangweilten Stimme:

»Nimm dich zusammen, Maggie. Bis zum Polterabend sind wir vollzählig.«

Maggie Repton zerrte an ihrer Stahlkette. Sie hatte das schreckliche Gefühl, sie müsse jeden Moment in Tränen ausbrechen, und Roger würde schrecklich wütend werden, wenn ihr das passierte. Sie gab Scillas amüsierten Blick furchtsam zurück und fragte mit belegter Stimme:

»Oh, glaubst du das wirklich?«

»Natürlich, meine Liebe! Oder meinst du vielleicht, der steigt in letzter Sekunde aus, weil er Lampenfieber bekommen hat?«

Mettie Eccles hörte sehr deutlich, dass Belustigung, wenn nicht gar Schadenfreude hinter diesen Worten steckte, jedenfalls war es nicht eine Bemerkung, die in die Kirche gehörte.

Und Scillas Garderobe passte ebenso wenig hierher. Miss Eccles missbilligte es, wenn die Leute sich so gehen ließen, selbst wenn es nur eine Probe und nicht das echte Ereignis war. Maggie hatte ihr purpurrotes Kostüm angezogen, das hätte sie zwar lieber im Schrank lassen sollen, aber sie hatte kein besseres. Sie würde es ganz bestimmt auch morgen zur Hochzeit tragen! Vielleicht mit einem modischeren Hut; aber sonst nichts mehr. Nein, das Kostüm hätte für morgen reserviert bleiben müssen! Sie selbst trug das, was sie immer zu Werktags-Andachten zu tragen pflegte. Keineswegs eine Hochzeitsgarderobe, doch das absolut Passende für so ein kirchliches Ereignis bescheidener Sorte. Wenn Maggie für eine Generalprobe zu aufgedonnert war, war Scilla ihrer Ansicht nach dem anderen Extrem verfallen: Tweedrock, scharlachrote Strickjacke, einen in sämtlichen Regenbogenfarben schillernden Schal um den Hals, eine schwarze Baskenmütze auf den blonden Locken – unmöglich! Absolut unmöglich! Und Connie, die sich Scilla absurderweise zum Vorbild genommen hatte! Jemand musste ihr das sagen. Vielleicht übernahm sie das selbst? Scillas Garderobe kostete immerhin Geld. Aber ein selbst gestrickter Rock und eine selbst geschneiderte Bluse machten aus der armen Connie weder eine Schönheit noch eine Empfehlung für ein Modejournal! Du lieber Himmel – was für eine Karikatur der »Ersten Brautjungfer« mit diesem farblosen Haar, ihrem runden Gesicht und den Hüftpolstern! Dagegen hätte sie ja nun wirklich etwas tun können, wenn man ihr es rechtzeitig gesagt hätte.

Miss Eccles hingegen hätte bei aller Kritikfreudigkeit an sich selbst nichts auszusetzen gehabt. Richtig gekleidet, in aufrechter Haltung, war sie trotz ihrer fünfundfünfzig Jahre eine durchaus passable Erscheinung, mit ihrer fast faltenlosen Haut und den überraschend blauen Augen mit dem noch jugendlichen Blick. Nein, sie hatte allen Grund, mit sich zufrieden zu sein.

Aber keiner hätte mehr mit sich zufrieden sein können als Connie Brook. Unter anderen Umständen hätte es nichts Schöneres auf der Welt für sie gegeben, als Valentine als Brautjungfer zum Altar zu begleiten. Nicht im Traum wäre es ihr eingefallen, dass es dazu kommen würde – wie sollte es auch? Es war ja nur ein purer Zufall gewesen, dass Lexie Merridew verhindert war und ihr deren Kleid passte. Was für ein herrlicher Zufall, wenn nicht – wenn nicht ...

Wieder kroch ihr dieses flaue Gefühl vom Magen bis in die Kehle hinauf. Es wäre eine Katastrophe, wenn ihr jetzt, mitten in der Kirche, schlecht würde. Das durfte nicht passieren. Diese Blöße durfte sie sich vor Mrs. Repton nicht geben. Wenn sie doch nur wüsste, was sie tun sollte – Tommy war reizend zu ihr gewesen; aber sie war genauso ratlos wieder von ihm fortgegangen, wie sie hingekommen war. Sie hatte ihm alles beichten wollen, doch dann, in seinem Studierzimmer, hatte sie es nicht über die Lippen gebracht. Wenn er ihr nicht glaubte? Daran war es gescheitert. Es gab Zeiten, wo sie es selbst nicht glauben konnte. Sie wusste sich keinen Rat.

Oben auf dem Altarstufen brummelte Ehrwürden Thomas Martin, ein großer ungepflegter Mann in ausgebeulten Hosen, die zu dem älteren der beiden Anzüge gehörte, in denen er vor seine Gemeinde zu treten pflegte, etwas vor sich hin, was man als Ausdruck der Zufriedenheit deuten musste. Niemand verstand, was er sagte. Jedenfalls betrachtete er Valentine mit dem gleichen strahlenden Blick wie bei ihrer Taufe und fügte dann mehr oder weniger hörbar hinzu:

»Sie möchten sicherlich nicht allein vor den Altar treten, und deshalb lassen wir es für heute damit bewenden. Der Bräutigam wird ja jetzt jeden Moment auftauchen, und dann lachen Sie nur noch über das, was ihn aufgehalten hat. Und nur keine Bange, es wird schon nichts schief gehen, denn nichts ist so narrensicher wie das Heiraten.«

Ihr war selten so wenig nach Lachen zu Mute gewesen wie

in diesem Augenblick. Ihr Bewusstsein war betäubt, ihre Gedanken kalt, dunkel und still. Nur hin und wieder zuckten Blitze durch diese Dunkelheit, Schmerz und etwas, das ihr wie eine grausame Hoffnung erschien.

Tommy lächelte wie ein Wasserspeier aus Kaugummi. Er war ein freundlicher alter Schoßhund, und sie mochte ihn sehr; aber er sah zuviel. Sie wollte nicht, dass sie ihm Leid tat. Sie lächelte zurück und sagte mit einer fast normalen Stimme:

»Oh, ja, es wird schon alles gut gehen.«

Roger Repton rief barsch: »Nun, das wär's dann! Lächerlich, wenn ihr mich fragt, diese Probe zu veranstalten! Das Heiraten selbst ist schon schlimm genug!«

Die beiden Brautjungfern gingen auseinander, Connie linkisch und niedergeschlagen, Daphne Hollis hübsch und in guter Haltung.

Valentine sagte: »Vielen Dank auch, Tommy« und wandte sich vom Altar ab. Wenn sie morgen die Stufen hinunterging, würde sie Gilberts Frau sein, Mrs. Gilbert Earle. Falls nicht ...

Da zuckte wieder einer dieser Blitze durch die Schwermut ihrer Seele hin. Er kam und ging, und die Betäubung deckte alles wieder zu.

Jetzt wurde das Portal am Eingang der Kirche aufgestoßen, und Gilbert Earle kam herein. Seine blonden Haare waren zerzaust, sein Gesicht war schmutzig, und an seinem linken Ärmel fehlte ein dreieckiges Stück Tuch. Er trug eine bezaubernd zerknirschte Miene zur Schau, und es war offensichtlich, dass er mit einer allgemeinen Vergebung rechnete. Miss Eccles behauptete hinterher, sie habe auch ein schwaches Hinken bei ihm bemerkt; aber das war außer ihr niemandem aufgefallen. Er schritt geradewegs auf Valentine zu und sagte mit seiner sympathischen Stimme:

»Liebling, du wirst mir verzeihen müssen! John hat die Hecke bei Plowdens Field mitgenommen. Er will nachkommen, sobald sie ihn ein bisschen zusammengeflickt haben. Mir ist so weit, wie du ja sehen kannst, nichts passiert. Wenn ich mir das bisschen Schmutz abgerieben habe, könnte es losgehen.«

KAPITEL 7

Die alten Räume im Herrenhaus waren festlich erleuchtet: das Esszimmer mit seinen getäfelten Wänden, seinem Ausziehtisch und den hochlehnigen Stühlen; der Salon mit seinem französischen Teppich und den Brokatvorhängen, die – bei Tage besehen – verschossen sein mochten, aber im Lampenlicht in alter Schönheit erstrahlten. Vor fünfzig Jahren hätte man noch die gleichen pfirsichfarbenen und goldenen Webmuster auf den Polstern der Sessel und Sofas wieder finden können, deren zerschlissene Reste sich nur unter losen Chintzüberzügen versteckten, die auch wieder schon so oft gereinigt worden waren, dass man ihr Blumendekor nur ahnen konnte.

Hier hingen auch Porträts – ein bezaubernd anmutiges Geschöpf, das Ähnlichkeit mit Valentine hatte: Lady Adela Repton, gemalt in dem Kleid, das sie auf dem berühmten Waterloo-Ball getragen hatte, ihr Gatte Ambrose, den am nächsten Tag eine Kugel neben dem Herzog ins Gras streckte und der als Armamputierter mit leerem, hoch gestecktem Ärmel dargestellt war. Er hatte ein hageres Gesicht, das schmerzvoll und beleidigt aus dem Rahmen blickte.

Roger Repton ähnelte ihm sehr, auch in Haltung und Mienenspiel. Es war Scillas Idee gewesen, am Polterabend eine Party zu geben, und in den zwei Jahren, die er nun mit ihr verheiratet war, war ihm klar geworden, dass er sich nach Scillas Wünschen zu richten hatte und damit basta. Was nicht heißen sollte, dass er so tun musste, als täte er das gern. Das war nicht der Fall. Das Haus befand sich in einem chaotischen Zustand, und mit dem Fiasko der Generalprobe am Nachmittag hatte er für diesen Tag genug Abwechslung gehabt. Er wollte sich vor den Kamin setzen und in Ruhe seine *Times* lesen, und wenn er dabei einschlief, ging das nur ihn etwas an. Aber nein – sie musste auch noch eine Party geben!

Auf den Trubel am Hochzeitstag war er vorbereitet gewesen. Eine Hochzeit war immer eine verdammt ungemütliche Angelegenheit, aber er wusste, was sich gehörte, und er war bereit, das auf sich zu nehmen. Aber diese Party am Polterabend war absolut überflüssig! Der Bräutigam sollte eigentlich mit seinen Junggesellen-Freunden Abschied feiern und Val ihren Schönheitsschlaf halten. Er hatte den Eindruck, dass sie ihn dringend nötig hatte. Sie sah aus wie ein Gespenst in diesem blassgrünen wallenden Kleid. Er sah Lady Mallett stirnrunzelnd an und musste feststellen, dass sie genau das sagte, was er dachte:

»Valentine sieht aus wie ein Gespenst.«

Da er immer zu widersprechen pflegte, tat er das auch jetzt:

»Ich weiß gar nicht, wie du auf so eine Idee kommen kannst.«

»Wirklich nicht?« Sie lachte. »Das Ganze passt dir nicht, wie? Weil es Scillas Idee war, und eine hübsche dazu! Was ist Wahres an diesem Gerücht, dass Gilberts Freund mit ihm in einen Graben gefahren ist?«

»Gar nichts! Denn es war kein Graben, sondern die Hecke bei Plowdens Field!«

»Hatten sie gefeiert?«

»Ich habe nichts davon gerochen.«

»Dann muss er ein erschreckend schlechter Chauffeur sein! Er saß doch am Lenker – oder war es Gilbert? Nun, wenn Gilbert gefahren ist, würde ich Valentine raten, die Party abzubrechen! Man kann nicht hingehen und einen Mann heiraten, der einen in den Graben fährt!«

»Ich sagte doch eben, dass es kein Graben war!«

Sie lachte scheppernd.

»Wo ist da der Unterschied? Und was ist eigentlich mit Valentine los – Lampenfieber? Ich weiß noch, dass ich am Tag vor meiner Hochzeit mit Tim fast durchgebrannt wäre! Ich muss zu ihr und sie ein wenig aufmuntern. Oder bist du es, dem nichts lieber wäre, als dass sie ihn sausen ließe? Wie ich schon sagte, hasst du das alles wie die Pest, nicht wahr? Der Trubel und die Umstände; vor allem, dass Val jetzt aus dem Haus geht. Ich glaube nicht, dass du darüber sehr glücklich bist, oder? Du wirst sie in mehr als einer Beziehung vermissen, möchte ich meinen.«

Ihre Großmutter war eine Repton gewesen, und deshalb hatte sie den Status einer Kusine. Wenn es ihr egal war, was sie sagte, so war es erstaunlich, dass es anderen Leuten auch oft egal war. Ihre großen dunklen Augen zeigten ein stets wachsames Interesse an den Affären ihrer Nachbarn. Sie verteilte gute und unerbetene Ratschläge in verschwenderischer Fülle. Ihre massive Gestalt, in gröbstes Loden gekleidet, war der Mittelpunkt jeder örtlichen Versammlung. Sie spendete für reichlich gute Zwecke aus der Brieftasche ihres Mannes. Heute war sie hübsch verpackt in karmesinroten Brokat, und auf ihrem Busen ruhte ein dessen Umfang angemessenes, wenn auch ziemlich schmutziges Kollier aus hochkarätigen Diamanten und Rubinen. Große Brillant-Solitäre baumelten von ihren Ohrläppchen und funkelten neben apfelroten Bäckchen. Darüber türmte sich eine toupierte Pracht weißer Haare. Ihr kleiner und ziemlich unscheinbar aussehender Gatte hatte mit einer Lebensmittelladen-Kette ein enormes Vermögen gemacht.

Roger Repton antwortete nur: »Ja.« Es hatte keinen Sinn, sich über Nora Mallett zu ärgern. Sie sagte, was sie sagen wollte, und niemand konnte sie daran hindern. Wenn sie über seine finanziellen Verhältnisse zu reden wünschte, würde sie das tun. Und schon tat sie es:

»Eleanor hat dir immerhin ein recht hübsches Taschengeld ausgesetzt in ihrem Testament! Sechshundert Pfund pro Jahr, bis Val achtzehn war, und dann noch mal zweihundert dazu, solange sie in deinem Haus lebt! Arme Eleanor – musste sich ihr Leben damit verpfuschen, dass sie diesen Grey heiratete! Konnte doch ein Blinder sehen, dass er nur hinter ihrem Geld her war. Weißt du, ich hatte immer das Gefühl, dass sie eine Schwäche für dich hatte. Natürlich wart ihr beide Vetter und Kusine ersten Grades; aber niemand dachte sich etwas dabei, wenn Geschwisterkinder heirateten – ja, zu Lebzeiten Königin Viktorias war das gang und gäbe, wenn der Grundbesitz an die männliche Erbfolge gebunden war und nur Töchter im Hause waren.«

»Meine liebe Nora, Eleanor und ich waren keine Viktorianer.«

»Es wäre euch aber besser bekommen, wenn ihr Viktorianer gewesen wäret – ihr hättet euch ganz bestimmt geheiratet!«

Er antwortete kurz angebunden: »Wir haben aber nicht, und damit hat sich's!«

»Zu schade! Wirklich eine Schande, dir den Besitz ohne das Geld zu vererben, das man für seinen Unterhalt braucht. Zu dumm, diese alten Erbfolgebestimmungen! Wäre wirklich besser gewesen, Valentine hätte den Besitz bekommen, und alles wäre in Butter. Mit dem Geld, das sie von ihrer Mutter erbte, wäre das Haus überhaupt kein Problem.« Sie merkte, dass sein Blick noch finsterer wurde, und setzte hinzu: »Nun, nun, es hat eben alles sein Gutes, man muss es nur sehen können. Also mach nicht so ein trauriges Gesicht!«

»Ich sehe nichts, was mich fröhlich stimmen könnte.«

Sie lachte.

»Warte, bis der Champagner herumgereicht wird!«

Sie ging zu einer anderen Gruppe und ließ ihn noch bedrückter zurück. Zwei Tage hintereinander Champagner! Aber lieber ging er betteln, als seinen Gästen billigen Wein vorzusetzen. Er wünschte sich, der ganze Zirkus wäre schon vorbei. Aber dann würden erst die Rechnungen kommen …

Jetzt kam Mettie Eccles auf ihn zu. Sie trug das schwarze

Kleid, das auf jeder Abendgesellschaft der letzten zehn Jahre in Erscheinung getreten war; nur hatte sie es heute mit einer langen, hellblauen Schärpe versehen, die mit der Farbe ihrer Augen harmonierte. Sie schien, wie immer, sehr mit sich zufrieden zu sein. Ihre Augen wanderten hierhin und dorthin, nahmen alles in sich auf, registrierten und kritisierten.

»Was macht denn Gilbert Earle hier? Er sollte eigentlich in der Stadt seine eigene Party geben, dann wäre er auch nicht mit diesem Burschen – wie heißt er gleich wieder? – mit diesem John Addingley in eine Hecke gefahren. Wie ich hörte, haben sie ihm die Lippe genäht – diesem Addingley, nicht Gilbert –, was er verschmerzen kann; denn ein hässlicher Vogel war er wohl schon immer. Was ist er eigentlich – eine Charge im Auswärtigen Amt wie Gilbert? Dort legten sie doch früher Wert auf Aussehen und Manieren; aber jetzt brauchen sie wohl noch Leute mit Verstand. Wie dumm! Aber Gilbert macht sich ja nicht schlecht. Den Verstand hat er vermutlich, das Aussehen ganz bestimmt. Unter uns gesagt, Roger – sieht er nicht ein bisschen zu gut aus? Valentine stört das wohl nicht – oder doch? Es ist schließlich ein Unterschied, ob ein Mann nur ein Mann oder der Ehemann ist.«

Roger Repton sagte steif: »Ich weiß wirklich nicht, was du damit meinst.«

Ihre Augen waren ein einziges schimmerndes Blau.

»Unsinn, guter Mann! Du weißt genauso gut wie ich, was ich meine! Er würde doch den Wunschtraum jedes Mädchens erfüllen; aber am häuslichen Herd schafft das Probleme. Ich nehme an, das Geld ist gut angelegt?«

»Natürlich. Aber, Mettie, wirklich …«

Sie nickte.

»Ja, ja, ich weiß … Man spricht nicht über solche Dinge. Aber was wäre denn Freundschaft wert, wenn wir das nicht mehr dürften? Und wenn wir schon indiskret sind, könntest du mir auch verraten, warum Valentine so blass …«

»Meine liebe Mettie, ich habe absolut nicht das Bedürfnis, dir etwas zu verraten. Und was Valentine betrifft, kann man ihr nicht verdenken, dass sie müde ist. Es war ein sehr anstrengender Tag für sie.«

»Nun ja, wenn das alles ist! Bräute sollen ja strahlen; nur – das ist selten der Fall. Gilbert scheint ihr ja sehr ergeben; nur ist er zu charmant zu sehr vielen Leuten. Doch ich glaube, für ihn zählt nur Valentine, und all die andern dürfen sich nur für sie freuen, dass sie ihn bekommt. Schließlich wird er ja der nächste Lord Brangston sein. Nicht dass ein Titel heutzutage noch viel bedeutet; aber man schmückt sich doch gern damit, und Valentine kann es auch gebrauchen, ihn mit Glanz zu erfüllen.«

Gilbert Earle hatte sich inzwischen von einer Ecke des Raumes zur anderen begeben, wo Valentine sich mit seinem Trauzeugen unterhielt, einem hageren jungen Mann mit einem kantigen Gesicht und einem dicken Pflaster auf der Oberlippe. Valentine stand nun zwischen den beiden Männern. Sie hatte einen sehr hellen Lippenstift benutzt, denn ein kräftigeres Rot hätte ihre Blässe nur noch mehr betont. Das Rouge, das sie aufgetragen hatte, hatte oben vor dem Spiegel sehr dezent ausgesehen, doch hier unten im Salon, wo alle Lichter brannten, wirkte es wie Siegelwachs auf ihrer glatten weißen Haut. Als sie ihr Gesicht im Silbertablett betrachtete, mit dem der Champagner herumgereicht wurde, erschrak sie.

Gilbert fragte: »Darf ich dich zu Tisch führen?«, und sie lächelte ein wenig und sagte: »Ja, ich denke schon. Wir warten nur noch auf Scilla. Ärgerlich; aber eine Unsitte von ihr. Sie verspätet sich immer.« Ihre Stimme war leise und ruhig. Sie klang, als wäre sie zu müde, um sich zu ereifern oder ihre Worte zu betonen. Es lag kein Gefühl darin.

In der Stille, die nun eintrat, hörten alle, wie Sir Timothy Mallett seine Taschenuhr herauszog und den Deckel aufspringen ließ. Und Maggie sagte: »Ogottogott …«

Da ging die Tür auf, und Scilla Repton kam in einem goldfarbenen Kleid mit einem denkbar knappen Oberteil herein. Arme, Schultern und Busen waren so weiß wie Milch. Ihr Haar schimmerte wie Gold im Lampenlicht. Sie ließ sich Zeit mit ihrem Auftritt und stand einen Moment lächelnd da, ehe sie mit ihrer schleppenden Stimme sagte:

»Oh, ihr seid schon alle versammelt! Ich muss mich wieder einmal verspätet haben – wie dumm von mir! Maggie, wer ist denn mein Tischpartner? Ist es der Bräutigam oder Sir Tim? – Ich habe es vergessen.«

Gilbert gab ihren Blick lachend zurück. »Oh – nicht der Bräutigam, fürchte ich. Valentine und ich werden heute Abend als Paar zur Schau gestellt. Werden wir das nicht, Darling?«

Valentine meinte ernst: »Ja, vermutlich werden wir das.«

Ein Hauch von Betroffenheit klang in ihrer Stimme mit, als wäre ihr dieser Gedanke erst jetzt gekommen, dass man sie wie in einer beleuchteten Glasvitrine zu jedermanns Betrachtung ausstellte. Aber übermorgen würden sie nur noch zu zweit sein. Dieser Gedanke an das Unwiderrufliche hatte einen kurzen Schmerz, einen Hauch von Angst zur Folge.

Scilla lächelte, den Kopf leicht im Nacken, die Wimpern gesenkt. »Oh, nein«, sagte sie, »nimm dir ein Herz! Schließlich werdet ihr ja ein ganzes Leben lang zusammen am Tisch sitzen. Heute Abend bist du mein Partner. Val sollte sich lieber um Roger kümmern und Balsam auf seine verwundeten Gefühle träufeln! Also komm an meine Seite, Darling, damit wir zusammen hineingehen können.«

KAPITEL 8

Der Abend war vorbei, und einige waren froh darüber. Zu ihnen zählte Connie Brook. Eigentlich hätte es für sie eine wunderschöne Party werden müssen – ein Fest, an das man sich in trüben Zeiten gern später erinnerte. Und sie hatte auch ein herrliches Kleid zu dieser Party tragen können – ein Geschenk von Scilla Repton, fast neu und himmelblau. Blau war ihre Lieblingsfarbe. Penny Marsh hatte gesagt, das würde sie blass machen – wie beim Waschen ausgefärbt, war ihr Ausdruck gewesen. Aber jeder wusste doch, dass Blau blonden Mädchen gut stand. Vielleicht wäre es wirklich ein netter Abend für sie geworden, wenn sie nicht so bedrückt gewesen wäre und so viele Tränen vergossen hätte. Ihrem Teint bekam das Weinen überhaupt nicht, und ihre Lider waren noch jetzt ganz heiß und geschwollen. Sie hatte gehofft, es würde niemand merken.

Aber Kusine Maggie hatte es bemerkt. Gleich nach dem Dinner war sie im Salon zu ihr gekommen und hatte sie auf die ihr eigene zappelige Art gefragt, ob etwas mit ihr nicht stimme. Es war freundlich gemeint gewesen, regte jedoch nur Connies Verlangen, wieder zu weinen, an. Und selbstverständlich hatte sie auch von dem Kleid angefangen – »das du vermutlich von Scilla bekommen hast. Aber die Farbe, wahrhaftig, meine Liebe, etwas gewagt! Vielleicht hast du letzte Nacht nicht geschlafen«.

»Nein, Kusine Maggie, das habe ich nicht.«

»Aber, Liebes, das darf kein Dauerzustand werden! Nora Mallet ist das sofort aufgefallen. Sie sagte, du sähest aus, als hättest du eine Woche lang nicht mehr geschlafen. Und ich antwortete, ich würde dir ein paar von meinen Tabletten abgeben – sehr gute Tabletten, die mir Dr. Porteous vor zwei Jahren verschrieb, als ich bei meiner Kusine Annie Pedlar auf Besuch war. Sie sind mir sehr gut bekommen. Und alles sieht gleich viel schöner aus, wenn man nach einem gesunden Schlaf morgens erwacht.«

Sie wussten natürlich beide, wie schrecklich sie sich vor zwei Jahren darüber aufgeregt hatte, dass Vetter Roger heiratete. Als wäre es nicht das schönste Geschenk gewesen, das er ihr und sich machen konnte! Da bewohnten sie ganz allein ein großes Haus – zwei langweilige, ältliche Leute –, und Scilla – diese wunderbare, schöne Scilla – erklärte sich einverstanden, zu ihnen zu ziehen und mit ihnen zu leben! Sie verweilte einen Moment bei der Vorstellung, wie herrlich es wäre, wenn sie auch in das Herrenhaus ziehen und Scilla jeden Tag sehen könnte.

Während Connie Brooke in Mettie Eccles' Begleitung über den Dorfanger nach Hause ging, ließ sie der Gedanke an Scilla nicht los. Wie großartig sie in diesem goldfarbenen Kleid ausgesehen hatte! Sie war viel, viel schöner als Valentine. Und wenn sie blass gewesen sein soll, dann konnte man das erst recht von Valentine behaupten. Blass wie ein Gespenst – das war die einhellige Meinung gewesen. Und hatte sie einen Grund dazu? Sie war die Braut, morgen war ihr Hochzeitstag, sie hatte alles, was ein Mädchen sich wünschen konnte.

Ihr eigenes Unglück steckte ihr wie ein heißer Kloß im Hals, den sie nicht mehr hinunterwürgen konnte. Sie fragte sich, ob die Tabletten, die Kusine Maggie ihr gegeben hatte, auch hielten, was sie versprachen. Wie herrlich, wenn sie einmal eine Nacht durchschlafen könnte! Sie würde sie auflösen müssen. Sie hatte es noch nie fertig gebracht, eine ganze Tablette hinunterzuschlucken.

Miss Mettie sagte: »Du siehst furchtbar mitgenommen aus, Connie. An deiner Stelle würde ich etwas Heißes trinken und dann sofort zu Bett gehen.«

»Oh, ja, das habe ich vor. Ich habe eine Kanne Kakao auf dem Ofen stehen. Ich brauche ihn nur heiß zu machen. Und Kusine Maggie hat mir ein paar von ihren Tabletten gegeben, damit ich einschlafen kann.«

Mettie Eccles versetzte sofort: »Aber deine Mutter hat, wie ich mich erinnere, immer darüber geklagt, dass du keine Tabletten schlucken könntest. Du hast sie jedes Mal ausgespuckt!«

»Ich werde sie im Kakao auflösen.«

»Du lieber Himmel – der muss ja dann scheußlich schmecken! Aber dir macht das nichts aus, nicht wahr? Du bemerkst den Unterschied nicht. Und warum schluckst du sie nicht wie andere Leute? Unzerkaut meine ich?«

»Ich weiß es nicht«, antwortete Connie kleinlaut, »ich kann das eben nicht.«

Hoffentlich machte ihr Miss Mettie deswegen jetzt keine Szene. Sie war nicht in der Verfassung, sich heute Nacht noch über derartige Belanglosigkeiten zu streiten.

Mettie Eccles löcherte sie weiter mit Fragen:

»Wie viele Tabletten hat sie dir gegeben? Und wie viele, sagte sie, sollst du davon nehmen?«

»Das sagte sie, glaube ich, nicht. Es muss auf dem Fläschchen stehen.«

»An deiner Stelle würde ich keinesfalls mehr als eine nehmen. Schließlich bist du ja nicht tablettensüchtig.«

Sie sagten sich an Miss Eccles' Gartenpforte gute Nacht, und Connie ging weiter. Sie war froh, endlich allein zu sein. Sie wollte nicht mehr denken, nicht mehr reden, sich nicht mehr rechtfertigen müssen. Sie wollte nur noch etwas Heißes trinken, zu Bett gehen und dann schlafen.

Sie ließ immer ein Licht brennen, wenn sie außer Haus ging. Sie mochte es nicht, wenn sie das Gefühl haben musste, in ein dunkles Haus zurückzukehren. Sie sperrte die Tür auf, und das Licht begrüßte sie. Dann, als sie wieder abgeschlossen hatte, ging sie weiter in die Küche. Der Kakao stand in einem Emailletopf auf dem Petroleumkocher. Sie setzte einen der beiden Brenner in Gang, stellte den Topf darüber und ging in den Oberstock.

Jetzt, da der Abend vorbei war, fühlte sie sich so zerschlagen, dass sie kaum einen Fuß vor den anderen setzen konnte. Aber sie trug das Kleid, nachdem sie es über einen Bügel gehängt hatte, hinüber in das Zimmer, das ihre Mutter bewohnt hatte. Dann ging sie wieder hinunter, um nachzusehen, ob der Kakao schon heiß war. Sie nahm das Fläschchen mit Kusine Maggies Tabletten mit in die Küche. Sie dachte, dass sie vielleicht auch ohne Tabletten einschlafen würde, aber sie wollte sichergehen. Als sie ihren Kakao getrunken hatte, wusch sie Tasse und Topf ab, drehte das Licht im Erdgeschoss aus und ging hinauf in ihr Bett. Wie herrlich, wenn sie wieder mal richtig schlafen konnte ...

KAPITEL 9

Überall in Tilling Green gingen die Leute jetzt zu Bett oder schliefen bereits. Im Herrenhaus legte Roger Repton Schlüsselring und Geldbörse mit einem Laut, der sich zwischen einem Gähnen und einem erleichterten Seufzen bewegte, auf seine Frisierkommode und nahm dann seinen weißen Binder ab. Morgen um diese Zeit würde dieses ganze verdammte Theater vorüber sein. Was half es denn, dass er sich Sorgen machte, die sich leider nie ganz vermeiden ließen? Valentine hätte auf jeden Fall irgendwann geheiratet, und wer konnte schon wissen, wie eine Ehe sich entwickelte. Seine zum Beispiel – vor dieser Überlegung scheute er zurück. Über Dinge, die beim Nachdenken nur schlimmer wurden, sollte man nicht nachdenken. Zurück zu Valentine. Er sah keinen Grund, weshalb diese Ehe ihr nicht bekommen sollte. Gilbert war nicht der erste junge Mann, der sich ein bisschen die Hörner abstieß, bevor er sesshaft wurde. Und das Geld war fest angelegt – das konnte er nicht durch den Schornstein jagen. Die Ehe von Valentines Mutter hatte schon Geld genug gekostet! Dieser Bursche Grey hatte die arme Eleanor ausgenommen wie eine Weihnachtsgans: Die zarte, so zerbrechliche Eleanor hatte einfach resigniert. Er hatte sich oft gefragt, wie es gewesen wäre, wenn er sie geheiratet hätte. Jeder sagte, das gehöre sich nicht, und sie hatte Grey geheiratet, als er sich in den Fernen Osten versetzen ließ. Aber es hatte ziemlich lange gedauert, ehe sie sich dazu entschloss. Und Grey war ein absoluter Flop gewesen. Aber Valentine würde es mit Gilbert nicht so gehen. Sie würden sie vermissen, und – sie würden ihr Geld vermissen. Er begann darüber nachzudenken, wie sehr sie ihr Geld vermissen würden.

Seine Schwester Maggie überlegte, dass der Abend so ganz übel nun doch nicht gewesen sei. Mrs. Glazier war eine ausgezeichnete Köchin. Nur schade, dass sie sie wohl jetzt nicht mehr behalten konnten – oder doch? Roger redete immer so, als müssten sie alle in der nächsten Woche ins Arbeitshaus umziehen. Papa hatte das auch schon gesagt. Heute nannte man diese Dinger Asyle; doch im Prinzip war es dasselbe. Wenn man nicht genug Geld hatte, musste man dauernd daran denken, und das war auf die Dauer ermüdend. Wie schade, dass Valentine morgen heiratete! Meistens wurde eine Ehe nie das, was man sich als Verlobte davon erwartete. Sie konnte unglücklich werden wie ihre Mutter. Vielleicht bereute sie eines Tages, dass sie dieses Haus verlassen hatte. Gilbert war ein sehr gut aussehender Mann, und eines Tages würde er einen Titel haben, weil die bedauernswerte Lady Brangston immer nur mit Töchtern niederkam. Also würde Gilbert eines Tages den Titel seines Vetters erben. Geld würde er von seinem Vetter keines erben, aber davon hatte ja Valentine genug. Charmante junge Herren war nicht immer die besten Ehemänner. Sie würde selbst gern geheiratet haben, aber niemand hatte sie gefragt. Und vielleicht war es doch sicherer, gar keinen Mann zu haben als so einen Schwerenöter, der Valentines Mutter das Herz gebrochen und fast ihr ganzes Geld verplempert hatte.

Sie nahm das Amethyst-Halsband ab, das sie von ihrer Mutter geerbt hatte. Die Steine hatten eine hübsche Farbe. Sie konnte sich noch erinnern, wie gut es ihrer Mutter gestanden hatte, die es zu einem schulterfreien lila Seidenkleid getragen hatte. Frauen hatten damals gut gewachsene Schultern, ihre waren viel zu mager. Sie seufzte und hob die drei Einlegefächer aus ihrer altmodischen Schmuckkassette, um das Kollier auf das Samtfutter am Boden zu betten. Das zusammengefaltete Papier lag im untersten Einlegefach. Nur ein Stück vom Rand sah unter einem breiten Armband hervor, das mit Karneolen besetzt war. Sie zuckte erst mit der Hand zurück, doch dann hob sie das Armband hoch, nahm das Papier heraus und faltete es auseinander. Es war beschrieben, die Schrift sehr plump, die Buchstaben hingemalt wie von einem ABC-Schützen, der keine Zeilen einhalten konnte.

Nach einer Weile faltete sie das Papier zusammen und legte es ins Fach zurück. Das Armband, das sie darüber schob, drückte es platt wie ein Briefbeschwerer. Dann kamen die zwei anderen Fächer obenauf, ehe sie den Deckel zuklappte und die Kassette verschloss. Den Schlüssel verwahrte sie in einem Versteck.

Valentine Grey schlüpfte aus ihrem blassgrünen Kleid. Mettie Eccles hatte zu ihr gesagt: »Du sollst niemals Grün tragen, hörst du! Das bringt Unglück.« Sie stand da, das duftige Gewebe, das wie ein Nebelstreif über ihren Arm hinspielte, in der linken Hand. Sie überlegte, wie weit, wie unendlich weit die Wurzeln dieses Aberglaubens in die Vergangenheit zurückreichten. Grün war die Farbe der Unholden – der Elfen. Die konnten es nicht leiden, dass ein Mensch ihre Farbe trug, zumal am Freitag, dem Tag der Erlösung, an der sie nicht teilhatten …

Sie hängte das Kleid über einen Bügel und ging dann zu ihrer Frisierkommode, um ihre Perlen abzulegen. Ihre Hände griffen zum Nacken, um den Verschluss zu öffnen, und fielen dann wieder nach unten. Da war ein Brief auf dem Nadelkissen, mit der Brosche festgesteckt, die sie heute Nachmittag getragen hatte – eine kleine, mit Diamanten besetzte Weißgoldfeder, sehr leicht und glitzernd. Das Kuvert war von der Art, wie man sie zusammen mit Weihnachts-Glückwunschkarten zu kaufen bekommt. Sie hatte Mühe, die Nadel der Brosche aus dem Kuvert zu lösen. Die Schrift darauf war groß, breit und ungelenk. Sie kannte niemand, der so eine Handschrift hatte.

Sie riss das Kuvert auf und fand darin ein zweites, viel kleineres, von grauer Farbe und unbeschriftet. Nichts daran hätte ihr Angst machen können, und doch begannen ihre Hände zu zittern, und an ihrem Hals pochte eine Ader. Aus dem grauen Umschlag fiel ein Stück Papier mit Zeilen, die mit Bleistift geschrieben waren. Diese Handschrift kannte sie:

»Der alte Platz. Ich warte bis Mitternacht. Wenn du nicht kommst, läute ich Punkt neun an eurer Haustür.«

Das Papier hatte keine Unterschrift. Sie brauchte keine. Jedes Wort von Jason war für sie wie eine Signatur. Empfindungen, Erinnerungen, Gefühle schlossen sich zu einem Satz zusammen: *»Er ist da.«*

Zunächst löste diese Gewissheit einen Impuls der Befreiung und der reinen Freude aus. Ihr war, als wüchsen ihr Flügel und sie könnte fliegen, wohin ihr Herz sich sehnte. Doch dann fiel sie wieder zurück, als sei sie angekettet, weil alles zu spät war. Er war fortgegangen, und sie hatte nie gewusst, ob er tot oder lebendig war. Tausendfach lauerte der Tod auf den Geliebten, und in jeder Stunde konnte er einer dieser zahllosen Möglichkeiten zum Opfer fallen.

In dieser Ungewissheit, ohne Nachricht, kann man nicht ständig leben. Morgen würde sie Gilbert Earle heiraten. Ärger griff Platz, wo vorher Freude gewesen war. Glaubte Jason wirklich, er könne sie wegwerfen und wieder aufklauben, wann es ihm beliebte? Glaubte er, seine Welt würde stillstehen, bis er einmal zurückkehrte von seiner Abenteuerreise? Worte, die zu ihr in seiner Stimme sprachen und denen sie eine

Weile zuhörte, waren nur Nahrung für ihre aufflammende Empörung: »Er, der nicht will, wenn er darf ...« Sie war willig genug gewesen; und er war fortgegangen, ohne ihr ein Wort zu sagen. Sie merkte, dass sie das Papier so fest zusammenpresste, dass es schmerzte.

Dann zerriss sie es plötzlich und streute die Fetzen in den Wind vor ihrem Fenster. Sie wäre an ihrem Zorn erstickt, wenn er sich nicht entlüde. Da er Zeit und Ort für ihr Zusammentreffen bestimmt hatte, würde sie zu ihm gehen, und einmal, ein einziges Mal, würde es Klarheit zwischen ihnen geben. Sollte er ruhig sehen, was er angerichtet hatte, sollte er den Rauch des Feuers sehen, das er entfacht hatte, und dass nur Asche übrig geblieben war. Sollte er das Werk seiner Vernichtung sehen – und dann nichts mehr.

Sie zog den langen, rüschenreichen Petticoat aus, den sie unter ihrem grünen Kleid getragen hatte, und holte einen dunklen Rock und einen gestrickten Pullover aus dem Kleiderschrank. Sie streifte die blassgrünen Pumps mit den Kristallschnallen ab und ersetzte sie durch flache, einfache Straßenschuhe. Sie band sich einen dunklen Schal um den Kopf und schlüpfte in einen kurzen, lose sitzenden Mantel.

Der Flur lag still und verlassen vor ihr, als sie die Zimmertür öffnete. Sie erreichte den Treppenabsatz. In der Halle brannte eine Lampe mit einer schwachen Birne. Es ist, als erlebte man einen Traum, wenn man so ganz allein durch ein schlafendes Haus geht. Die Tagesmädchen waren schon vor Stunden heimgegangen. Mrs. Glazier, die mit dem Gärtner verheiratet war, übernachtete in ihrem Cottage. Irgendwo, über ihr im Stockwerk, aus dem sie gekommen war, schliefen Scilla und Roger und Maggie – müde genug waren sie alle gewesen. Scilla hatte es gar nicht abwarten können, gute Nacht zu sagen, ehe sie gähnend in ihrem Zimmer verschwand.

Während Valentine durch die Halle ging, drang dieses Gefühl der Leere und Stille wie eine Flut auf sie ein. Ihr war, als wate sie in einem Schwimmbecken und spüre, wie das Wasser von ihren Knöcheln über die Taille bis zu ihrem Kinn hinaufstieg. Nun schlug es über ihr zusammen; aber sie ging trotzdem weiter. Die Lampe in der Halle war wie ein Leuchtfeuer, das ihr den Weg zeigte. Sie erreichte den Salon, öffnete die Tür, schloss sie wieder, und das Leuchtfeuer erlosch. Sie holte die kleine Stablampe, die sie in die Manteltasche gesteckt hatte, hervor und knipste sie an.

Der schmale Lichtkegel zeigte ihr Sessel, Tische, Sofas – aber nur andeutungsweise, wie Riffe in einem unbekannten Fahrwasser. Sie kam zu den blassen Vorhängen und teilte den mittleren. Nur dieser verbarg wie drüben in Scillas Damenzimmer eine Tür, während die anderen Sackgassen waren – Nischen mit eingebauten Polsterbänken. So erreichte sie die Terrasse und schaltete die Stablampe wieder aus. Sie brauchte sie nicht mehr. Zu oft war sie diesen Weg gegangen – bei Tag, bei Nacht, im Zwielicht der Dämmerung –, und immer ohne Licht. Zudem war es keine ganz dunkle Nacht. Der Mond schien hinter niedrig hängenden Wolken, die verschwommene, doch sichtbare Umrisse hatten.

Sie ging zum Ende der Terrasse und dann die Stufen hinunter. Sie schritt auf dem leicht abfallenden Rasen zwischen Bäumen dahin, bis sie auf einen Weg stieß, der sich links in einem Wäldchen verlor. Sie folgte ihm, und der Wind, der mit den Zweigen spielte, narrte sie mit ständig wechselnden Schattenmustern. Dann hörten die Bäume auf, und nun ging es eine Steigung hinauf zu einem Aussichtspunkt, wo ein Urgroßvater eines dieser tempelartigen Sommerhäuschen hatte errichten lassen, die man in frühviktorianischer Zeit Aussichtspagoden nannte. Sie folgte einem mit Gras überwucherten Pfad, bis sie nur noch wenige Schritte von der Pagode entfernt war und einen Schatten bemerkte, der sich bewegte. Sie blieb stehen, während ihr Herz stark pochte.

Ein hölzernes Podest mit zwei Stufen führte zum Eingang

der Pagode. Jason sprang von diesem Podest herunter und umarmte sie. Das war so selbstverständlich, ihr so vertraut, so ganz wie früher, dass sie keinen Anstoß daran nahm. Die Monate der Trennung waren vorüber, der Graben, der sie trennte, war zugeschüttet. Sie waren wieder beisammen, Jason und Valentine, und sie hielten sich fest.

Endlich sagte Jason: »Du bist also gekommen. Gut so! Ich schrieb dir keine leeren Worte. Morgen früh hätte ich sonst an deine Tür geklopft. Aber setzen wir uns doch, ehe wir weiterreden.«

Er ließ sie wieder los, und sie setzten sich auf die Stufen, wie sie das früher so oft getan hatten. Wäre der Mond hinter den Wolken hervorgekommen, hätten sie das Dorf mit dem Anger in der Mitte, der sich als unregelmäßiges Dreieck zwischen den Häusern ausbreitete, sehen können. Und auch das Flüsschen, das dem Dorf seinen Namen gegeben hatte – die Till, die sich durch die Wiesen am Fuß des Abhangs schlängelte und sich dahinter mit dem Lede vereinigt. Kein Licht brannte im Dorf, nur die Umrisse des Angers waren sichtbar und daneben, wie ein dunkler Fels, die Kirche. Über der Stelle, wo Doris Pell ins Wasser gegangen war, hing ein dünner Dunstschleier.

Eine Zeit lang sagten sie beide kein Wort. Valentine war hergekommen, um ihren Zorn über ihn auszudrücken. Um sich aufzulehnen gegen seine Willkür, mit der er sie liebte und verließ; mit der er fortging und dann doch nicht fortblieb. Doch nun, wo sie hier beisammensaßen, brachte sie es nicht fertig. Wenn er kam, kam er, und wenn er ging, ging er. Sie war machtlos dagegen. Aber konnte sie Gilbert Earle heiraten, wenn sie das Gefühl hatte, sie sei schon mit Jason verheiratet? Was war das – eine Ehe? Begann sie erst mit den Worten, die Tommy sprechen würde, wenn er morgen Gilberts und ihre Hände zusammenlegte? War sie nur eine körperliche Bindung, eine physische Beziehung? Sie wusste nur, was sie darunter verstand und dass sie niemals Gilberts Frau sein konnte. Und hätten sie sich nie geküsst und nie berührt und würden sich niemals wieder küssen oder berühren, änderte das nichts an dem, was sie mit Jason verband. Und dieses Band zwischen ihnen würde nie zerreißen.

Aus dem Dunkel neben ihr kam seine Stimme: »Was wirst du jetzt tun?«

»Ich weiß es nicht …«

Er lachte.

»So fünf Minuten vor zwölf, wie?«

Er hörte, wie sie tief Luft holte.

»Warum bist du fortgegangen?«

Jason machte eine Bewegung, als hebe er kurz die Schultern an und ließe sie wieder fallen. Eine Bewegung, die ihr so vertraut und teuer war wie alles, das sie jetzt aus der Vergangenheit zurückholte: den drahtigen, schlanken Körper, die dunklen Haare, die schrägen Augenbrauen, den ausdrucksvollen Mund, den jähen Wechsel von Ernst und Fröhlichkeit …

»Wen der Teufel reitet …«

»Warum bist du fortgegangen, Jason?«

»Mein Süßes, es gibt nur einzige Antwort auf ›Warum?‹, und die heißt ›Darum‹.«

»Das bedeutet, dass du es mir nicht sagen willst?«

Er nickte.

Sie fragte mit erschütterter, leiser Stimme: »Warum bist du zurückgekommen?«

»Höchste Zeit – glaubst du nicht?«

Nach einer Weile sagte sie: »Nein.« Und dann: »Wenn du nicht gekommen wärest …«

»… würdest du Gilbert geheiratet haben, und alles wäre gut gewesen?«

Sie holte abermals tief Luft, was sich wie ein Seufzen anhörte.

»Nein, es gibt keinen Ausweg.«

Und bei sich selbst dachte sie: Ich sitze in einer Falle. Ich kann Gilbert nicht heiraten. Ich kann die Verlobung nicht auflösen. Nicht jetzt. Nicht so.

Im Tal schlug die Turmuhr. Zwölf sanfte Töne in der stillen Luft. Jason sagte:

»Nun, Darling, es ist dein Hochzeitstag. Wie fühlst du dich?«

Sie legte die Hände flach auf das Holz der Stufe und stemmte sich in die Höhe. Ihr war, als würde sie dieses Gewicht kaum bewältigen können. Doch kaum stand sie, als er sie wieder niederzog.

»Es hat keinen Sinn, vor der Wahrheit davonzulaufen, Val. Du weißt, du kannst ihn nicht heiraten.«

Kaum hatte er sie auf die Stufen zurückgezogen, als er sie schon wieder losließ.

Mit verlorener Stimme sagte sie: »Ich muss.«

»Du weißt ganz genau, dass du nicht kannst. Ich tue nichts, um dich zu beeinflussen. Ich habe dich nicht angefasst. Ich habe dich nicht geküsst. Ich richte keine leidenschaftlichen Appelle an dich. Ich frage dich lediglich, was du dir davon versprichst, wenn du ihn heiratest? Wer, glaubst du, wird etwas davon haben? Gilbert? Ich kann mir nicht vorstellen, dass er sich freuen wird, wenn er mit einem Mädchen getraut wird, das ihm nur widerwillig ihr Jawort gibt und einen anderen liebt. Was mich selbst betrifft, so kann ich dir versichern, dass du mir nicht erst damit beweisen musst, was ich deiner Ansicht nach verdient habe. Und was dich selbst angeht – nun, da würde ich dir empfehlen, doch noch einmal nachzudenken.«

Sie hatte nicht das Gefühl, dass es noch etwas gab, über das sie nachdenken konnte. Sie legte ihr Gesicht in ihre Hände und beugte sich vor, bis sie auf ihren Knien ruhten. Da waren keine Gedanken mehr, nur noch Gefühle. Im Rückblick nur die Qual der Einsamkeit, als er ohne Abschied fortgegangen war. Jetzt war ihr Jason so nahe, dass die leiseste Bewegung die

Lücke schloss, die sie noch trennte. Und danach, wenn diese dunklen Stunden der Leere vorbei waren, gähnte das Nichts.

So verging die Zeit. Er sagte nichts und bewegte sich nicht, und doch hätte sie seine Nähe nicht stärker spüren können, wenn er sie in seinen Armen gehalten hätte. Endlich hob sie ein wenig ihr Gesicht und sagte mit schluchzender Stimme:

»Warum – bist – du – von – mir – weggegangen?«

Wieder dieses Zucken mit der Schulter, das auf halbem Weg zu Ende war. Aber diesmal ließ er dieser Geste Worte folgen. Er sagte: »Ich musste mich um etwas kümmern.«

Sie fuhr fort, als hätte er nichts gesagt oder sie es nicht verstanden:

»Du kamst hierher, um mich zu treffen. Du sagtest mit keinem Wort, dass du weggehen würdest. Du hast mich geküsst und bist gegangen. Du hast nicht geschrieben. Du bist nicht mehr gekommen ...« Ihre Stimme versagte.

»Es war hart für dich«, bestätigte er. »Aber ich habe dir immer wieder gesagtr, dass es nicht einfach sein wird, wenn du mich liebst.«

Sie fand ihre Sprache wieder:

»Man kann doch nicht einfach so weggehen und wiederkommen und glauben, nichts habe sich geändert. Wenn man zu unglücklich ist, kann man nicht einfach so weitermachen.«

Er sagte ohne eine Spur von Ungeduld: »Es war nicht das erste Mal, dass ich kam und ging und nicht schrieb.«

Wieder fuhr sie fort, als hätte sie ihn nicht gehört:

»Ich bekam einen Brief. Jemand schrieb mir, nur weiß ich nicht mehr, wer. Darin stand, ein anderes Mädchen sei der Grund für dein Fortgehen gewesen.«

»Ich kann dir nicht verraten, weshalb ich fortging. Ein anderes Mädchen war es nicht.«

»Alles in allem bekam ich drei Briefe. Sie waren – schleimig, als wären Schnecken darüber hinweggekrochen.«

»Anonyme Briefe haben das so an sich. Man sollte meinen,

du seist vernünftig genug, auf solche Briefe nicht zu reagieren.«

Ihr Kopf ruckte hoch. »Ich habe diesen Briefen nicht geglaubt, Jason! Wirklich nicht! Nur – alles war besudelt von diesem Schleim.«

Er sagte mit einem halb erstickten Lachen:

»Versuche es mit Seife und einer Nagelbürste!« Und dann, mit einem jähen Wechsel im Ton: »Wach auf, Val! Du kannst entweder an mich glauben oder nicht an mich glauben. Wofür du dich auch entscheidest – du musst es mit verbundenen Augen tun. Deine anonymen Briefe, wenn ich dich richtig verstehe, können dir keine Beweise liefern, ich ebenfalls nicht. Wenn du an mich glaubst, dann glaubst du an mich und basta. Und wenn du nicht an mich glaubst, dann machen wir hier und jetzt einen sauberen Schnitt, und ich wünsche dir alles Gute. Wie ich vorhin bereits bemerkte, ist heute dein Hochzeitstag. Oder auch nicht, wenn du es anders haben willst.«

Sie schluchzte laut.

»Du hast mir nicht einmal gesagt, dass du mich liebst!«

Seine Stimme blieb ernst: »Wenn du es nicht weißt, auch wenn ich dir nichts gesagt habe, würde ich es auch mit keiner Sprache dieser Welt erreichen, dass du es begreifst.«

Und auf einmal wusste sie es – mit ihrem Herzen, ihrem Verstand und ihren Gefühlen. Sie wusste es mit unumstößlicher Sicherheit. Er war gegangen und hatte nichts gesagt, er war zurückgekommen und würde es immer noch nicht sagen. Vielleicht passierte das alles noch einmal. Vielleicht passierte es immer wieder. Vielleicht würde sie das nicht ertragen können – sie wusste es nicht.

Aber sie wusste nun, dass er sie liebte, und deshalb konnte sie nicht Gilbert Earle heiraten. Sie stand auf und blickte zu ihm auf, als er sich ebenfalls erhob.

»Ich muss gehen. Heute wird nicht mein Hochzeitstag sein, Jason.«

Sie ging allein den Hügel hinunter, den sie heraufgekommen war. Sie wusste nun, was sie tun würde, aber sie hatte nicht die geringste Vorstellung, wie sie es bewerkstelligen sollte. Sie hatten sich keinen Kuss gegeben zum Abschied, nicht einmal die Hände. Das Band zwischen ihnen war viel stärker als Küsse oder die Anziehungskraft des Fleisches, und sie hätte ihren Bund fast verraten. Sie war wie eine Schlafwandlerin, die am Rand eines Abgrundes plötzlich erwachte. Noch ein Schritt, und sie wäre in diesem Abgrund zerschellt. Nur ein paar Stunden, und sie wäre Gilberts Frau geworden. Alles in ihr erschauderte, und dann lief sie innerlich jubelnd weiter, weil sie rechtzeitig aufgewacht war.

Sie erreichte die Terrasse und ging durch die Tür, die sie beim Fortgehen einen Spalt breit offen gelassen hatte. Als sie den verschossenen Brokatstoff wieder hinter sich zusammenzog, war die Dunkelheit im Zimmer so dicht wie eine Mauer. Sie vermochte die Hand nicht vor den Augen zu sehen. Sie bewegte den Kopf ein wenig nach rechts und nahm einen hellen Lichtstreifen wahr, der nur bis zur Schwelle des Salons reichte. Die Tür zu Scillas Damenzimmer stand eine Kleinigkeit offen, und dahinter brannte eine Lampe.

Valentine bewegte sich ohne Vorbedacht oder Plan darauf zu. Sie wurde davon angezogen, und sie überließ sich dieser Regung. Als sie nur noch einen knappen Meter von der Tür entfernt war, blieb sie stehen, denn sie hörte jemand hinter der Tür des erleuchteten Zimmers sprechen. Es war Gilbert Earles Stimme. Er sagte:

»Scilla, was hat das für einen Sinn?«

Und Scilla lachte.

Es war ein leises, träges Lachen. Sie antwortete:

»Darling, ich habe mir wirklich nicht vorher überlegt, ob es einen Sinn haben könnte.«

Sie mussten sehr nahe beieinander sein. Die Stimmen kamen aus der gleichen Richtung. Wenn sie sich nicht in den Armen gelegen hätten, hätten ihre Stimmen nicht so verschmolzen geklungen. Er sagte, und es klang wie ein Stöhnen:

»Wir haben das alles schon einmal durchgesprochen.«

»Und immer bist du der Wahrheit ausgewichen«, sagte sie mit einem Hauch von Verachtung in der Stimme.

»Wir wussten von Anfang an, dass es nicht von Dauer sein kann.«

»Du meinst, du wusstest von Anfang an, dass du nicht nur ein Stück, sondern den ganzen Kuchen haben wolltest, nicht wahr, Liebling? Oder, um es unverblümt auszudrücken – du warst von Anfang an hinter Valentines Geld her.«

»Du hast kein Recht, so etwas zu sagen. Ich mag sie sehr gern.«

»Und noch lieber magst du ihr Geld.«

»Ich kann es mir nicht leisten, ein Mädchen zu heiraten, das kein eigenes Vermögen besitzt.«

»Du kannst es dir nicht leisten, mich zu heiraten?«

»Mein liebes Kind – die Frage, dich zu heiraten, stellte sich überhaupt nicht.«

Sie sagte sehr leise und süß:

»Roger würde sich von mir scheiden lassen – wenn er etwas wüsste.«

Das war alles viel zu rasch gegangen, und erst jetzt sickerte das, was Valentine gehört hatte, bis zu ihrem Bewusstsein durch. Die Erkenntnis traf sie mit der Wucht eines Hammerschlages. Sie drehte sich um und tastete sich zur anderen Tür zurück. Ihre ausgestreckten Hände berührten Holz, das lautlos nach innen schwang. Sie stolperte nicht und machte kein Geräusch, als sie die Halle durchquerte. Sie eilte die Treppe hinauf zu ihrem Zimmer.

KAPITEL 10

Nachdem Miss Silver die Haare gebürstet und daraus einen Zopf geflochten hatte, den sie zu einem Kranz hochsteckte und mit einem kräftigeren Netz versah als am Tage, griff sie zur Bibel. Sie pflegte das an jedem Abend zu tun, ehe sie das Licht löschte. Heute Abend, in ihren warmen blauen Frisiermantel gehüllt, las sie, auf dem Bettrand sitzend, zu ihrer Erbauung das sechste Kapitel der Sprüche Salomons. Zunächst die Warnung vor der Bürgschaft für einen Fremden und den Rat an die Faulen, sich die Ameisen zum Vorbild zu nehmen, wie man sein Brot verdienen soll – was sie beides nur unterstreichen konnte –, und dann, was Gottvater im Himmel besonders verhasst war und ihr einen direkten Bezug auf die Situation in Tilling Green und ihren Auftrag zu haben schien:

»Hohe Augen, falsche Zunge, Hände, die unschuldig Blut vergießen;

Herz, das mit böser Tücke umgeht, Füße, die behände sind, Schaden zu tun;

Falscher Zeuge, der frech Lügen redet, und wer Hader zwischen Brüdern anrichtet.«

Ob es sich nun um Salomos eigene Erfahrungen handelte oder ihm nur in den Mund gelegte Erkenntnisse, jedenfalls warfen sie ein scharfes Licht in die dunkleren Abgründe der menschlichen Seele. Und was für eine uralte Weisheit sie der Nachwelt weitergaben! Es dauerte eine Weile, bis Miss Silver das heilige Buch weglegte und sich ihrer Andacht zuwendete.

Als auch das erledigt war, zog sie ihren Frisiermantel aus und legte ihn auf ihre zusammengefalteten Kleider. Sie löschte das Licht, zog die Vorhänge zurück und öffnete das entferntere der beiden Fenster, wobei sie überlegte, wie sehr sich in dieser Hinsicht die Sitten geändert hatten. Ihre Großmutter hätte nicht im Traum daran gedacht, die Nachtluft in ihr

Schlafzimmer hereinzulassen. Das Fenster durfte nur während der Hitzeperiode im Sommer geöffnet werden. Und vor etwas mehr als hundert Jahren blieben nicht nur die Fenster geschlossen und die Vorhänge zugezogen, sondern wurden auch noch die Betten mit Tüchern verhängt.

Miss Silvers gesunder Menschenverstand begrüßte die Entwicklung zu mehr Frischluft, obwohl ihr die jungen Leute der heutigen Generation in dieser Hinsicht zu weit zu gehen schienen. Die Luft war angenehm mild, und sie öffnete die Fensterflügel entsprechend weit. Der Mond war hinter Wolken versteckt, und sie konnte nur den Weg am Zaun sehen, aber nicht die Straße und das Gras des Dorfangers. Aus der Einfahrt des Herrenhauses kam ein Auto und kurz darauf noch eins. Im Herrenhaus war eine Party veranstaltet worden – eine festliche Sache, kein Polterabend –, und die Gäste fuhren nach Hause. Miss Mettie Eccles und Connie Brooke, die nun zu den Brautjungfern gehörte, waren ebenfalls zur Party geladen und würden wohl bald über den Dorfplatz zu ihren Häusern gehen. Ein angenehmer Abendspaziergang für die beiden, dachte sie.

Sie wollte sich schon vom Fenster abwenden, als sie zuerst Schritte und dann das Klicken eines Gartenpfortenriegels hörte. Es konnte nicht der Riegel von Willow Cottage und auch nicht der Riegel der Pforte linker Hand, wo Miss Mettie wohnte, sein. Das Geräusch kam von der anderen Seite her, und zwar von Gales Cottage, der Wohnung von Mr. Barton, der Tilling Green so große Rätsel aufgab. Frank Abbott hatte ihn als ruhigen, harmlosen alten Knaben beschrieben, der sich Katzen hielt, keine Frau in seinem Haus duldete und Kochen und Waschen selbst besorgte.

Miss Silver beugte sich ein wenig vor. Sie hatte diesen Nachbarn noch nicht zu Gesicht bekommen, obwohl sie von Miss Wayne ausführlich über ihn unterrichtet worden war. Sein Einsiedlerdasein, seine nächtlichen Streifzüge, seine Katzen waren keine Empfehlungen für das Dorf. Miss Renie formulierte es so: »Man versucht ja, von jedem nur Gutes zu denken; aber warum nachts spazierengehen?«

Offensichtlich kehrte Mr. Barton gerade von einer seiner nächtlichen Wanderungen zurück. Sie vermochte nur die Umrisse einer großen Gestalt zu erkennen, die sich mit dem Gartentor beschäftigte. Dort verhielt sie eine gute Minute, ehe sie sich weiter zum Haus bewegte.

Gales Cottage war das älteste Gebäude in der Siedlung am Dorfanger. Am Tage bestach das Haus durch seine malerischen Qualitäten, die jedoch auf Kosten der Bequemlichkeit zu gehen schienen. Das Dach war extrem steil, und da das Haus über zwei Stockwerke verfügte, konnten die Zimmer höchstens einen Meter achtzig hoch sein. Die Fenster in der Vorderfront waren praktisch wertlos, weil von wildem Wein überwuchert, der offenbar nie zurückgeschnitten wurde. Der Eingang war an der Seite.

Indem sich Miss Silver noch ein wenig weiter hinauslehnte, vermochte sie Mr. Bartons Weg bis zur Haustüre zu verfolgen. Dort knipste er eine Taschenlampe an, die er mit der linken Hand festhielt. Er richtete den Lichtkegel auf ein großes, altmodisches Schlüsselloch, schob einen großen, altmodischen Schlüssel in das Loch und öffnete die Tür. Dann richtete er, zur Seite tretend, den Lichtkegel nach unten. Eine große, getigerte Katze passierte diesen Kegel und verschwand in der Dunkelheit dahinter. Eine zweite folgte ihr, die Nase am Schwanz, und dann eine dritte, vierte, fünfte, sechste und siebte. Als die letzte der sieben Katzen den Lichtkreis durchschritten hatte, überquerte auch Mr. Barton die Schwelle seines Hauses und verschloss die Tür hinter sich.

Miss Silver war inzwischen zu der Erkenntnis gekommen, dass sie die Milde der Nachtluft überschätzt hatte. Sie zog sich vom Fenster zurück und breitete eine Steppdecke über ihr Bett, auf die sie ursprünglich verzichten wollte. Danach hatte sie den Eindruck, dass sich Stimmen dem Haus näherten – Miss Mettie, die gute Nacht sagte, und ein unverständliches Gemurmel als Antwort.

KAPITEL 11

Der Morgen von Valentines Hochzeitstag dämmerte klar und schön herauf. Zwar zeichneten sich noch ein paar Wolken am westlichen Horizont ab, doch der übrige Himmel zeigte ein so bezauberndes Blau, dass man sich für den tagelangen Nebel und Regen entschädigt fühlte. Das Mädchen, das für das Servieren der Teetassen am Morgen verantwortlich war, stellte das Tablett auf den Nachttisch. Die Vorhänge waren bereits zurückgezogen und das Zimmer lichtüberflutet. Das Mädchen sagte:

»Sie haben einen wunderschönen Tag erwischt, Miss Valentine. Ich hoffe, es bleibt so schön.«

»Vielen Dank, Florrie«, sagte Valentine.

Sie richtete sich auf und nahm die Teetasse vom Nachttisch. Ihr wäre es lieber gewesen, es hätte geregnet. Die Sonne machte die Sache nur schwerer. Sie hatte das Gefühl, als würde der vor ihr liegende Tag ein steiler Berg, den sie irgendwie erklettern musste, nur wusste sie nicht, wie. Sie war aus ihrem tiefen, späten Schlaf erholt und entspannt erwacht, und tief in ihrem Innern regte sich ein zaghaftes Flattern der Freude über Jasons Rückkehr. Aber wie sie alle diese Dinge bewältigen sollte, die sie beide trennten – das war ein Problem, über das sie bisher noch nicht nachgedacht hatte.

Damit musste sie jetzt beginnen. Florrie ging aus dem Zimmer und schloss hinter sich die Tür. Sie war ein nettes Mädchen und freute sich auf die Hochzeit. Sie würde eine Enttäuschung erleben. Eine Menge Leute würden heute eine Enttäuschung erleben. Maggie hatte sich einen neuen Hut gekauft.

Sie konnte doch nicht Gilbert heiraten, nur um Florrie eine Enttäuschung zu ersparen oder wegen Maggies Hut! Oder weil die Brautjungfern ihre neuen Kleider vorführen wollten und Mettie Eccles ihre neuen, teuren Handschuhe aus Ziegenleder. Sie konnte einen Moment lang ganz deutlich Metties Stimme hören: »Die anderen habe ich schon zu oft reinigen lassen, und daher werde ich mir dir zu Ehren ein neues Paar kaufen!«

Valentine nippte an der Teetasse. Was musste sie jetzt tun? Sie würde Roger Repton sagen müssen, dass sie Gilbert nicht heiraten konnte. Er würde wissen wollen, warum. Und das konnte sie ihm nicht sagen. Sie konnte nicht zu ihm gehen und sagen: »Ich heirate heute nicht, weil Jason zurückgekommen ist.« Noch weniger konnte sie hingehen und sagen: »Ich kann Gilbert nicht heiraten, weil er Scillas Liebhaber ist.«

Das wäre ein guter Grund gewesen, den sie jedoch nicht anführen konnte. Sie konnte es nicht tun, weil sie sonst Rogers Ehe vernichtete. Es war ohnehin keine glückliche Ehe; aber wenn er erfuhr, dass Scilla ihm auch noch untreu war, würde das ein schrecklicher Schlag für ihn sein. Er war ein Narr gewesen, diese Frau zu heiraten – ein gehörnter Narr, und das war zu viel für ihn. Sie durfte es Roger nicht antun.

Zudem hatte sie in der Nacht gehört, was nicht für ihre Ohren bestimmt war. Vielleicht war es eine Abschiedsfeier gewesen? Was sie sich dabei sagten, war jedenfalls nicht für sie bestimmt gewesen. Sie überlegte, ob sie Gilbert vorhalten konnte, was sie gehört hatte; aber sie wusste, dass sie es nicht als Grund für die Auflösung ihrer Verlobung verwenden konnte. Sie durfte Scilla nicht vor allen Leuten bloßstellen.

Sie trank den Tee aus und stellte die Tasse auf den Unterteller zurück. Es war acht Uhr, und überall im Haus und auch in anderen Häusern standen die Leute auf, um sich auf die Hochzeitsfeier vorzubereiten. Ein Stoß Briefe lag neben der Untertasse auf dem Tablett. Im Verlauf des Tages würden noch viele Telegramme und telefonische Glückwünsche eintreffen. Dazu kamen noch die vielen Geschenke, für die sie sich bedanken musste, ehe sie sie zurückschickte. Sie nahm die Briefe vom Tablett und blätterte sie durch.

Janet Grants großzügige Handschrift, die für jeden Buchstaben zwei Zeilen brauchte und mit vier Sätzen eine ganze Seite füllte:

»Liebling – ich bin untröstlich – Jessica liegt danieder – kann sie keine Minute allein lassen – meine allerherzlichsten Glückwünsche – Jessica schließt sich an.«

Und der Glückwunsch von Lexie Merridews Mutter – auch Lexie war untröstlich.

Der nächste Umschlag war von der Art, wie man sie in Dorfläden kaufen kann. Billige Massenware. Auch die Adresse auf dem Kuvert war eigenartig – große, primitive Blockschrift. Sie brauchte sich nicht darüber zu wundern – sie wusste Bescheid. Dann riss sie das Kuvert auf und zog ein dünnes, zerknittertes Papier heraus, das auf die gleiche plumpe Weise beschriftet war. Der Brief hatte keinen Anfang, und als sie ihn umdrehte, hatte er auch kein Ende. Er lautete folgendermaßen:

»Vielleicht hatten Sie nichts dagegen, dass er mit Doris Pell getändelt hat und sie ins Wasser trieb. Und dass er etwas mit S. R. hat. Aber wenn Sie nicht wissen, was ich meine, sind Sie noch dümmer als ich angenommen habe, und dann sollten Sie auch noch wissen dass er Marie Dubois unter falschem Namen geheiratet hat als er in Kanada war. Sie sollten das nachprüfen weil Sie sonst auch nur bei den Mädchen landen die er alle schon hat sitzen lassen.«

Nach anfänglichem Bemühen waren die Satzzeichen weggelassen worden. Und eine Unterschrift hatte das Geschreibsel natürlich auch nicht. Valentine ließ den Brief auf das Tablett zurückfallen und saß lange davor.

Die Uhr schlug halb neun.

In diesem Moment sprang Penelope von ihrem Fahrrad herunter und schob es zum Schuppen hinter dem Haus. Dann sperrte sie die Vordertür mit ihrem Hauptschlüssel auf. Sie war ein großes Mädchen mit blauen Augen, brünetter Haut und sehr weißen Zähnen. Sie stand im Flur und rief übermütig jodelnd Connie Brooke, ihre Partnerin in der kleinen Kindergarten-Vorschule, die so gut in der Gegend eingeschlagen hatte. Als sich auf ihren Jodler hin nichts rührte, rief sie noch lauter und energischer Connies Namen. Und dann kam es ihr plötzlich merkwürdig vor, dass die Fenster noch alle geschlossen waren. Die Kinder kamen um neun, und sie vergaßen nie, vorher gründlich zu lüften und dann zu heizen, damit es die Kinder um neun Uhr warm hatten.

Sie lief in den Oberstock, klopfte energisch an Connies Schlafzimmertür, und als sie keine Antwort bekam, ging sie hinein. Connie hatte ihr Kleid ausgezogen und musste es irgendwo aufgehängt haben, denn im Zimmer war es nicht. Weiter war sie nicht gekommen. Sie lag in der Unterwäsche auf dem Bett, ihre Steppdecke über die Schultern gezogen. Zunächst glaubte Penny, Connie schliefe noch, bis sie die Hand anfasste, die den Rand der Decke umklammert hielt, und versuchte, die Finger aufzubiegen. Als ihr das nicht gelang und sie spürte, wie kalt diese Finger waren, wusste sie, dass Connie tot war.

Sie wusste, dass etwas Furchtbares und Endgültiges passiert war. Etwas, von dem man sonst nur in Büchern las oder was anderen Leuten passierte, nicht jemandem, der im eigenen Leben eine Rolle spielte, wie das bei Connie der Fall war. Sie ließ diese kalte, schwere Hand los und wich, rückwärts gehend, vom Bett zurück. Erst als sie die Tür erreicht hatte, wurde sie von Jammer und Trostlosigkeit überwältigt. Kopflos stürmte sie die Treppe hinunter, durch die Tür ins Freie, rannte die Straße hinunter und hämmerte gegen Miss Eccles Haustür. »Connie ist tot!«, rief sie bei jedem Faustschlag.

Miss Eccles zeigte sich kaltblütig und tüchtig. Es wäre unfair, zu behaupten, sie habe die Situation genossen, doch sicherlich genoss sie im Stillen die Art, wie sie die Situation meisterte.

Sie rief Dr. Taylor an, begleitete dann Penny zurück zum Croft Cottage und setzte diese dort ans Telefon, damit sie jedem Elternteil, der sich meldete, mitteilen sollte, Miss Brooke sei plötzlich krank geworden und deswegen bliebe der Kindergarten heute geschlossen.

Als Dr. Taylor eintraf, hatte er ihr nicht mehr zu sagen, als sie bereits wusste. Connie Brooke wäre tot, und das schon seit Stunden.

»Wir gingen gestern Abend nach der Party im Herrenhaus gemeinsam nach Hause«, sagte sie. »Da fehlte ihr noch nichts, außer dass sie in der Nacht zuvor schlecht geschlafen hatte. Maggie Repton gab ihr deswegen ein paar Schlaftabletten mit.«

Dr. Taylor hatte das Temperament einer Bulldogge. Er fletschte zwar nicht die Zähne, aber das Grollen und die hochgezogene Oberlippe versprachen nichts Gutes:

»Sie hatte kein Recht dazu!«

Mettie Eccles sagte:

»Sie wissen ja, wie die Leute sind – sie tun es trotzdem. Ich habe ihr jedenfalls verboten, mehr als eine Tablette zu nehmen. Sie wollte sie in ihrem Schlummertrunk auflösen. Sie vertrug das Schlucken von Tabletten nicht, wie Sie sich vermutlich erinnern werden.«

Er knurrte: »Wo ist die Flasche mit den Tabletten?«

Sie fanden sie auf der Küchenkommode, und sie war leer.

»Wissen Sie, wie viele Tabletten in der Flasche waren?«

»Nein, das weiß ich nicht. Sie teilte mir lediglich mit, Maggie habe ihr einige Tabletten gegeben, und ich beharrte auf einer.«

Er sagte mit rauer Stimme, weil ihn Todesfälle immer so wütend machten:

»Nun, an einer Tablette stirbt man nicht. An zweien auch nicht. Ich werde sofort Miss Maggie anrufen, um festzustellen, wie viele es wirklich waren. Man sollte doch erwarten, dass sie so viel Verstand besitzt, mit Tabletten umgehen zu können! Und woher hatte sie die Pillen überhaupt? Von mir bestimmt nicht!«

Maggie Repton nahm den Anruf in ihrem Schlafzimmer entgegen. Sie fand es sehr beruhigend, über einen Nebenanschluss im Schlafzimmer zu verfügen, denn sie ging gern früh zu Bett, und es wäre ihr sehr unangenehm gewesen, jedes Mal einen Morgenmantel anziehen und hinunter ins Arbeitszimmer gehen zu müssen, wenn jemand sie am Telefon verlangte. Sie war auch jetzt nur halb bekleidet. Sie warf ihren Frisiermantel über und zog das Plumeau über die Beine, ehe sie abhob. Es war viel zu früh für einen Anruf – niemand sollte einen vor neun Uhr damit belästigen – und ganz bestimmt war Valentine gemeint.

Aber der Anruf war für sie. Dr. Taylor war am Apparat.

»Sind Sie das, Miss Maggie? … Was habe ich da gehört? Sie haben Connie Brooke Schlaftabletten verabreicht?«

Sie war sofort in Panikstimmung:

»Ogottogott – ich habe mir nichts Schlimmes dabei gedacht! Sie sah so elend aus und sagte mir, sie schliefe nachts so schlecht.«

»Sie hätten ihr trotzdem keine Tabletten geben dürfen. Wie viele Pillen waren in der Flasche, die Sie ihr mitgaben?«

»Oh – Himmel – das weiß ich nun wirklich nicht. Ein paar waren noch übrig aus der Zeit, als ich meine Annie Pedlar besuchte. Die hatte mir Dr. Porteous verschrieben. Und später bekam ich wieder welche. Ich habe sie zu den anderen in die Flasche getan, doch wie viele es waren, habe ich nicht gezählt.«

Dr. Taylors Stimme kam bellend vom anderen Ende der Leitung:

»Sie haben die beiden zusammengemixt!«

»Oh, sie waren beide von der gleichen Sorte – oder jedenfalls sehr nahe verwandt miteinander. Ich glaube es wenigstens. Ogottogott – ich hoffe doch, ich habe damit nichts Unrechtes getan!«

»Haben Sie noch die Flasche, in der die anderen Pillen waren?«

»Oh! Nein, die wurde weggeworfen, als wir den Nachlass der armen Annie ordneten. Oder? Nein, ich erinnere mich jetzt, dass die Schwester mir verboten hat, die beiden Sorten in eine Flasche zu schütten. Ich wollte es tun, doch sie sagte, das wäre absolut falsch, und deshalb habe ich es lieber unterlassen.«

Er fragte mit beunruhigender Sanftmut:

»Sind Sie sich dessen ganz sicher?«

»Oh, ich denke schon. Sie haben mich so verwirrt – aber ich glaube, die Schwester verbot mir, die beiden Sorten zu mixen – und ... Oh, ich weiß es nicht mehr.«

»Miss Maggie! Haben Sie noch eine ungefähre Vorstellung von der Menge an Tabletten, die Sie mit der Flasche Connie Brooke überreichten?«

»Oh, Himmel, ich weiß es nicht – weiß es wirklich nicht. Aber Sie können Connie danach fragen ... Ja, warum fragen Sie nicht Connie danach? Die wird es genau wissen.«

Er sagte: »Connie ist tot« und legte auf.

KAPITEL 12

Jason Leigh kam in der Pfarrei die Treppe herunter und pfiff leise ein deutsches Volkslied vor sich hin:

»... Kein Feuer, keine Kohle kann brennen so heiß, wie heimliche Liebe, von der niemand nichts weiß.«

Ganz bestimmt würden sie die Zungen im Dorf wetzen, wenn sie von Valentines geplatzter Hochzeit erführen. Pech für Gilbert, denn jeder Mann, der ein Mädchen heiratet, das ihm nichts zu geben hat, ist ein Dummkopf. Und wenn er es nicht weiß, dass sie ihm nichts zu geben hat, dann ist er ein so großer Narr, dass er es nicht besser verdient.

Jason öffnete die Tür zum Esszimmer und betrat einen hellen, aber ziemlich schäbigen Raum, in dem es angenehm nach gebratenem Speck und Kaffee duftete. Aber der Speck wurde kalt auf dem Teller von Reverend Thomas Martin, und die Milch auf seinem Kaffee bekam eine Haut, denn er hatte Tasse und Teller weit von sich geschoben. Seine Haare strich er mit beiden Händen straff nach hinten, während er auf einen Brief starrte, der vor ihm auf der Tischdecke lag.

Dann sprang er auf und ging zum Kamin, wo er sich so oft seine Hosen versengt hatte, aber heute Morgen hätte er nicht zu sagen gewusst, ob ein Feuer auf dem Rost brannte oder nicht. Er sah Jason, seinen Neffen, den er liebte wie einen eigenen Sohn, mit einer Miene ungläubigen Entsetzens an.

Dieser machte die Tür hinter sich zu und fragte:

»Was ist los mit dir, Tommy – ist dir in der Nacht der Teufel erschienen?«

Tommy Martin ging zum Tisch zurück und hielt ihm stumm einen Brief hin. Er war in einer Art primitiver Blockschrift auf billigem Papier verfasst. Hier und da waren Tintenflecke zwischen den Zeilen, und er begann ohne Anrede oder Höflichkeitsfloskel. Jasons skeptisch nach oben gezogene Augenbrauen wölbten sich noch höher, als er Folgendes las:

»Ich nehme an Sie wissen was Sie tun wenn Sie Mr. Gilbert Earle mit Miss Valentine Grey verheiraten wo er doch schon die arme Doris Pell in den Tod getrieben hat und auch ein anderes armes Mädchen verführte deren Namen ich Ihnen vorläufig nicht sagen möchte. Doch kümmern Sie sich mal um dieses arme Ding in Kanada diese Miss Marie Dubois die er geheiratet hat ehe Sie ihn zum Bigamisten machen indem Sie ihn mit Miss Grey verbinden.«

Jason las den Brief zu Ende und legte ihn auf den Kaminsims.

»Wirst du ihn verbrennen?«

»Das kann ich nicht. Ich muss erst nachdenken.«

Jasons Mund verzog sich nach unten. »Ist etwas daran?«

»Nein, nein, natürlich nicht – kann gar nicht! Wir hatten eine Epidemie dieser Briefe. Dieses arme Mädchen Doris Pell ertränkte sich, weil sie solch einen Brief bekam. Dreck, willkürlich umhergeschleudert – nichts daran. Aber dieser Vorwurf der Bigamie – der ist seltsam. Man kann ihn nicht einfach ignorieren.«

»Kann ich mir vorstellen.«

Tommy Martin quittierte das mit einem Stirnrunzeln.

»Jason, du kennst Gilbert Earle doch schon recht lange, nicht wahr? Ist dir irgendetwas aufgefallen, das zu der Vermutung Anlass gibt ...« Er brachte den Satz nicht zu Ende.

Jason lachte.

»Dass diese Geschichte von Marie Dubois stimmen könnte? Mein lieber Tommy!«

»Nun, ich frage dich nicht gern danach; aber ich muss ...«

»Oh, ich war nicht bei der Hochzeit, wenn du das meinst.«

»Gab es eine Hochzeit?«

»Ich wüsste nicht.«

»Mein lieber Junge, das ist kein Spaß. Ich muss dich bitten, ernst zu bleiben!«

»Gut – wenn es dich beruhigt: Ich kenne Gilbert ein oder zwei Jahre. Ich kenne ihn ungefähr so gut wie die meisten Leute, denen man ständig begegnet, weil sie die gleichen Häuser besuchen oder die gleichen Dinge unternehmen. Was du von solchen Bekannten nicht weißt, würde Bände füllen – ich hatte nie das Bedürfnis, mich daran zu delektieren. Aber – falls dich das interessiert – dein Speck wird kalt!« Er ging zum Tisch, hob den Deckel von einer Schüssel und bediente sich.

Tommy schüttelte den Kopf. »Der Speck kann warten.«

»Ganz ausgeschlossen! Meiner ist schon etwas fade. Deiner ist inzwischen ungenießbar, meine ich.«

Jason sah eine ungeduldige Handbewegung und ein Stirnrunzeln, das sich verhärtete.

»Mein lieber Junge, du begreifst meine Lage nicht! Ich muss mich mit Gilbert in Verbindung setzen. Und mit Roger – und Valentine – die Trauung ist um halb drei …«

Jason häufte sich Senf auf den Teller.

»Es wird keine Trauung geben«, sagte er ungerührt.

Tommy Martin wurde starr.

»Was meinst du damit nun wieder?«

»Dass es keine Trauung geben wird! Die Frage, ob Gilbert ein Bigamist würde, stellt sich gar nicht, weil er heute nicht getraut wird. Valentine wird ihn nicht heiraten. Du musst dich also nicht verrückt machen. Das kannst du alles in Ruhe erledigen, wenn du gefrühstückt hast.«

Tommy Martin kam zum Tisch zurück und rückte den Stuhl heran, den er vorhin, als er aufsprang, bis zur Wand zurückgestoßen hatte. Er setzte sich, aber statt zu frühstücken, sah er Jason fest an und fragte:

»Was hast du angestellt?«

»Was glaubst du wohl?«

»Hast du Valentine gesehen?«

»Nur gesprochen. Von Sehen kann keine Rede sein. Dazu war es zu dunkel.«

»Jason …«

»Also gut. Du willst es ganz genau wissen. Ich traf gestern Abend hier ein und erfuhr, dass du im Herrenhaus bist. Ich hatte eine längere Unterredung mit Mrs. Needham. Sie informierte mich ausführlich über alles. Zuerst hattte ich die Idee, zum Herrenhaus zu gehen und mitzufeiern; aber dafür hätte ich mir erst etwas Besseres anziehen müssen. Also überlegte ich noch einmal und schrieb ein paar Zeilen an Valentine, worin ich ihr mitteilte, dass ich bis Mitternacht an der Aussichtspagode auf sie warten würde – und falls sie nicht käme, würde ich morgens zu ihr kommen, wenn es hell war. Mit diesen Zeilen ging ich zum Herrenhaus. Ich kam durch die Vordertür die Treppe hinauf, wo ich die Mitteilung an ihr Nadelkissen heftete. Ich sah niemand, und niemand sah mich. Valentine kam zur Pagode, und wir redeten miteinander. Sie kam zu dem Entschluss, Gilbert doch lieber nicht zu heiraten. Und das, Tommy, ist alles. Die Begegnung war ganz unglaublich schicklich. Ich habe ihr nicht mal einen Kuss gegeben.«

Tommy Martins Gesicht sah aus wie ein leeres Blatt Papier.

»Sie beschloss, Gilbert nicht zu heiraten?«

»So ist es!«

»Was hast du gesagt, um sie dazu zu überreden?«

»Sehr wenig. Das war nicht nötig. Du kannst doch nicht behaupten, du seist überzeugt, sie wäre froh über diese Heirat …«

Martins Gesicht belebte sich wieder.

»Nein – nein –, das machte mir ebenfalls Kummer. Aber sie war auch nicht glücklich im Herrenhaus – sie wollte von dort weg. Scilla und sie sind –« Er stockte, suchte nach einem Wort und brachte den Satz zu Ende mit: »– zu verschieden.«

»Eine nette Untertreibung.«

Tommy Martin fuhr fort:

»Du hast nichts von dir hören lassen. Ich wusste nie, wie ihr beiden verblieben seid. Ihr wart doch nicht verlobt – oder?«

»Nein, wir waren nicht verlobt.«

»Und vielleicht wärst du nie mehr zurückgekommen.«

»Es war mehr als wahrscheinlich, dass ich nie mehr zurückkommen würde.«

»Wusste Valentine das?«

»Sie wusste gar nichts. Sie musste denken, ich hätte sie sitzen lassen.«

»Das war grausam.«

Jason schüttelte den Kopf.

»Besser so als anders! Zudem sollten alle das glauben. Sie wäre sonst der Versuchung erlegen, mich zu verteidigen. Das durfte ich nicht riskieren, die Chance, dass ich es überleben würde, war ja ziemlich gering. Ich hätte nicht ein Wort darüber verloren, selbst gestern Abend nicht, wenn du es nicht erraten hättest.«

Tommy Martin nickte.

»Es war kein Schuss ins Blaue. James Blacker gab mir einen Wink. Wir besuchten zusammen das College. Daraus entsteht nicht immer eine bleibende Freundschaft, aber in diesem Fall doch. Ich lief ihm am Tag nach deinem Verschwinden über den Weg. Und er erzählte mir, du hättest gehen müssen. Es sei ein Auftrag. Ich muss gestehen, als ich gestern heimkam und dich aus meinem Arbeitszimmer kommen sah – da war ich mir nicht ganz sicher, ob ...« Seine Stimme schwankte, festigte sich aber dann wieder: »Ich war mir nicht ganz sicher.«

Jason goss Milch in seinen Kaffee.

»Mir ging es nicht anders. Man kann es ja auch aus dem Blickwinkel des Geistes betrachten, verstehst du? Es gibt Dinge, an denen man lieber aktiv teilnimmt, statt sich mit der Rolle eines überflüssigen Statisten zu begnügen. Ich glaube nicht, dass derjenige, der in die bedauernswerte Lage gerät, durch sein bloßes Erscheinen Verwandten oder Freunden einen solchen Schock zu versetzen, dass sie in Ohnmacht fallen, über diese Rolle glücklich ist.«

Tommy war gestern Abend zwar nicht in Ohnmacht gefallen, aber ganz grün im Gesicht geworden. Die Szene hatte Jason nun wieder deutlich vor Augen: die schwach erleuchtete Diele; Tommy, der aus der Dunkelheit kam; er – eine Silhouette vor dem hellen Rechteck, das vom Türstock begrenzt wurde. Da hatte es einen Moment lang so ausgesehen, als wäre er tatsächlich ein Gespenst, das gekommen war, um sich dort häuslich einzurichten, wo es sich heimisch fühlte. Dieser Moment war für sie beide wohl unvergesslich – ein Erlebnis, das man nicht beschreiben kann.

Sie würden es auch beide nie versuchen.

Tommy Martin beugte sich vor, den Brief noch in der Hand. Er sagte abrupt:

»Du bist noch einmal weggewesen – danach?«

»Oh, ja!«

»Ich habe dich nicht gehört.«

Jason lachte.

»Ich wäre nicht sehr gut in meinem Beruf, wenn ich nicht aus einem Haus gehen könnte, ohne dass mich jemand hört.«

Tommy Martin sah, seine buschigen Brauen zu einem Strich zusammengezogen, den Brief an, während ihm eine Locke, die sich nie bändigen ließ, in die Stirn fiel. Plötzlich schnellte sein Kopf in die Höhe.

»Jason, ich glaube es nicht – aber ich muss dich trotzdem fragen: Das ist doch nicht dein Werk?«

»Mein Werk? Oh – der Brief? Mein lieber Tommy!«

Tommy Martin blieb fest.

»Ich möchte nur, dass du mir sagst, du warst es nicht.«

Jasons Lippen zuckten. Er hatte den Speck weggeputzt und griff nun nach dem ziemlich harten Toast und der Marmelade.

»Wie absolut unlogisch! Denn angenommen, ich wäre trotz deiner hervorragenden Erziehung so tief gesunken, dass ich mir mit dem Verfassen anonymer Briefe die Zeit vertriebe, warum sollte ich den Leuten die Unwahrheit schreiben? Warum lügen, wenn ich es besser weiß? Reich mir mal die Butter, bitte.«

Tommy Martin machte einen langen Arm, um die Butterdose zu erreichen, die von Mrs. Needham mit einem Gefühl für Symmetrie am anderen Ende des Tisches aufgestellt worden war. Er schob sie in Jasons Richtung und sagte mit seiner fast normalen Stimme:

»Ein Mensch, der aufhört, unlogisch zu sein, wird zu einer Maschine.«

Jason häufte Butter auf den Toast, dann Marmelade auf die Butter. Er lachte leise.

»Gut, wenn es dich beruhigt: Vielleicht komme ich eines Tages dahin, dass ich dem Laster der anonymen Briefschreiberei verfalle – *›Il ne faut pas dire, fontaine, je ne boirai jamais de ton eau‹ –;* aber noch ist es nicht so weit. Du solltest ein bisschen mehr Vertrauen zu dir selbst als Erzieher der Jugend haben!«

Die schwere Hand, die noch den Brief hielt, entkrampfte sich ein wenig.

»Ich sagte, ich glaube es nicht. Ich musste dich fragen. Roger …«

»Roger könnte vielleicht dem gleichen Gedanken verfallen sein wie du. Falls ja, musst du ihn mit ein paar kalten Tatsachen ernüchtern. Ich hatte einen ausgedehnten, informativen Plausch mit Mrs. Needham, ehe du gestern Abend auf der Bildfläche auftauchtest. Sie erzählte mir alles über diese Giftspritzerei, und ich gewann den Eindruck, dass nicht du allein der Empfänger solcher Briefe bist. Und dass dieses Unwesen schon seit einiger Zeit das Dorf beunruhigt. Nun, ich habe erst gestern den Kanal überquert, was du, wie man zu sagen pflegt, als Alibi betrachten kannst.«

»Ja – ja – natürlich.«

Er hatte nun den Brief ganz losgelassen und griff nach Messer und Gabel, um das geronnene Ei mit kaltem Speck zu zerteilen, als die Tür aufgerissen wurde. Mrs. Needham, die nicht erst angeklopft hatte, stand keuchend und mit hochrotem Gesicht auf der Schwelle.

»Oh, Sir, oh, Gott, ist das nicht schrecklich? Wer hätte an so was gedacht! Und dass es an Miss Valentines Hochzeitstag passieren muss! Oh, Sir!«

Jasons Hand schloss sich fest um seine Stuhllehne. Tommy Martin, der mit dem Rücken zur Tür saß, drehte sich um.

»Was ist passiert, Mrs. Needham?«

»Miss Connie, Sir – die arme Miss Connie Brooke! Gütiger Gott, sie hat sich doch erst neulich bei Ihnen Trost geholt!«

Tommy Martin erhob sich von seinem Stuhl und ragte vor ihr auf wie eine Gestalt aus dem Jüngsten Gericht.

»Connie Brooke! Ist Connie Brooke etwas zugestoßen?«

Jasons verkrampfte Hand lockerte sich. Es betraf nicht Valentine. Alles andere war nicht wichtig.

Tränen strömten über Mrs. Needhams erhitzte Wangen.

»Oh, Himmel? Oh, Sir – oh, Mr. Martin – sie ist heimgegangen!«

»Heimgegangen!« Das war seine dröhnende Kanzelstimme, die das ganze Kirchenschiff auszufüllen vermochte.

Sie schluckte und holte von neuem Luft.

»Oh, Sir – der Bäcker hat es mir gerade erzählt. Er kam an Connies Haus vorbei, und da stand der Wagen von Dr. Taylor und das Polizeiauto aus Ledlington! Sie ist tot, Sir – das ist erwiesen! Miss Penny fand sie, als sie heute Morgen zum Dienst kam – und sie lief gleich zu Miss Eccles – und Miss Eccles rief den Doktor an – und der die Polizei! Aber das half der Armen alles nichts mehr!«

»Sind Sie sich sicher?«

»Oh, ja – so sicher wie das Evangelium.«

Das Wort klang seltsam in Jasons Ohren. Evangelium bedeutet frohe Botschaft! Connie Brooke so plötzlich tot. Er war von einem Ort heimgekehrt, wo Menschenleben in solchem Ausmaß vergeudet wurden, dass nur noch die nächststehenden Leute sich aufregten.

Doch hier war es ein friedliches englisches Dorf, wo das Leben sicher war. Er hatte Connie seit ihrer Geburt gekannt. Ein hausbackenes, schüchternes Ding, das für keinen besonders interessant war; doch ein Bestandteil der ihm vertrauten dörflichen Gemeinschaft.

Tommy Martin sagte abrupt: »Ich muss gehen.«

Er drängte an Mrs. Needham vorbei hinaus in die Diele. Die Haustür öffnete sich und fiel wieder zu. Jason sah ihn in seinem ausgebeulten Anzug zum Gartentor hinaus und über den Anger eilen. Tommy hatte vergessen, seinen Hut aufzusetzen.

KAPITEL 13

Miss Silver wurde mit der Neuigkeit begrüßt, als sie zum Frühstück herunterkam. Ihr war bereits aufgefallen, dass es unter ihrem Fenster ungewöhnlich lebhaft zuging. Sie konnte Croft Cottage von ihrem Schlafzimmer aus sehen. Als erst ein und dann noch ein Wagen vor dem Anwesen hielt, nahm sie an, es wären Eltern, die ihre Kinder brachten. Es war ein bisschen früh für den Kindergarten, dachte sie, doch für einen Vater, der zum Beispiel in sein Büro nach Ledlington fahren musste, würde man sicher Ausnahmen machen. Aber als der Wagen stehen blieb, statt nach Ledlington weiterzufahren, und auch der andere sich nicht von der Stelle bewegte, musste sie diese Annahme aufgeben.

Und als sie nun um Viertel nach neun ins Erdgeschoss kam, informierte sie Miss Wayne mit bewegter Stimme, dass man Connie Brook tot in ihrem Bett gefunden habe.

»Man möchte es einfach nicht glauben; doch es stimmt! Sie haben sie doch erst gestern Nachmittag bei der Generalprobe gesehen! Sie war die Ersatz-Brautjungfer – dieses etwas gewöhnlich aussehende Mädchen im gestrickten Rock und hausgemachter Bluse! So gar nicht das, was man sich als Ehrenjungfrau erwartet – doch, Himmel, das hätte ich lieber nicht sagen sollen, nicht wahr? Die arme Connie, sie sah wirklich nicht gut aus. Tatsächlich hatte ich den Eindruck, sie hatte geweint. Aber mir wäre es doch nicht im Traum eingefallen, anzunehmen, dass es etwas wirklich Ernsthaftes sein könnte! So ein Schock – und die arme Penny Marsh musste sie finden! Sie hat eigene Schlüssel, sperrt auf und entdeckt Connie tot im Bett! Sie lief gleich zu Mettie Eccles, und die holte den Arzt, aber genützt hat es nichts mehr. Mettie sagt, sie hätte gleich gewusst, dass es keine Hoffnung mehr gäbe. Sie musste schon seit Stunden tot gewesen sein. Da mein Zimmer nach hinten hinaus liegt, habe ich natürlich nichts gehört, bis Mettie eben zu mir kam und mir alles erzählte. Aber vielleicht haben Sie ...« Sie rieb sich erwartungsvoll ihre gerötete Nasenspitze.

Tatsächlich war Miss Silver um halb neun Uhr im Badezimmer gewesen und hatte auch nichts gehört. Miss Wayne fuhr fort, ihr mit bewegter Stimme zu erzählen, was Miss Mettie und was Dr. Taylor gesagt hatten, und dass man – wie schockierend – sogar nach der Polizei gerufen habe.

Im Herrenhaus rief Valentine in diesem Augenblick Gilbert Earle an. Er hörte in der Kabine am Münzfernsprecher im »George« ihre ruhige und ernsthafte Stimme:

»Würdest du so schnell wie möglich ins Herrenhaus kommen?«

»Ich dachte, ich sollte dich nicht bis zur Trauung in der Kirche sehen.«

»Ich denke, es ist unvermeidlich, dass du sofort kommst.«

»Val – ist etwas passiert?«

»Ja«, sagte sie. Und dann: »Komm gleich zu mir in den Salon. Ich muss dich allein sprechen.«

Sie rief vom Arbeitszimmer aus an. Als sie aufgelegt hatte, begab sie sich sofort wieder in den Oberstock, um dort zu warten. Sie hatte sich genau überlegt, was sie tun wollte, und sie mochte niemanden sehen, bis das erledigt und nicht mehr rückgängig zu machen war.

Sie hatte ein sehr rührseliges Interview mit Maggie Repton hinter sich, in dem ihr der Tod von Connie mitgeteilt und beklagt worden war:

»So etwas Entsetzliches! Und es muss uns allen sehr nahe gehen. Aber das darf uns nicht aufhalten – das wäre ein Unrecht. Meine teure Mutter sagte immer, nichts darf eine Trauung aufhalten – nicht einmal der Tod eines nahen Verwandten. Und die arme Connie ist nur eine angeheiratete entfernte Verwandte. Und was Dr. Taylor auch behaupten mag – ich kann nicht glauben, dass ich mir auch nur das Geringste vorzuwerfen habe. Sie sah schrecklich aus, du musst das auch bemerkt haben. Und sie sagte, sie könne nachts nicht schlafen, und deshalb gab ich ihr meine Schlaftabletten mit meiner Flasche, auf der genau verzeichnet stand, wie viele man davon einnehmen darf. Wenigstens nehme ich an, dass es darauf stand, weil es eigentlich immer darauf steht. Und es ist geradezu lächerlich, dass Dr. Taylor nun von mir erwartet, ich sollte ihm genau sagen, wie viele Tabletten noch in der Flasche gewesen sind. Das kann ich nicht, und damit hat es sich.«

Danach war Maggie Repton in Tränen ausgebrochen, und nach einigem Zureden hatte sie sich wieder hingelegt.

Valentine trennte sich von ihr mit einem Gefühl, als träumte sie nur. Alles, was sich zu ereignen schien, geschah gar nicht wirklich, weil solche Dinge im wirklichen Leben nicht passieren. Doch solange jeder so tat, als passierten sie doch, mochte sie kein Spielverderber sein.

Sie stand am Fenster ihres Salons und wartete auf Gilbert Earle. Als sie seine Schritte im Korridor hörte, drehte sie sich um. Als er die Tür hinter sich schloss, sah er, dass sie die Hand hob, als wollte sie ihn von sich fern halten. Er machte einen Schritt auf sie zu. Sie sagte:

»Nein. Ich sagte dir schon, dass etwas passiert ist. Wir müssen darüber reden.«

Das brachte ihn zum Stehen. Die Nachricht von Connies Tod war ihm aber bereits bekannt – sie hatte ihn kurz nach Valentines Anruf erreicht. Natürlich war das ein furchtbarer Schock für jeden. Vermutlich trugen sie sich mit der Idee, dass die Trauung bis nach Connies Beerdigung verschoben werden sollte.

Er sagte:

»Ich weiß – ich habe es eben erfahren. Was, zum Kuckuck, ist daran schuld? Mrs. Simpson im ›George‹ behauptet, es wäre eine Überdosis an Schlaftabletten gewesen. Man nimmt doch nicht an, dass sie absichtlich zu viele nahm, oder? Und du wirst das doch wohl nicht zum Anlass nehmen wollen, den Termin umzustoßen? Ich meine, wenn sie eine dir nahe stehende Freundin oder eine Blutsverwandte gewesen wäre ...«

Valentine war ein oder zwei Schritte zurückgewichen und stützte die Hände auf eine Sessellehne. Dann sagte sie:

»Ich habe dich nicht hierhergebeten, um mit dir über Connie zu reden.«

Er starrte sie an.

»Aber es ist doch wahr, nicht wahr? Sie ist tot?«

»Oh, ja, das ist wahr. Wir können es als Ausrede gebrauchen, wenn du willst. Denn ich kann dich nicht heiraten, Gilbert.«

»Was, zum Kuckuck,willst du damit sagen?«

»Was ich eben sagte – ich kann dich nicht heiraten.«

Sein Blick wurde zu einem zornigen Funkeln.

»Was soll das heißen – du kannst mich nicht heiraten! Das ist dir aber verdammt spät eingefallen, möchte ich meinen!«

»Ja, es ist spät, doch nicht zu spät. Es gibt Dinge, die ich zu meiner Rechtfertigung anführen könnte; aber das werde ich nicht tun. Ich habe darüber nachgedacht und halte es für unfair. Ich werde dir die Wahrheit sagen. Ich kann dich nicht heiraten, weil Jason zurückgekommen ist.«

»Was, zum Teufel, hat Jason damit zu tun?«

Sie sagte schlicht:

»Ich habe ihn immer geliebt. Wir gehören zusammen. Ich hätte niemals sagen dürfen, dass ich dich heiraten würde. Aber er sagte kein Wort zu mir und ging einfach fort.«

Gilbert kam einen Schritt näher.

»Hör mal, Valentine, so etwas kannst du mit mir nicht machen! Du weißt, was die Leute sagen werden! Wenn nicht, sage ich es dir. Es wird zwei Versionen geben:

Entweder ist dir in letzter Sekunde etwas über mich zu Ohren gekommen oder umgekehrt. Und so etwas bleibt hängen, verstehst du? Und das, was sie dir anhängen werden, ist viel schlimmer. Denn mir könnten sie bestenfalls nachsagen, ich hätte eine Geliebte gehabt, die dir nicht in den Kram passte. Aber ich wette hundert zu eins, dass sie alle sagen werden, ich hätte erfahren, dass du ein Kind bekommst. Und deshalb gab ich dir den Laufpass. Nimm dich zusammen und gebrauche deinen Verstand!«

Sie schüttelte den Kopf.

»Es hat keinen Zweck, Gilbert. Es spielt keine Rolle, was jemand sagt oder tut – ich kann niemand anderen heiraten als Jason. Ich hätte das von Anfang an wissen müssen. Ich war so unglücklich, dass ich wahrscheinlich gar nicht fähig war, nachzudenken. Wir brauchen doch nur zu sagen, dass die Hochzeit verschoben wird. Jeder wird denken, Connie wäre der Grund.«

Gilbert verlor die Beherrschung. Er explodierte:

»Sei doch nicht so ein verdammter Schwachkopf! Jeder wird sagen, sie habe sich meinetwegen umgebracht! Sie werden mir ihren Selbstmord in die Schuhe schieben wollen! Und wenn ich nicht zum Gespött aller Leute werde, dann ...«

Ihr Gesicht färbte sich plötzlich blutrot.

»Gilbert!«

»Connie Brooke – dieses alberne weiße Kaninchen! Und ausgerechnet ich soll mit ihr ins Bett ...« Er lachte wütend.

Sie hatte nicht vorgehabt, ihm den Brief zu zeigen. Sie hatte ihn auch nicht als Vorwand benützen wollen, um sich zu rechtfertigen. Hätte sie ihn geliebt, dann hätte sie kein Wort geglaubt, das darin stand. Hätte sie ihn geliebt, dann hätte sie ihm den Brief nicht gezeigt. Und das hätte sie auch nicht getan, wenn er Connie in Ruhe gelassen hätte. Denn Connie hätte nie daran gedacht, ihm schöne Augen zu machen. Nun war Connie tot. Jetzt würde sie ihm den Brief zeigen.

Sie ging zu ihrem Schreibtisch und nahm den Brief aus dem Kontobuch, wo sie ihn zur Sicherheit verwahrt hatte. Sie kam zu ihm, den Brief in der Hand, mit den Gedanken so sehr damit beschäftigt, was sie tat und warum sie das tat, dass sie gar nicht wahrnahm, ob Gilbert noch redete oder nicht.

Als sie ihm den Brief hinhielt, rief er wütend: »Was soll das?«

Sie drückte ihm das Blatt in die Hand. »Du solltest lieber das lesen«, sagte sie, wich vor ihm zurück und stützte sich wieder mit den Händen auf die Lehne ihres Sessels.

Gilbert starrte auf das billige Papier und die primitive Schrift. Er las laut:

»Vielleicht hatten Sie nichts dagegen, dass er mit Doris Pell getändelt hat und sie ins Wasser trieb. Und dass er etwas mit S. R. hat. Aber wenn Sie nicht wissen, was ich meine, sind Sie noch dümmer als ich angenommen habe, und dann sollten Sie auch noch wissen dass er Marie Dubois unter falschem Namen geheiratet hat als er in Kanada war. Sie sollten das nachprüfen weil Sie sonst auch nur bei den Mädchen landen die er alle schon hat sitzen lassen.« .

Er sah mit lodernden Augen zu ihr hinüber und forschte: »Was, zum Teufel, ist das?«

Valentine antwortete mit hochrotem Gesicht:

»Ich bekam das heute morgen mit der Post. Ich wollte es dir nicht zeigen. Ich hätte es nie getan, wenn du nicht solche Sachen über Connie gesagt hättest!«

»Ich hätte mich doch nie auf ein so niedriges Niveau begeben, wie es Connie hatte. Wer hätte das wohl?«

Der Zorn loderte in ihr hoch wie eine Stichflamme. Sie schrie ihn an:

»Sie ist tot! Wie kommst du nur dazu, so über sie zu reden, wenn sie tot ist!«

Es war, als gingen sie mit gesenkten Hörnern aufeinander los. Wie war es zu dieser plötzlichen, wütenden Feindseligkeit gekommen? Sie dachte: Mein Gott, fast hätte ich ihn geheiratet. Und er: Jetzt wird sie mich bestimmt nicht mehr heiraten. Da stand etwas von Scilla in diesem verdammten Brief. Lieber geraten wir uns weiter wegen Connie in die Haare.

Seine Blicke gingen unwillkürlich hinunter zu dem Papier in seiner Hand, und blitzartig erkannte Valentine, warum: ›Und dass er etwas mit S. R. hat ...‹ Er redete über Connie, weil er *darüber* nicht reden wollte!

Er sagte in etwas mäßigerem Ton:

»Oh, nun, gut. Ich verlor die Fassung. Ich wollte deine Gefühle nicht beleidigen, und wenn das geschehen ist, bitte ich um Verzeihung. Ich kannte das Mädchen kaum; aber du sicherlich sehr gut, und schließlich ist es ja auch ein Schock für dich gewesen. Es tut mir Leid, wenn ich etwas gesagt habe, was ich nicht sagen sollte. Was das betrifft«, er schlug mit der flachen Hand auf das Papier, »so ist es reine Brunnenvergiftung! Ich nehme nicht an, dass du mich fragen wirst, ob ich tatsächlich ein Bigamist werden wollte.«

Sie sagte: »Nein – diese Frage stellt sich nicht. Ich frage dich nicht nach Marie Dubois – ich frage dich auch nicht nach Scilla.«

»Scilla ...«

Ihre Wangen verloren die hochrote Farbe. Der Zorn in ihr war im Abklingen. Ruhig fuhr sie fort:

»Ich brauche dich nicht wegen Scilla zu fragen. Ich kam gestern Nacht durch den Salon. Die Tür von ihrem Damenzimmer im Erdgeschoss stand einen Spalt offen, und ich hörte euch beide reden. Ich glaube, ich hätte nicht Zeuge eures Gesprächs werden sollen – aber ich war es nun einmal.«

Er zog sich mit einigem Anstand aus der Affäre:

»Ich weiß nicht, was du gehört hast. Ich kenne sie schon sehr lange. Aber es ist nie etwas Ernsthaftes gewesen. Wenn du überhaupt etwas gehört hast, müsstest du begriffen haben, dass das, was da einmal gewesen sein mag, der Vergangenheit angehört.«

Valentine sagte:

»Das ist mir egal. Nein, das sollte ich vermutlich nicht sagen, weil es Roger natürlich nicht egal sein kann. Doch mich berührt es nicht – es berührte mich auch nicht in der vergangenen Nacht. Denn ich wusste bereits, dass ich dich nicht heiraten konnte. Ich wusste es in dem Moment, da Jason zurück war. Ich hätte nie sagen dürfen, dass ich dich heiraten würde. Wir gehören nicht zusammen. Nur Jason und ich. Möchtest du jetzt bitte gehen?«

Gilbert Earle ging.

KAPITEL 14

Am nächsten Tag wurde Miss Silver zu vorgerückter Stunde ans Telefon gerufen. Da der Apparat im Esszimmer stand und da sie gerade beim Essen waren, hoffte sie, dass ihre Geduld und ihr Taktgefühl nicht auf eine zu harte Probe gestellt wurden. Mrs. Rodney hatte ihr nur wortlos den Hörer in die Hand gedrückt, und erst als eine tiefe, sympathische Stimme ihren Namen nannte, wusste sie, dass sie mit Rietta March, der Frau des Chefkonstablers, verbunden war.

»Liebe Miss Silver, wie geht es Ihnen? Ich hoffe, ich rufe nicht gerade im unpassenden Moment an. Oder habe ich Sie beim Essen gestört?«

Miss Silver hüstelte.

»Wir sitzen beim Abendessen; doch meine liebenswürdige Gastgeberin wird mir wegen einer kurzen Unterbrechung nicht böse sein.«

Nachdem Rietta auf diese Weise erfahren hatte, dass das Gespräch auf der Teilnehmerseite von Tilling abgehört wurde, fuhr sie fort:

»Ich hätte Sie schon früher anrufen sollen, doch Randal kann immer nur kurzfristig disponieren. Wann dürfen wir Sie bei uns begrüßen? Sie müssen unbedingt wenigstens zum Tee zu uns kommen, solange Sie in Ledshire sind. Wäre Ihnen morgen recht?«

»Ich weiß nicht, meine Liebe ...«

Rietta fuhr fort:

»Oh, ich würde mich so freuen! George ist inzwischen ein tüchtiges Stück gewachsen, und die kleine Meg kennen Sie noch gar nicht. Randal sagte mir eben, er käme morgen in Ihre Gegend – irgendeine unangenehme Sache – und er könnte Sie um halb vier abholen, wenn Ihnen das passen würde. Bitte, sagen Sie ja. Er lässt herzlich grüßen, und wir beide wären sehr enttäuscht, wenn Sie absagten!«

Anschließend kehrte Miss Silver wieder zu Kakao und Rühreiern an den Tisch zurück. Die Nasenspitze von Miss Wayne zuckte auf eine Weise, die Miss Silver an eine neugierige weiße Maus erinnerte. In ihrer pädagogischen Zeit hatte sich Miss Silver mehr als einmal mit der leidenschaftlichen Vorliebe ihrer Zöglinge für diese Kreaturen kritisch auseinander setzen müssen. Sie vermochte weißen Mäusen keinen Geschmack abzugewinnen. Sie wünschte nur, Miss Wayne würde sie durch ihre Benehmen nicht zu oft an diese Kreaturen erinnern. Sie beeilte sich, den Zweck des Anrufs zu erklären:

»Die Marches sind alte Freunde von mir. Mrs. March hatte die Liebenswürdigkeit, mich für morgen Nachmittag zum Tee einzuladen. Ihr Mann war einmal ein Schüler von mir. Man möchte nicht glauben, wenn man ihn heute sieht, dass er als kleiner Junge zusammen mit seiner Schwester privat unterrichtet wurde, weil seine schwache Konstitution den Besuch einer öffentlichen Schule nicht erlaubte.«

Miss Wayne zitterte wie Götterspeise vor Neugier:

»Sie sprechen vom Chefkonstabler? Ein so gut aussehender Mann! Nein, wer hätte gedacht, dass er als Junge von schwacher Gesundheit gewesen sein könnte! Nun lassen Sie mich mal überlegen – ich fürchte, Sie werden früh aufstehen müssen. Wenn Sie den Bus nehmen, müssen Sie nämlich in Merry Harvesters umsteigen. Mal sehen, wann Sie dort Anschluss haben. Ich hoffe, wir haben einen noch gültigen Fahrplan im Haus. Meine Schwester sorgte immer dafür …«

Miss Silver erklärte, dass es nicht nötig sei, im Fahrplan nachzusehen, weil sie abgeholt würde.

Miss Renie betupfte sich die Nasenspitze.

»Oh – er hat geschäftlich in der Gegend zu tun? Könnte es sich dabei um die arme Connie handeln? Wie schrecklich, dass die Leute annehmen, es könnte nicht nur ein tragischer, tief bedauerlicher Unfall gewesen sein! Ich sage nicht, dass es nicht töricht war von Maggie Repton, der armen Connie Schlaftabletten mit nach Hause zu geben, denn vermutlich war es das. Arzneien sollte man nie ausleihen oder verschenken, weil, was dem einen bekommt, nicht unbedingt jeder verträgt. Esther, meine verblichene Schwester, war in dieser Beziehung sehr eigen. Jeder muss schon selbst zum Arzt gehen, wenn er eine Medizin braucht, pflegte sie zu sagen. Ich fürchte, Connie ist auch nicht ganz unschuldig an der Sache. Sie hätte nicht so sorglos mit den Tabletten umgehen dürfen. Aber ich verstehe nicht, warum sich die Polizei dafür interessiert. Mettie sagt, Maggie Repton mache sich schreckliche Vorwürfe wegen ihrer Hilfsbereitschaft. Sie würde dauernd gefragt, wie viele Tabletten noch in der Flasche gewesen seien, und sie habe keine Ahnung! Als würden wir alle ständig unsere Pillen nachzählen!« Sie lachte ein bisschen nervös und massierte wieder ihre Nasenspitze. Miss Silver lenkte das Gespräch auf die Familie March zurück und dass sie immer mit deren Mitgliedern in Kontakt geblieben sei.

Nachdem dieses Thema erschöpfend behandelt worden war, wurde der Tisch abgeräumt, und Miss Silver half Joyce beim Abwaschen in der Küche. Im Esszimmer deckte Miss Wayne bereits wieder den Frühstückstisch. Als die Küchentür zu war, sagte Joyce rasch mit leiser Stimme:

»Ich werde David morgen zu einer Freundin nach Ledlington bringen. Er soll das nicht mitbekommen – das mit Connie. Penny will die Vorschule allein weiterführen; doch das ginge nur in Lower Tilling, wo ihre Mutter ein Haus besitzt, das groß genug wäre für diesen Zweck. Doch für David ist es zu weit – ich müsste ihn mit meinem Fahrrad hinbringen. Bis nach der Totenschau und Beerdigung soll er jedenfalls lieber woanders untergebracht werden, damit er davon verschont bleibt.«

Miss Silver meinte, das wäre sehr vernünftig.

»Hat Ihre Freundin Kinder?«

»Zwei – und sie ist eine ganz reizende Mutter. David besucht sie zu gern. Mir ist wohler, wenn er dort gut aufgehoben ist.«

Miss Silver polierte einen silbernen Teelöffel und legte ihn auf das mit grünem Flanell ausgeschlagene Tablett.

»Viele Leute sind beklagenswert leichtsinnig mit ihren Äußerungen vor Kindern.«

»Schrecklich leichtsinnig! Hilda Price war heute Morgen hier, und da sie den Kindergarten sowieso nicht öffnen konnte, hätte sie genauso gut zu Hause bleiben können, denn sie redete die ganze Zeit nur von Connie. Ich sagte ihr, sie sollte in Gegenwart von David lieber still sein, und sie war ganz meiner Meinung. Doch fünf Minuten später erzählte sie eine lange Geschichte, wie Connie am Dienstagabend den Vikar besucht habe – ganz in Tränen aufgelöst.«

Miss Silver legte den letzten Löffel auf das Tablett und nahm sich nun die Gabeln vor.

»Hat sie das?«

Joyce nickte heftig.

»Und David stand nur einen Meter von ihr weg und sperrte Mund und Augen auf. Ich schickte ihn natürlich gleich zum Spielen in den Garten hinaus und passte auf, dass er nicht mehr zurück ins Haus kam.«

»Und woher wusste Hilda Price von dem Besuch beim Pfarrer?«

»Sie hat eine Schwägerin, die eine Kusine von Mrs. Gurney, der Inhaberin des Dorfladens, ist. Und die hat es wieder von Mrs. Emmott erfahren, die mit der Haushälterin des Vikars, Mrs. Needham, befreundet ist.«

Da Miss Silver mit den Gepflogenheiten eines Dorfes vertraut war, fand sie diese Auskunft absolut zufrieden stellend.

Joyce stellte den letzten Teller auf das Küchenregal und ließ das Spülwasser ablaufen.

»Mrs. Needham habe Mrs. Emmott erzählt, sagte Mrs. Gurney, dass Connie sich beim Pfarrer ausgeweint habe. Sie sagte, ihre Augen wären ganz rot und verschwollen gewesen. Zuvor habe sie im Pfarrhaus angerufen und sich erkundigt, ob Mr. Martin zu sprechen sei. Doch der Reverend sei nicht zu Hause gewesen, und Mrs. Needham sagte, Connie habe am Telefon geschluchzt. Und während sie noch miteinander am Telefon redeten, sei der Reverend zur Tür hereingekommen, und als Connie das hörte, sagte sie, sie wolle sofort auf einen Sprung ins Pfarrhaus kommen. Mrs. Needham habe sich sehr darüber aufgeregt, denn sie hasse es, wenn sich die Leute nicht an die Sprechzeiten hielten, und sie wolle doch Mr. Martin gerade das Abendbrot servieren. Deshalb stand sie offenbar auch im Flur und klapperte mit dem Geschirr auf dem Tablett. Jedenfalls wurde sie Zeuge, wie Mr. Martin Connie zur Haustür begleitete und zu ihr sagte, sie solle sich noch mal alles gründlich überlegen; aber wenn sie wisse, wer die anonymen Briefe schriebe, wäre es ihre Gewissenspflicht, diesen Giftspritzer bei der Polizei anzuzeigen. Und Connie, sagte

Mrs. Needham, habe wieder schrecklich geschluchzt und ›Oh, arme Doris!‹ gerufen. Und dass man das, was man einmal gesagt habe, nicht mehr zurücknehmen könne. Und Mr. Martin sagte, nein, das könne man nicht, und gab Connie sein eigenes Taschentuch, was Mrs. Needham offenbar auch sehr geärgert hat. Und dann sagte er zu Connie, sie solle nach Hause gehen und über seine Worte nachdenken. Und wenn am Mittwoch alle Leute im Dorf von dieser Geschichte wussten – und ich kann mir vorstellen, dass sie sich binnen vierundzwanzig Stunden überall herumgesprochen hatte –, muss auch der anonyme Briefschreiber sie gehört haben.«

»Ja«, bestätigte Miss Silver.

»Ich hatte bei der Probe ebenfalls den Eindruck, dass Connie geweint haben musste. Sie hatte ganz geschwollene Augen. Aber woher sollte oder konnte sie wissen, wer hinter diesen anonymen Briefen steckt?«

»Vielleicht war sie durch einen Zufall darauf gekommen.«

»Nun, es scheint, es muss sich um eine Person handeln, die Connie gut kannte. Sonst wäre sie ja nicht so unglücklich darüber gewesen und zum Pfarrer gegangen. Und vielleicht wurde sie mit der Sache nicht fertig, weil Reverend Martin ihr die Last der Verantwortung nicht abnehmen wollte. Und deshalb nahm sie dann Schlaftabletten, weil sie keinen anderen Ausweg mehr wusste. Glauben Sie, dass es so gewesen sein könnte?«

Miss Silver sah sie ernst an.

»Es gibt noch eine andere Möglichkeit, Mrs. Rodney. Die Person, die diese verleumderischen Briefe schrieb, wäre durch die Bloßstellung ruiniert gewesen. Deshalb hatte diese Person natürlich ein großes Interesse daran, Connie Brooke rechtzeitig zum Schweigen zu bringen.«

KAPITEL 15

Kurz nach halb vier Uhr am folgenden Nachmittag fuhr Randal March vor. Miss Silver kam in ihrem schwarzen Tuchmantel und dem neuen Hut, den sie eigentlich zu Valentines Hochzeit tragen wollte, aus der Haustür von Willow Cottage. Der Hut war nach einer langen Folge schwarzer, mit Schleifen und künstlichen Blumensträußchen garnierter Filze in der Tat eine, wie Ethel Burkett es nannte, »erfreuliche Abwechslung«. Drei quastenartige Gebilde in Grau, Schwarz und Violett zierten die Hutkrone. Als Randal den Motor wieder startete, sagte er mit einem gerührten Lächeln:

»Eigens wegen uns einen neuen Hut? Ich mag diese Wie-nennt-man-sie-gleich-Dinger, die da an der Seite hängen.«

Miss Silver sagte mit leicht vor Freude geröteten Wangen:

»Das sind Pompons.«

»Sie stehen Ihnen großartig.«

Nach dieser viel versprechenden Eröffnung zeigte sich Miss Silver um das Wohlergehen der Familie besorgt und lieferte Randal March ein Bündel von Neuigkeiten: Isobels zweitjüngste Tochter wollte unbedingt zur Bühne; Margarete wollte mit ihrem Mann in Devonshire eine Hühnerfarm aufmachen – »und wie man sich beruflich ausschließlich mit Hühnern beschäftigen kann, ist mir absolut unverständlich«.

Miss Silver gestand, dass sie sich nicht viel aus Hühnern mache, fügte jedoch hinzu, Margarete wisse immer sehr genau, was sie wollte und wenn sie sich zu etwas entschlossen habe, wäre es sinnlos, ihr das auszureden.

»Stur wie ein Maulesel«, pflichtete Randal March ihr bei.

Es war offensichtlich, dass während der Fahrt kein ernsthaftes Gespräch zu Stande kommen würde. Als sie vor dem Haus hielten, wurden sie schon von Rietta March erwartet. Ihre Schönheit, die einmal eher herb gewesen war, hatte durch ihr eheliches Glück weiche Züge bekommen. Miss Silver erinnerte sich an die Zeilen, die ihr zugeeignet wurden, als das Leben sie zum erstenmal zusammenbrachte: »Eine Tochter des Himmels, göttlich groß ...« Ihr Lieblingsdichter, Lord Tennyson, hatte das Bild mit der Zeile abgerundet: »... und mit wahrhaft göttlich goldenem Haar.« Doch Rietta Cray war eine dunkle Göttin gewesen, überdies eine tragische, weil der Schatten eines Mordes über ihr und ihrer Familie hing – ein Nebel, den zu lichten Miss Silver das ihrige beigetragen hatte.

Rietta sah jünger aus als damals, und auf ihren Wangen war die Farbe blühender Nelken. Sie küsste Miss Silver herzlich und fragte: »Wann möchtet ihr beide lieber miteinander reden – vor oder nach dem Tee?«

Randal March antwortete:

»Jetzt, denke ich, und zwar im Salon. Der Grund ihres Besuchs ist rein gesellschaftlich, und man weiß nie, wie rasch sich das herumgesprochen haben kann.«

»Gut – ich gehe solange hinauf zu den Kindern. Ihr könnte mich ja rufen, wenn ich dazukommen soll.«

Miss Silver sah ihr nach, wie sie sich entfernte und die Treppe hinaufging, graziös und elegant in einem Kleid aus roter Wolle, das den Farbton dunkler Chrysanthemen hatte. Dann führte Randal sie in ein hübsches Zimmer mit geblümtem Chintz und Vasen voller Dahlien, Goldrauten und Astern. Sie nahm Platz und sah sich vergnügt um, angetan von der Einrichtung und dem Flair des Raumes. Obwohl sie streng darauf geachtet hatte, keinen ihrer Schüler zu begünstigen, mochte sie nicht bestreiten, dass Randal March sich einen besonderen Platz in ihrem Herzen erobert hatte. Er war ein verzogenes, zartes Kind gewesen, als sie die Leitung des Klassenzimmers übernahm, wo er zusammen mit zwei älteren Schwestern unterrichtet wurde. Ihre Vorgängerinnen hatten seiner Aufsässigkeit wegen gekündigt, und eine öffentliche Schule wollte den zarten Knaben nicht aufnehmen. Nach zwei Jahren hatte er unter ihrer Zucht, die Autorität, Ermunterung und Milde miteinander verband, seine Schwächen überwunden und sah voller Respekt zu ihr auf.

Dieser Respekt vertiefte sich noch, als er sie viele Jahre danach in ihrer Eigenschaft als Privatdetektivin wieder traf, und die Anhänglichkeit des Knaben verwandelte sich in die dauerhafte Freundschaft und Zuneigung eines Mannes, dem sie sogar das Leben rettete, als sie in der scheußlichen Affäre der vergifteten Raupen beruflich zusammenarbeiteten. Inzwischen hatte er als Beamter Karriere gemacht, war zunächst Superintendent in Ledlington geworden und nun Chef der Polizei in der Grafschaft, und ihre Wege hatten sich immer wieder gekreuzt. Er lehnte sich jetzt in das Chintzpolster zurück und fragte:

»Und wie kommen Sie in Tilling Green voran?«

Miss Silver ließ ein paar Sekunden verstreichen, ehe sie nüchtern antwortete:

»Ich weiß nicht, ob ich bisher überhaupt vorangekommen bin. Ich brauche Ihnen wohl nicht zu sagen, dass der Tod von Connie Brook zu wilden Vermutungen Anlass gibt.«

»Nehmen wir an, ich hätte davon noch nichts gehört. Ich würde gern wissen, wie Sie den Fall beurteilen.«

Sie berichtete ihm, was Joyce Rodney ihr erzählt hatte. Er sah nachdenklich vor sich hin.

»Sie nehmen also an, dass die Tote wusste, wer die anonymen Briefe schrieb, mit ihrem Wissen zum Vikar ging, ihm aber nicht den Namen des Briefschreibers mitteilte, sondern in einen Gewissenskonflikt geriet. Was folgern Sie daraus?«

»Dass die Person, die sie verdächtigte oder gegen die sie sogar Beweise besaß, ihr nahe stand, also eine Person war, die sie nicht leichtfertig beschuldigen wollte.«

Er nickte.

»Haben Sie das Mädchen persönlich gekannt? Welchen Eindruck hatten Sie von ihm?«

»Ich sah sie bei der Generalprobe von Valentine Greys Trauung. Diese fand, wie Sie wissen, am Mittwochnachmittag statt. Am Abend besuchte sie eine Party im Herrenhaus. Auf dem Nachhauseweg wurde sie von Miss Eccles begleitet, die im Haus neben Willow Cottage wohnt. Ich hörte, wie die beiden sich voneinander an Miss Eccles Gartentor verabschiedeten.«

»Das deckt sich mit Miss Eccles Aussage. Ich habe das Protokoll gelesen. Sie sagten, Sie haben das Mädchen bei der Generalprobe beobachtet. Das war nach dem Besuch beim Pfarrer, nicht wahr?«

»Ja, am darauf folgenden Nachmittag. Sie war als Ersatz für Miss Merridew, die an den Röteln erkrankte, zur Brautjungfer bestimmt worden. Schüchternheit, Nervosität oder Aufregung, die man unter diesen Umständen bei ihr erwartet hätte, konnte ich an ihr nicht entdecken, sondern eine merkwürdige Zerstreutheit, als wäre sie mit ihren Gedanken gar nicht bei der Sache. Die Probe war ein Fiasko, der Bräutigam und der Trauzeuge waren mit ihrem Auto verunglückt und Braut und Brautleute in arger Verlegenheit, während sich Unruhe unter den Zuschauern breit machte. Doch Connie Brooke stand da, als bemerke sie das alles nicht. Und sie hatte geweint. Die Spuren hatte sie auch nicht mit Schminke und Wimperntusche verwischen können.«

»Sie war bedrückt von etwas?«

»Ja, diesen Eindruck hatte ich.«

»Und Sie meinen, dass fast jeder im Dorf wusste, was die arme Connie bedrückte?«

»Ich gehe davon aus, dass sich inzwischen im Dorf herumgesprochen hatte, sie sei beim Pfarrer gewesen, um ihm den Namen des anonymen Briefschreibers mitzuteilen. Dann habe sie sich aber nicht dazu durchringen können.«

Er beugte sich vor und legte einen Scheit Holz auf den Kaminrost.

»Sie hütete also ein gefährliches Geheimnis. Ich habe den Obduktionsbericht gelesen. Sie ist an einer gewaltigen Überdosis von Schlaftabletten gestorben. Schon die Hälfte der Menge hätte genügt, sie umzubringen. Das deutet auf Selbstmord hin. Sie würde bestimmt nicht aus Versehen so viele Tabletten geschluckt haben.«

Miss Silver hüstelte auf eine Art, die ihrem früheren Zögling noch gut in Erinnerung war. So hatte sie früher ihre Schüler zur Ordnung ermahnt.

»Sie sollten, glaube ich, wissen, dass Connie Brook an einer nervösen Tabletten-Idiosynkrasie litt. Sie konnte keine einzige Tablette in fester Form schlucken. Das wurde mir von Miss Eccles, Miss Wayne und Mrs. Rodney bestätigt. Ich halte es für unwahrscheinlich, dass diese Schwäche nicht allen im Dorf bekannt war. Wenn sie Tabletten zu sich nahm, mussten sie vorher aufgelöst werden, in diesem Fall in ihrem Schlummertrunk.«

»Was für einem Schlummertrunk?«

»Kakao. Sie hatte entdeckt, dass Kakao eine einschläfernde Wirkung hat. Sie scheint auf dem Heimweg von der Party sich Miss Eccles anvertraut zu haben, dass sie den Kakao schon zubereitet habe und nur noch aufzuwärmen brauche, wenn sie nach Hause kam. Sie wollte die Tabletten, die sie von Miss Repton bekommen hatte, darin auflösen. Miss Eccles habe sie daraufhin ermahnt, nur eine einzige Tablette zu sich zu nehmen.«

»Ja, so steht es auch im Protokoll. Ich frage mich nur, ob sie die Wahrheit gesagt hat.«

Miss Silver räusperte sich.

»Sicherlich wollte Miss Eccles mit dieser Aussage, die nicht mehr nachprüfbar ist, einen guten Eindruck machen. Wer will das nicht in so einem Fall?«

»Sie meinen, wir wollen alle in einem möglichst guten Licht erscheinen?«

»Ja, besonders vor der Polizei.«

Er runzelte die Brauen.

»Was für einen Eindruck haben Sie von Miss Eccles?«

»Einen sehr geschäftigen. Sie hat ihre Hand im Spiel bei allen Aktivitäten des Dorfes.«

»Sie steckt ihre Nase in jeden Quark und weiß, wie er angerührt wurde?«

»Sie ist tüchtig. Was sie tut, hat Hand und Fuß. Sie vertritt ihre Meinung mit Entschiedenheit, hält ihr Haus peinlich sauber und ihren Garten in Schuss.«

Er lachte.

»Ich kenne die Dame persönlich. Merkwürdig, dass Sie vergaßen, mir ihr Aussehen zu beschreiben. Ich hätte damit angefangen.«

»Weil es im Dorf kein Geheimnis ist, dass Sie mit der Dame bekannt sind. Sie hat es mir selbst erzählt.«

»Aha! Nun, also entweder hat dieses Mädchen selbst eine tödliche Menge von Schlaftabletten in ihrem Kakao aufgelöst oder ein anderer hat das für sie getan oder sie dazu überredet. Was ich beides für unwahrscheinlich halte. Ich habe Maggie Repton selbst verhört. Sie ist zwar eine sehr fahrige, vergessliche Person, doch zweifellos verantwortungsbewusst. Ich habe den Eindruck – wenn nicht gar die Überzeugung –, dass sich in der Flasche, die sie dem Mädchen gab, nicht einmal eine gesundheitsschädigende Menge Tabletten befand.«

»Tatsächlich, Randal?«

Er nickte.

»Das ist ein bisschen vage ausgedrückt, aber eine präzisere Auskunft konnte ich von Maggie Repton nicht erhalten.«

»Vielleicht geschah das in der Absicht, sich in einem günstigen Licht erscheinen zu lassen.«

»Meine liebe Miss Silver – Sie werden doch Maggie Repton nicht zu den Verdächtigen zählen!«

»Sie scheinen das von vornherein auszuschließen?«

Er lachte.

»Du liebe Güte – was für ein Motiv sollte sie gehabt haben?«

Miss Silver sagte nüchtern:

»Die Person, die diese anonymen Briefe schrieb, hatte das größte Interesse daran, Connie Brooke rechtzeitig daran zu hindern, ihr Geheimnis auszuplaudern. Nur diese Person hat ein Motiv, wenn Connie Brooks Tod kein Selbstmord war.«

»Da haben Sie natürlich Recht. Doch Maggie Repton ist die harmloseste und menschenfreundlichste Person, die man sich vorstellen kann. Sie pflegte ihre kranken Eltern und führte ihrem Bruder den Haushalt, bis er heiratete. Ich glaube, das tut sie noch heute, weil Scilla Repton als Hausfrau kaum zählt.«

Miss Silver hüstelte.

»Aber sehen Sie denn nicht, dass sie gerade wegen dieser Eigenschaften zu dem Personenkreis gezählt werden muss, der als Verfasser anonymer Briefe in Frage kommt? Sie hat keine eigenen Interessen, ist schüchtern und unfähig, sich eine eigene Meinung zu bilden. Sie ordnet sich den Wünschen und dem Egoismus anderer Menschen unter, unterdrückt ihre eigenen Gefühle und leidet vermutlich an Frustration und Minderwertigkeitskomplexen. Auf solchem Nährboden gedeiht doch das Laster, mit dem wir es hier zu tun haben. Vielleicht kommt auch eine Prise Gerechtigkeitsgefühl dazu, das sich nur auf eine indirekte Weise mitzuteilen wagt. Wie bei ähnlichen Lastern fällt nur der erste Schritt schwer. Sobald er getan ist, nimmt die Sucht rasch zu. In so einem Dorf kann man die Wirkung des Lasters leicht überschauen. Ein Gefühl der Macht und Bedeutung überkommt den Schreiber. Die Briefe werden immer zahlreicher und giftiger; denn der Appetit kommt beim Essen, wie es so schön heißt. Und nun kommt auch noch die Angst vor Entlarvung dazu. Furcht an sich ist schon ein ausreichendes Motiv für ein Verbrechen. Wenn Connie Brooke in der Lage war, den Briefschreiber zu ruinieren, wurde sie aus Angst vor der Entlarvung getötet. Wäre das nicht ein ausreichendes Motiv?«

Nun war geschehen, was Miss Silver an die Worte der armen Connie erinnerte: »Was einmal gesagt ist, kann man nicht mehr zurücknehmen.« Sie hatte nur die Möglichkeit eines Verbrechens angedeutet, doch jetzt hatte sie es beim Namen genannt – Mord.

Randal March hob eine Hand.

»Natürlich kann ich Ihrer allgemeinen Theorie nur zustimmen. Aber wenn Sie Miss Maggie kennen würden …«

Sie sagte in mildem Ton:

»Ich möchte nicht, dass Sie denken, ich beschuldigte sie. Ich wollte lediglich darauf hinweisen, dass diese Suche nicht vor Standespersonen oder Leuten Halt macht, die wohltätige Werke tun. Im Falle von Miss Repton haben wir einen Hintergrund, der die Wahrscheinlichkeit, sie könnte anonyme Briefe schreiben, nicht ausschließt. Und die Tatsache, dass sie Connie Brooke eine Flasche mit Schlaftabletten gegeben hat. Wir wissen nicht, wie viele Tabletten sich in diesem Gefäß befanden oder ob Miss Repton sich dazu äußerte, wie viele man davon nehmen dürfe. Falls man nun beweisen kann, dass die Menge der Tabletten, die diese Flasche enthielt, so gering war, dass sie keinen Schaden anrichten konnte, ist Miss Repton tatsächlich über jeden Verdacht erhaben. Es ist so gut wie ausgeschlossen, dass Miss Repton nach der Party das Herrenhaus verlassen hat. Sie hatte deshalb auch keine Gelegenheit, den Kakao zu vergiften, den Connie Brooke als Schlummertrunk vorbereitet hatte.«

Randal March bestätigte es:

»Richtig. Und damit komme ich zur zweiten Prämisse meiner Theorie. Ich sagte, ich könne nicht glauben, dass die Flasche eine so große Zahl von Tabletten enthielt, dass Connie Brooke sich damit hätte vergiften können. Also muss jemand sie ermordet haben, indem er eine tödliche Dosis von diesem

Zeug unter ihren Kakao mischte. Nur sollte man dabei bedenken, wie scheußlich dieser Kakao geschmeckt haben muss. Musste der Mörder nicht damit rechnen, dass sie den Kakao nach dem ersten Schluck weggoss und sich einen neuen kochte?«

Miss Silver erinnerte sich an etwas, dem sie bisher keine große Bedeutung beigemessen hatte.

»Connie Brooke, so erzählt man sich im Dorf, soll als kleines Mädchen an einer Krankheit gelitten haben, die ihren Geruchs- und Geschmackssinn zerstörte. Ein ähnlicher Fall ist mir schon einmal begegnet. Der Mörder muss gewusst haben, dass sie weder riechen noch schmecken konnte, ob der Kakao vergiftet war.«

Er machte eine ungeduldige Handbewegung.

»Ich zweifle nicht, dass alle Leute im Umkreis von fünf Meilen von dieser Krankheit und deren Folgen gehört haben. Praktisch jeder Bewohner dieser Grafschaft hätte dieses Verbrechen verüben können, falls es ihm gelang, in ihr Haus einzudringen. Was sagen Sie dazu?«

»Die Leute auf dem Land gehen sehr achtlos mit ihren Schlüsseln um. Wenn jemand in Connies Abwesenheit in deren Wohnung eindringen wollte, brauchte er sich nur einen Schlüssel dazu zu besorgen oder ein Fenster zu öffnen.«

»Ein Fenster?«

»Denken Sie daran, dass das Haus als Kindergarten Verwendung fand. Die älteren Kinder blieben bis vier Uhr nachmittags dort. Wenn sie von ihren Eltern abgeholt wurden, hätte man im allgemeinen Gedränge ohne weiteres den Schlüssel zur Hintertür entwenden oder ihn irgendwo unter einer Matte verstecken können. Noch leichter wäre es gewesen, irgendwo ein Fenster im Erdgeschoss zu entriegeln. Oder die Person, die sich Zutritt verschaffen wollte, besaß bereits einen Schlüssel, der zu der Tür des Kindergartens passte.«

»Kennen Sie Personen, die unter den erwähnten Gesichtspunkten in Frage kämen?«

»Mrs. Rodney und ich gingen am Mittwoch zum Kindergarten, um den kleinen David abzuholen ...«

»Müssen wir Joyce Rodney verdächtigen?«

»Ich glaube nicht, obwohl sie im Haus gewesen ist. Desgleichen Miss Eccles, die an diesem Nachmittag die kleine Tochter eines mit ihr befreundeten Ehepaares abholte.«

Er runzelte die Stirn.

»Und Miss Eccles war es auch, die Connie Brooke nach der Party nach Hause begleitete.«

»Sie ging nur bis zur Gartenpforte von Holly Cottage, dem Nachbarhaus von Miss Wayne.«

»Und Sie glauben, gehört zu haben, wie sie sich dort von Miss Brooke verabschiedete? Könnte sie sich nicht doch noch dazu entschlossen haben, Connie Brooke bis zum Kindergarten zu begleiten, um dort heimlich Tabletten unter deren Kakao zu mischen? Vielleicht hatte sie das Ganze von Anfang an geplant ...«

»... sehr unwahrscheinlich, Randal. Denn wenn Connie Miss Eccles in Verdacht hatte, die anonyme Briefschreiberin zu sein, hätte sie sich wohl kaum von ihr zur Party und wieder nach Hause begleiten lassen.«

»Vielleicht blieb Connie Brooke gar keine andere Wahl.«

»Das ist richtig. Und vielleicht hatte Connie Brooke auch keine Ahnung davon, dass sich ihr Besuch beim Reverend bereits im Dorf herumgesprochen hatte.«

»Also schließen Sie nicht aus, dass sie das Verbrechen begangen haben kann.«

Miss Silver sagte ein wenig von oben herab:

»Ich habe nicht gesagt, dass ich sie verdächtige. Ich räume nur ein, dass sie Gelegenheit hatte, in das Haus einzudringen.«

Er nickte.

»Ich habe Sie verstanden.« Dann, nach einer kurzen Pause: »Da ist etwas, das Sie meiner Meinung nach wissen sollten. Das Postamt hat Weisung bekommen, auf Briefe zu achten, die keinen Absender tragen und mit plumpen Blockbuchstaben beschriftet sind. Nun – am Mittwoch wurden drei solcher Briefe in Ledlington eingesteckt. Sie befanden sich in einem Briefkasten in der High Street und wurden am nächsten Morgen in Tilling Green zugestellt.«

»Können Sie mir die Namen der Empfänger nennen?«

»Ja – Colonel Repton, Reverend Martin und Valentine Grey.«

»Ja, Randal?«

»Ich hörte, die Hochzeit ist verschoben worden.«

Sie nickte zustimmend. Er sagte:

»Aus Rücksichtnahme auf den Todesfall? Oder weil etwas Anrüchiges in diesen Briefen stand? Oder weil Jason Leigh zurückgekommen ist?«

Miss Silver sah ihn an und sagte nach einem kurzen, berechneten Schweigen:

»Mr. Gilbert Earle ist nach London zurückgekehrt.«

»Ja – das wissen wir bereits. Das mag von Bedeutung sein oder auch nicht.«

»Es ist aufgefallen, dass er weder geschrieben noch telefoniert hat. Der Postbeamte kennt seine Handschrift und die Mädchen von der Vermittlung seine Stimme.«

»In so einem Dorf gibt es wohl keine Geheimnisse, wie?«

»Sehr wenige, Randal.«

»Dann können Sie mir vielleicht sagen, wer am Mittwoch Vormittag in Ledlington gewesen ist.«

Miss Silver dachte nach.

»Ich fuhr selbst mit dem Zehn-Uhr-Bus dorthin. Die Trauung sollte am nächsten Tag stattfinden, und Miss Wayne hatte sich entschlossen, ein neues Paar Handschuhe für die Generalprobe am Nachmittag zu besorgen. Ich begleitete sie.

Und – ja, Miss Eccles war aus dem gleichen Grund nach Ledlington gefahren. Miss Wayne sah eine Menge Bekannte in der Stadt.« Sie zögerte kurz. »Sie zeigte mir auch einen Mann, den sie nicht zu ihren Freunden zählt.«

»Wie geheimnisvoll!«

Sie ging nicht auf seinen scherzhaften Ton ein.

»Ich versuche nur, meine Eindrücke möglichst genau wiederzugeben. Sie zeigte mir einen gewissen Mr. Barton, der zu ihren Nachbarn im Dorf gehört. Er bewohnt Gales Cottage, das ein Stück von Miss Waynes Haus entfernt liegt. Mr. Barton kocht und wäscht selbst und sperrt regelmäßig die Haustüre ab, was im Dorf Misstrauen erregt. Überdies hält er sich sieben Katzen, die ihn bei seinen nächtlichen Wanderschaften begleiten. Ich glaube, tagsüber verlässt er nur selten sein Haus.«

»Und trotzdem ist er am Mittwoch Vormittag nach Ledlington gefahren? Vermutlich ohne Katzen.«

»Ja. Miss Wayne betrachtete das als ein höchst ungewöhnliches Ereignis.«

»Und welchen Eindruck haben Sie von diesem Sonderling?«

»Er ist groß, hager, und seine Garderobe ist alt und schäbig. Er hält den Kopf etwas schief, als könnte er nicht gut hören.«

»Was ich bezweifle.«

»Jedenfalls ist das eine Angewohnheit älterer Leute, die eigentlich ein Hörgerät benötigen.«

»Sahen Sie den Mann zum erstenmal?«

»Zum erstenmal bei Tageslicht. Am Abend sah ich ihn dann mit seinen Katzen.«

»So? Um wie viel Uhr?«

»Ungefähr um halb elf. Ich hatte gerade das Licht gelöscht und öffnete das Fenster, als ich erst Schritte hörte und dann das Klicken eines Gartenpfortenriegels. Ich beugte mich ein wenig aus dem Fenster und sah, dass es sich um das Gartentor von Gales Cottage handelte. Mr. Barton blieb eine Weile am Gartentor stehen und ging dann weiter zum Haus. Dort schaltete er eine Taschenlampe ein und richtete sie auf die Schwelle der Eingangstür, ehe er diese öffnete. Sieben Katzen passierten den Lichtkegel, bevor er selbst ins Haus ging und die Tür hinter sich abschloss.«

»Kein Wunder, dass das Dorf über ihn redet. Das klingt ja wie ein Märchen aus Tausendundeiner Nacht! Haben Sie bemerkt, aus welcher Richtung er kam?«

»Aus der Richtung des Kindergartens. Zwei oder drei Katzen kamen aus der Einfahrt des Herrenhauses, die meinem Fenster gegenüberliegt; doch ich hörte ganz deutlich, dass die Schritte von links kamen.«

Er runzelte die Stirn.

»Sie sind sich doch bewusst, dass eine beeindruckende Zahl von Leuten in Tilling Green fest davon überzeugt ist, Mr. Barton sei der Verfasser dieser anonymen Briefe, nicht wahr?«

Sie äußerte sich dazu sehr zurückhaltend:

»Selbstverständlich kommt zuerst ein Außenseiter in Verdacht, dessen Lebensweise nicht mit den dörflichen Gewohnheiten übereinstimmt.«

»Hat Ihnen denn keiner gesagt, dass Mr. Barton verdächtigt wird?«

»Mein lieber Randal, außer Mrs. Rodney hat mir niemand etwas von diesen anonymen Briefen erzählt.«

»Nun, ja, das ist verständlich, wenn man bemerkt, dass Sie eine Fremde sind und diese Affäre nur das Dorf betrifft. Aber tatsächlich verdächtigen sie Barton, und wenn Sie ihn um halb elf nachts aus der Richtung von Croft Cottage heimkommen hörten, könnte er dort Schritte unternommen haben, um Connie Brooke zum Schweigen zu bringen. Nur erwartet man natürlich im Allgemeinen nicht, dass ein potenzieller Mörder sich bei seinem ruchlosen Unternehmen von sieben Katzen begleiten lässt.«

Miss Silver gab zu bedenken:

»Da es seine Gewohnheit ist, nachts mit seinen Katzen spazieren zu gehen, hätte er nur Verdacht erregt, wenn er sie zu Hause gelassen hätte.«

Er lachte.

»Eine bloße Annahme, für die es keinerlei Beweise gibt. Kehren wir zu Ihrem Ausflug mit Miss Wayne nach Ledlington am Mittwochvormittag zurück. Waren Sie die ganze Zeit mit ihr zusammen?«

»Oh, nein. Ich entdeckte bei Ashley, wo wir einkauften, ein sehr hübsches Wollsortiment. Ich suchte mir alle Rottöne heraus. Ich werde daraus für meine Nichte Ethel Burkett einen Pullover und mir eine Weste stricken. Das wird eine hübsche Überraschung zu Weihnachten werden.«

»Nun ja – wie wir von den Busfahrern erfuhren, sind an diesem Vormittag eine Menge Leute aus Tilling Green in Ledlington gewesen. Die Liste ist so lang wie Ihr Arm. Ehrwürden Thomas Martin gehört dazu, Roger Repton und seine sehr dekorative Frau nebst Schwester, Daphne Hollis, die eine der beiden Brautjungfern sein sollte, und neben Miss Mettie Eccles noch ein rundes Dutzend andere. Rietta und ich können das bestätigen, denn wir waren ebenfalls – Macht der Gewohnheit – an diesem Vormittag in Ledlington und sahen dort eine Menge Gesichter aus Tilling. Und jeder von diesen Leuten kann die drei Briefe in den Postkasten geworfen haben.«

Miss Silver schwieg einen Moment und sagte dann:

»Haben die Empfänger der anonymen Briefe sich dazu geäußert?«

»Tommy Martin sagte, ja, er habe einen erhalten; aber dann nein, er könne nicht sagen, was darin stand. Nicht gerade ein Beichtgeheimnis, sagte er, aber trotzdem wolle er das nicht verraten. Valentine wurde abwechselnd rot und blass. Dann sagte sie, sie habe einen unverschämten Brief erhalten, ihn verbrannt und wolle nicht mehr darüber reden. Der Einwand, dass sie der Polizei bei ihren Ermittlungen helfen müsse, weil sie dazu gesetzlich verpflichtet sei, prallte ab wie Regen von einer Gummihaut. Ich weiß nicht, ob Sie …«

Sie schüttelte den Kopf.

»Ich kenne sie noch gar nicht. Man müsste sich etwas ausdenken …«

»Wir werden schon etwas finden, um Sie auf eine natürlich erscheinende Weise mit ihr zusammenzubringen. Bisher haben wir nicht mehr, als wir erwarten konnten – einen Pfarrer, der sich auf sein Gelübde beruft, ein Mädchen und seine Geheimnisse, aber wenn wir uns dem dritten Empfänger zuwenden, stoßen wir auf eine Merkwürdigkeit. Der Briefträger schwört, er habe den Brief zugestellt; doch Roger Repton leugnet, ihn bekommen zu haben.«

KAPITEL 16

Nach einem angenehmen Zwischenspiel, in dem Tee und Gebäck gereicht und die Kinder geherzt und bewundert wurden, kehrte Miss Silver nach Willow Cottage zurück. Sie machte anschließend kein Geheimnis daraus, sondern berichtete ausführlich über ihren Besuch:

»So ein bezauberndes Haus, so reizende Leute! Mrs. March sah ganz entzückend aus!« Sie zitierte sogar Lord Tennyson.

Miss Wayne war ganz Ohr.

»Ich bin Mrs. March noch nicht selbst begegnet, habe aber schon von ihr gehört. War sie nicht in irgendeine Geschichte verwickelt?«

Miss Silver lächelte.

»Die Geschichten, die ich über Mrs. March gehört habe, sind über jeden Tadel erhaben.«

Miss Renie zeigte sich schrecklich verwirrt:

»Oh, nicht doch – nicht so etwas – ich wollte nicht damit andeuten – das kommt davon, wenn man auf einem Dorf wohnt. Die Leute reden so viel. Ich hätte nicht auf etwas anspielen sollen, was natürlich nur eine üble Verleumdung sein kann. Meine teure Schwester pflegte immer zu sagen: ›Über alles kannst du reden – nur nicht über Dinge, die man dir anvertraut.‹ Doch irgendwie rutscht es einem dann doch heraus. Und das passiert auch nur, weil man Anteil nimmt an seinen Nachbarn. Wenn zum Beispiel meine teure Esther noch leben würde, fiele es selbst ihr schwer, nicht über die arme Connie zu reden. Natürlich nichts *Unfreundliches;* aber wundern würde sie sich doch.«

Miss Silver wickelte die rote Wolle auf, die sie bei Ashley gekauft hatte. Die Wolle verwahrte sich viel besser, wenn sie zu Knäueln gewickelt war. Und da Miss Renie sich erboten hatte, die Stränge zu halten, waren die beiden Damen sehr dicht zusammengerückt. Lebhaft stimmte Miss Silver der Auffassung ihrer Gastgeberin zu:

»Oh, nein, man kann sich nicht absondern vom Leben eines Gemeinwesens. Kommt ein Mitglied der Gemeinde zu Schaden, so bleibt es nicht aus, dass alle daran Anteil nehmen. Wie der heilige Paulus in seinem Brief an die Römer sagt: ›Die Liebe tut dem Nächsten nichts Böses.‹«

Miss Wayne ließ das eine Ende des Stranges fallen, den sie über ihre Hände geschoben hatte, um ein zerknülltes Taschentuch zur Nase führen zu können.

»Wie schön Sie das gesagt haben! Oh, Himmel, ich fürchte, ich habe die Fäden durcheinander gebracht! Wie dumm von mir!«

Miss Silver brachte das mit einer Geschicklichkeit, die von langer Übung kam, wieder in Ordnung.

»Wenn Sie nur den Strang etwas straffer halten würden. Ich glaube wirklich nicht, dass Sie sich Vorwürfe machen sollten, weil Sie am Schicksal von Connie Brook Anteil nehmen. Es ist ein sehr trauriger Unfall und muss Mitleid bei allen ihren Freunden erregen.«

Miss Renie schniefte.

»Sie sah mir ganz danach aus, als hätte sie vor der Generalprobe geheult; aber man hätte doch nie im Traum an so etwas gedacht …«

Miss Silver sagte: »Ja?«, und der Strang rutschte Miss Wayne abermals vom Handgelenk, ehe sie in Tränen ausbrach.

»Ich muss immer daran denken, wie sie ausgesehen hat. Irgend etwas muss sie doch bedrückt haben. Wenn ich doch nur mit ihr nach Hause gegangen wäre und die danach gefragt hätte! Aber keiner hat das getan, und nun ist es zu spät.«

Sie kümmerte sich nicht mehr um die Wolle, sondern drückte ihr Taschentuch ungeschickt gegen das Gesicht.

»Es sind diese schrecklichen Briefe.« Sie schielte um eine Ecke ihres Taschentuchs. »Aber vielleicht haben Sie davon noch nichts gehört – oder doch?«

Miss Silver antwortete mit Fassung:

»Ein anonymer Brief wurde in einem Bericht von der Totenschau erwähnt, als Doris Pell ins Wasser ging. Solche Dinge können sehr viel Kummer machen.«

Miss Wayne sagte mit einem leisen Wimmern:

»Sie sind schrecklich! Ich wusste nicht, ob Sie schon davon gehört hatten, wollte jedoch nichts darüber sagen – nur manchmal erleichtert einen das sehr. Joyce hat immer solche Angst, David könnte zuhören. Das ist nämlich Unsinn, denn was weiß ein Fünfjähriger schon, was anonyme Briefe sind? Er kann sich ja nicht einmal vorstellen, was dieses Wort bedeuten soll.«

Miss Silver sagte ernst: »Es ist überraschend, was ganz junge Kinder schon alles aufschnappen und behalten.«

Miss Wayne kam, heftig nickend, wieder hinter dem Taschentuch hervor.

»Joyce zeigt überhaupt wenig Verständnis. Ich war gewöhnt, *alles* mit meiner Schwester zu besprechen. Sie wäre ganz entsetzt gewesen über diese Briefe. Vor ein paar Jahren, wissen Sie, hat es schon mal so was in Little Poynton gegeben, das nur zehn Meilen von hier weg liegt. Zwei Leute begingen Selbstmord, und man rief Scotland Yard zu Hilfe. Damit hörte es zwar auf, aber man hat nie herausgefunden, wer diese Briefe schrieb. Einige meinten, die Frau vom Postamt wäre es gewesen; doch meine Schwester und ich hielten das für unmöglich. Sie ging regelmäßig zur Kirche und war immer so entgegenkommend, wenn sie einen am Schalter bediente. Und eine Tante von mir wohnte gleich nebenan, deshalb waren Esther und ich auch stets gut unterrichtet. Und Tante Marian sagte, sie hielte es für ausgeschlossen, dass Mrs. Salt etwas damit zu tun haben könnte. Kein böses Wort ließ sie auf sie kommen. Und Mrs. Gurney, die hier die Poststelle verwaltet, ist eine Schwester von Mrs. Salt – und ich denke, niemand würde doch *sie* verdächtigen, dass sie diese Briefe selbst verfasst, die sie dann den Leuten in Tilling Green zustellen lässt.«

Miss Silvers Hände waren mit dem Aufwickeln der Wolle beschäftigt. Sie sagte:

»Gäbe es denn einen Grund, Mrs. Gurney zu verdächtigen?«

Miss Wayne geriet wieder ganz durcheinander:

»Oh, nein – so meinte ich das nicht – natürlich nicht! Was habe ich nur gesagt, dass Sie auf so eine Idee kommen? Natürlich kann Mrs. Gurney gar nicht vermeiden, dass sie fast alles weiß, was im Dorf vorgeht; denn jeder geht ja bei ihr ein und aus, und wenn man dort Bekannte und Freunde trifft, spricht man natürlich mit ihnen. Meine Schwester beklagte immer die Zeit, die dabei unnütz vergeudet wurde. ›Wenn du einkaufen gehst‹, sagte sie, ›dann kaufe ein und geh wieder fort. Wer bummelt, der klatscht, und daraus ist schon viel Unheil entstanden.‹ Natürlich ist es gar nicht immer leicht, gleich wieder fortzugehen; aber ich tue mein Möglichstes – vermutlich gibt es keinen im Dorf, der so wenig auf das hört, was dort erzählt wird, wie ich. Bis Hilda Price absolut nicht davon abzuhalten war, mir alles zu erzählen, hatte ich nicht die leiseste Ahnung davon. Connie Brooke sollte gewusst haben, wer diese schrecklichen Briefe verfasste. Jeder scheint das bereits im Dorf gewusst zu haben – nur ich nicht.«

Miss Silver sagte voller Anteilnahme:

»Wie kamen sie alle auf die Idee, Connie könnte gewusst haben, wer der Briefschreiber ist?«

Die Geschichte vom Telefonanruf in der Pfarrei und Connies sich anschließender Besuch beim Reverend wurde nun mit vielen Stockungen vorgetragen und anfangs mit Abschweifungen wie ›ich wiederhole nicht gern solche Dinge‹ und ›man möchte es gar nicht glauben‹ versehen. Miss Renies Version wich nur unbedeutend von der Fassung ab, die Joyce ihr geliefert hatte. Connie habe am Telefon geschluchzt und geweint, als sie vom Vikar fortging. Sie habe ihm nicht gebeichtet, was sie ihm eigentlich mitteilen wollte – den Namen des Briefschreibers. Und dann die Zitate, dass man nicht zurücknehmen könne, was man einmal gesagt habe, und dass es eine Gewissenspflicht sei, mit solchem Wissen zur Polizei zu gehen …

»Und nun«, setzte Renie Wayne mit einem Wimmern hinzu, »ist es zu spät dazu; weil sie ja tot ist. Und daraus kann man nur lernen, dass man das, was getan werden muss, lieber sofort erledigt. Esther wusste das sehr genau. Sie sagte, es gäbe da ein Sprichwort; aber es ist lateinisch, und deshalb ist es mir leider entfallen.«

Miss Silver, deren Lateinkenntnisse sich auf einige noch heute geläufige Zitate beschränken, konnte das Gewünschte liefern:

»*Bis dat qui cito dat* – zweimal gibt, wer rasch gibt!«

KAPITEL 17

Connie Brookes Totenschau fand am Samstag Vormittag um elf Uhr statt. Es wurden nur die Zeugen aufgerufen, dann beantragte die Polizei eine Vertagung. Miss Wayne, die bei der Verhandlung dabei sein wollte, war sehr froh über Miss Silvers Angebot, sie zur Verhandlung zu begleiten:

»Oh, das wäre reizend von Ihnen! Was für ein Trost für mich! Diese Dinge sind so schmerzlich, und früher bin ich ohne meine Schwester nirgends hingegangen.«

Unter anderen Umständen hätte Miss Silver darauf hingewiesen, dass sie sich eine schmerzliche Erfahrung leicht dadurch hätte ersparen können, indem sie zu Hause blieb. Da jedoch ihr Auftrag es erforderlich machte, die Totenschau zu besuchen, machte sie keinen Versuch, Miss Renie von ihrem Vorhaben abzubringen.

Miss Silver sah sie in Trauerkleidung die Treppe herunterkommen, und Miss Wayne vertraute ihr an, dass sie die Sachen bei der Beerdigung ihrer teuren Schwester Esther getragen habe und auch bei der Totenschau von Doris Pell. »Mir scheint, als wäre sie erst gestern gewesen – wie schnell doch die Zeit vergeht!«

Die Verhandlung fand im »George« statt, das dem Coroner seinen größten Raum, den Ballsaal, zur Verfügung gestellt hatte. Er war brechend voll. Nachdem der Arzt ausgesagt hatte, dass die Tote eine ungeheure Menge von Schlaftabletten geschluckt haben müsse, wurde Miss Maggie in den Zeugenstand gerufen, der durch einen Stuhl dargestellt wurde. Er war am entfernten Ende des Richtertisches aufgestellt worden. Unter einigem Schlucken und Würgen sprach sie die Eidesformel nach und setzte sich dann, ein Taschentuch in der Hand. Offensichtlich verstand der Coroner fast jedes Wort, das Miss Repton sagte, doch niemand im Saal hätte der Vernehmung folgen können, wenn der Coroner nicht laut ihre Antworten auf seine Fragen wiederholt hätte. Als er wissen wollte, ob die Zeugin Connie Brooke eine Arzneiflasche mit Schlaftabletten gegeben habe, schien sie anzudeuten, dass das der Fall gewesen sei.

»Und wie kamen Sie dazu, Miss Repton?«

Ihre gemurmelte Erwiderung, mundgerecht gemacht für das Protokoll, lautete: »Sie konnte nicht schlafen.«

»Sagten Sie ihr, wie viele Tabletten sie nehmen dürfe?«

Ein leises Kopfnicken, das abermals von einem Gemurmel begleitet war.

»Oh, Sie glaubten, die Dosis wäre auf der Flasche angegeben gewesen? Sie sind sich in diesem Punkt nicht sicher?«

Hier meldete sich der Polizeiinspektor zu Wort und sagte aus, die Dosis sei tatsächlich auf dem Etikett der Flasche angegeben gewesen, jedoch in Tinte, und die sei verwischt. Die Arzneiflasche stand als Beweisstück auf dem Richtertisch, und der Coroner betrachtete sie eingehend. Dann sagte er:

»Ja – schlau wird man daraus nicht. Nun, Miss Repton, wie viele Tabletten waren in der Flasche?«

Es ergab sich, dass Miss Maggie dazu keine verwertbaren Angaben machen konnte. Nach einer Reihe von Fragen wie: »Wenn Sie es nicht genau wissen, können Sie die Menge vielleicht schätzen? War sie halb voll – ein Viertel voll – nur noch der Boden bedeckt?«, fand sie sich immer noch nicht zu einer Meinungsäußerung bereit. Sie schluckte, flüsterte, seufzte, presste ihr inzwischen vollkommen zerknülltes Taschentuch gegen die Augen; doch nicht ein Schimmer erhellte die Ungewissheit, wie viele Tabletten in der Flasche gewesen sein konnten, die sie Connie Brooke mitgegeben hatte.

Miss Eccles trat nach Miss Repton in den Zeugenstand, sprach den Eid laut und deutlich nach und antwortete präzise und sachlich. Sie habe nach der Party Connie Brooke über den Dorfanger bis zur Gartentür von Holly Cottage begleitet.

Dort habe sie sich von Miss Brooke getrennt. Sie hätten unterwegs über die Schlaftabletten gesprochen, und sie habe Connie ausdrücklich gewarnt, mehrmals eine davon zu nehmen. Als sie an dieser Stelle ins Kreuzverhör genommen wurde, blieb sie hartnäckig bei dieser Version.

»Sie war nicht an Tabletten gewöhnt, und ich sagte ihr, sie dürfe nicht mehr als eine davon nehmen.«

»Äußerte sie sich dazu?«

»Nein. Anschließend kamen wir darauf zu sprechen, dass sie gar nicht in der Lage sei, eine ganze Tablette zu schlucken. Sie sagte, sie wolle die Tabletten zerstoßen und in dem Kakao auflösen, der bereits auf dem Ofen stehe und nur noch aufgewärmt zu werden brauche. Ich sagte zu ihr, der Kakao müsse aber scheußlich schmecken, bis mir wieder einfiel, dass sie ja nicht schmecken konnte, was sie zu sich nimmt.«

»Ja, das hat uns bereits Dr. Taylor bestätigt – Miss Brooke hat infolge einer Krankheit ihren Geschmackssinn verloren. Nun, Miss Eccles, als Sie eben erwähnten, Miss Brooke habe die Schlaftabletten in ihrem Kakao auflösen wollen, sagte sie da ›*eine* Tablette‹ oder nur ›*Tabletten*‹?«

Mettie Eccles erwiderte: »Ich bin mir da nicht ganz sicher. Ich dachte natürlich nur an die eine Tablette, denn das hatte ich ihr ja soeben eingeschärft. Aber ob sie nun ›*eine* Tablette‹ oder lediglich ›Tabletten‹ sagte, weiß ich nicht mehr.«

Im anschließenden Verhör durch den Coroner gab sie eine sehr klare und ruhige Darstellung, wie Penny March am nächsten Morgen an ihre Haustüre getrommelt und sie zu der Toten geholt habe, die halb ausgezogen auf ihrem Bett lag. Anschließend wurde sie zu dem Topf befragt, in dem der Kakao aufgewärmt worden war.

»Haben Sie ihn abgewaschen und weggestellt?«

»Oh, nein. Das muss Miss Brooke selbst getan haben.«

»Mutmaßungen, was Miss Brooke getan haben könnte, gehören nicht hierher, Miss Eccles.«

Miss Eccles warf den Kopf in den Nacken und hätte vermutlich auch gemault, wenn sie nicht so viel Respekt vor einer Leichenschau gehabt hätte. Doch sie sagte mit sehr entschiedener Stimme:

»Connie hätte niemals gebrauchtes Geschirr unabgespült herumstehen lassen.«

Danach passierte nicht mehr viel. Die Polizei beantragte eine Vertagung. Der Coroner erklärte die Verhandlung für geschlossen, und die Zuhörer verließen paarweise oder allein den Ballsaal des »George«, der wieder zweckgerecht hergerichtet wurde.

KAPITEL 18

Valentine Grey ging durch das Wäldchen hinter dem Herrenhaus. Sie war gekommen, um sich mit Jason zu treffen. Als er kam, legte er den Arm um sie, und sie hielten sich eine ganze Weile so fest. Dann fragte er:

»Wann werden wir heiraten?«

»Ich weiß es nicht. Du hast mich nie danach gefragt, Jason.«

»Ich muss dich ja nicht erst fragen. Ich konnte nicht, als ich damals wegging, weil es sehr unwahrscheinlich war, dass ich wiederkommen würde. Und jetzt ist die Frage überflüssig. Das weißt du.«

»Ich möchte vielleicht gern gefragt werden.«

»Auf den Knien vermutlich, wie es sich gehört!« Er ließ sich auf den Teppich aus Fichtennadeln nieder und küsste ihr beide Hände.

»Willst du mir die Ehre antun, mich zum Ehemann zu nehmen?«

Sie sah mit leuchtenden Augen und nicht ganz ruhigen Lippen zu ihm nieder. Das war nicht mehr die Valentine, die bei der Generalprobe der Trauung mit Gilbert Earle vor den Altarstufen gestanden hatte. Ihre Hand bebte in der seinen, ihr Gesicht wurde abwechselnd weiß und rot. Sie sagte:

»Ich weiß nicht ...« Auch ihre Stimme schwankte.

»Du weißt es. Du weißt es ganz genau. Außerdem ist es die einzige Chance, die du hast, weil ich dich keinen anderen Mann heiraten lasse.«

Ihre bebenden Lippen formten ein Lächeln.

»Wie willst du mich daran hindern?«

Er erhob sich von den Knien, ohne sie loszulassen.

»Ich würde gegen die Eheschließung Einspruch erheben. Das hatte ich mir schon immer mal vorgenommen.«

»Hat das schon mal einer getan?«

»Oh, sicherlich ist das schon passiert. Du stehst auf und sagst es ganz laut und deutlich, und der Pfarrer muss die Trauung unterbrechen und bittet dich in die Sakristei. Und niemand hört natürlich noch auf die Orgel, am wenigsten du selbst, weil du dir überlegen musst, was jetzt über dich in der Sakristei gesprochen wird.«

»Und was würdest du in der Sakristei sagen? Es muss sich um einen echten Grund oder ein Ehehindernis handeln, wie du sicherlich weißt.«

Er antwortete:

»Ich habe einen Ring mit einem Wahlspruch von meiner Mutter geerbt, der schon seit dem Untergang der Armada im Besitz meiner Familie ist. Der Wahlspruch im Ring ist so winzig, dass du ein Vergrößerungsglas zum Lesen brauchst, und er musste immer wieder nachgraviert werden. Er lautet:

Wenn du mich so liebst, wie ich dich kann leiden,
Kann nur der Tod uns beide scheiden.«

»Glaubst du, das wäre ein echter Hinderungsgrund für mich, einen anderen Mann zu heiraten?«

»Vermutlich – ja ...«

Es dauerte eine Weile, ehe sie wieder etwas sagte.

»Wirst du – nochmals – fort – müssen ...«

»Nicht dorthin, wo ich bisher gewesen war. Sie wissen inzwischen Bescheid über mich, und daher hätte es keinen Sinn mehr, mich dorthin zu schicken. Würdest du dich gern auf einer Farm niederlassen?«

»Zu gern!«

»Wann wirst du mich dann heiraten?«

»Jason, das weiß ich nicht. Du weißt doch, dass ich als Gilberts Verlobte gelte. Die Leute glauben, die Trauung wäre nur wegen Connie Brooke verschoben worden.«

Er ließ ein halb zorniges Lachen hören.

»Wenn das alles ist, was du weißt! Ha – was ich alles von Mrs. Needham zu hören bekomme! Die eine Hälfte im Dorf bedauert den armen Mr. Earle, und die andere ist der Meinung, er habe wohl das Konto seiner Mätressen überzogen, weil du ihm sonst nicht den Laufpass gegeben hättest. Doch in einem Punkt sind sie sich alle einig: Die Verlobung ist im Eimer und die Hochzeit endgültig abgeblasen. Der Briefträger hat jedem erzählt, dass Mr. Earle nicht mehr schreibt, und die Mädchen von der Vermittlung wissen, dass er auch nicht mehr anruft. Also betrachten sie alle die Angelegenheit als erledigt. Du solltest jetzt auch deine Familie informieren und eine entsprechende Anzeige in die Zeitung setzen lassen.«

»Oh, ich habe Roger und Maggie bereits meine Entscheidung mitgeteilt, und vermutlich hat Roger sie Scilla weitergegeben. Sie äußerte sich nicht dazu.«

»Und was sagten Roger und Maggie dazu?«

Sie hob eine Hand und legte sie gegen seine Wange. »Oh, Maggie fing an zu weinen und meinte, Hochzeiten seien immer so ungewiss. Und wie oft sie schon dem Herrgott dafür gedankt habe, dass sie nie in dieser Verlegenheit war.«

»Arme alte Maggie!«

»Darling, sie hielt mir einen langen Vortrag, wie unglücklich meine Mutter mit meinem Vater geworden wäre. Sie erwähnte auch Roger und Scilla.«

»Und was für eine Predigt hielt Roger?«

»Oh, er sagte kaum etwas. Als ich ihm erzählte, ich würde Gilbert nicht heiraten, fragte er nicht mal nach dem Grund. Er drehte mir den Rücken zu, schaute aus dem Fenster und sagte: ›Ich nehme an, du weißt, was du tust.‹ Ich sagte ja, und das Gespräch war beendet.«

Jason sagte nichts. Nach einer Weile fuhr sie fort:

»Ich bekam am Donnerstagmorgen einen von diesen schrecklichen Briefen. Ich frage mich, ob Roger nicht auch einen erhalten hat.«

»Tommy bekam einen.«

»Tommy?«

»Ja, ich habe ihn selbst gelesen.«

»Jason ...«

»Aber es muss unter uns bleiben, verstanden?«

»Natürlich. Was stand in dem Brief?«

»Der Schreiber warf Gilbert vor, er wäre im Begriff, ein Bigamist zu werden, und fragte Tommy, ob er so ein Verbrechen unterstützen wolle. Das gab Tommy arg zu denken. Einerseits soll man ja auf Behauptungen in anonymen Briefen nichts geben, aber andererseits durfte er nicht das Wagnis eingehen, einen Mann zu trauen, der bereits verheiratet sein mochte. Tommy kann froh sein, dass wir ihn aus dieser peinlichen Lage befreit haben.«

Sie lehnte sich an ihn. Gilbert war aus ihrem Leben verschwunden, und sie fühlte sich wieder sicher und geborgen. Sie sagte:

»Stand in Tommys Brief, Gilbert habe ein Mädchen namens Marie Dubois in Kanada geheiratet?«

»Ja. Ohne zu sagen, wo und wann. Alles strikt anonym. Aber das mit Kanada stimmt, nicht wahr? Dort war er mal ...«

»Vor langer Zeit! Damals muss er knapp zwanzig gewesen sein. Ich frage mich, ob er dort tatsächlich diese Marie geheiratet hat.«

»Mag sein. Wenn er noch so jung war, war es vermutlich eine Dummheit, und er hielt es nicht für nötig, es dir zu sagen, weil sie inzwischen gestorben ist oder er von ihr geschieden. Ich halte es so gut wie ausgeschlossen, dass er eine Doppelehe riskiert hätte. Wir können ihn ja später mal danach fragen. So ganz beiläufig – anlässlich einer Cocktailparty oder auf dem Bahnhof, wo einem ja immer Leute über den Weg laufen, von denen man nichts mehr wissen möchte.«

»Darling, was redest du da für dummes Zeug zusammen!«

Was für eine himmlisches Gefühl, über etwas lachen zu können, was vor kurzem noch ein Alptraum war! Sie lachten beide. Jason fuhr fort:

»Wetten, dass ich ihn eines Tages danach frage? Wenn du erst mal unter der Haube bist, gehe ich zu ihm und sage: ›Hör mal, was ich dich schon lange einmal fragen wollte – was ist eigentlich aus dieser Marie Dubois geworden, die du damals in Kanada geheiratet hast?‹«

»Unterstehe dich!«

»Warte es ab!«

KAPITEL 19

Scilla Repton hob den Hörer vom Telefonapparat, der in der Bibliothek stand, und bat um die Vermittlung einer Londoner Nummer. Natürlich würde das Mädchen von der Vermittlung mithören, wenn sie glaubte, es lohne sich; aber was spielte das schon für eine Rolle? Wenn man im Dorf wohnte, hatte man sowieso kein Privatleben mehr. Mrs. Gurney kannte sogar die einzelnen Handschriften und ließ das ihre Kundschaft auch wissen. So hatte Scilla selbst gehört, wie sie zu einer Kundin sagte: »Oh, nein, Mrs. Lawson, von Ihrem Ernie ist heute kein Brief gekommen – nur eine Postkarte von Ihrer Schwester aus Birmingham.«

Sie wartete auf das Klicken, wenn der Teilnehmer abhob, und überlegte inzwischen, was sie sagen wollte. Es dauerte eine Weile, bis Gilbert Earle sich meldete. Mürrischer hätte er kaum seinen Namen sagen können. Er hörte sie lachen.

»Wirklich, Gilbert – was für ein Ton! Jeder muss denken, wir haben uns gestritten!«

Er antwortete in einem sehr passablen Französisch:

»Ein bisschen mehr Diskretion, wenn ich bitten darf.«

Sie meinte amüsiert:

»Warum jetzt noch Versteck spielen? Roger hat mir inzwischen mitgeteilt, dass aus der Heirat nichts würde, und das kann ich nur begrüßen. Ein Einäugiger konnte sehen, dass die Freude kurz und die Reue lang sein würde, weil es eine überstürzte Sache war. Du kannst froh sein, dass es so gekommen ist, wenn du mich fragst.«

»Ich frage dich aber nicht.«

Sie ließ einen weichen Ton in ihre Stimme einfließen:

»Es war eben ein Missgriff, Darling. Hör zu, ich muss morgen nach London, und ich dachte, wir könnten zusammen lunchen. Was meinst du dazu?«

»Ich halte das kaum für den richtigen Zeitpunkt.«

»Wie kannst du so etwas sagen! Es war doch Valentine, die dir den Laufpass gab, nicht ich. Ich dachte, ich sollte dich ein wenig trösten – deine Stimme klingt so, als hättest du das bitter nötig. Ich meine, es würde dir bestimmt besser gefallen, wenn die Leute zu dir kommen und dich fragen, wer denn diese hinreißende Blondine gewesen ist, mit der du geluncht hast, statt mürrisch und allein in einer Schnellgaststätte deinen Imbiss hinunterzuwürgen. Du weißt, Darling, dass du jetzt ein Beruhigungsmittel brauchst, und das Gleiche gilt für mich. Ich werde sagen, ich müsste zum Zahnarzt. Das macht sich immer gut, und es wäre tatsächlich mal an der Zeit, meine Zähne durchsehen zu lassen. Und Mamie würde uns ihre Wohnung überlassen und keine Fragen stellen. Also am Montag zur gewohnten Zeit an gewohnter Stelle.« Sie legte hastig auf, weil sie glaubte, ein Geräusch hinter ihrem Rücken gehört zu haben.

Aber sie hatte zu spät aufgelegt. Das Geräusch, das sie gehört hatte, war nicht die Tür, die sich öffnete, sondern die Tür, die zufiel. Roger Repton war bereits im Zimmer und fragte mit seltsam monotoner Stimme:

»Mit wem hast du eben geredet?«

Sie sagte den erstbesten Namen, der ihr einfiel – denselben, den sie eben Gilbert Earle genannt hatte.

»Mit Mamie Foster. Ich muss zum Zahnarzt, und ich wollte hinterher in ihre Wohnung und mich dort ein bisschen hinlegen, ehe ich wieder heimfahre. Wahrscheinlich bekomme ich Lachgas, bevor er bohrt.«

»Du lügst!«

»Roger!«

Seine Stimme hatte sich nicht verändert. Sie spürte, wie wütend er war. Dieser bleierne Ton hatte etwas Unheimliches.

»Du hast nicht mit Mamie Foster gesprochen, sondern über sie. Du wolltest dort mit Gilbert Earle zusammentreffen, mit dem du eben gesprochen hast. Du sagtest:

›Ich werde ihm sagen, ich müsste zum Zahnarzt. Das macht sich so gut. Und Mamie Foster wird uns ihre Wohnung überlassen und keine Fragen stellen.‹ Und am Montag willst du ihn in London treffen – zur gewohnten Zeit, an gewohnter Stelle. Wie du hörst, hat es keinen Sinn mehr, mir etwas vorzulügen, weil ich Bescheid weiß. Wenn es deine Gewohnheit war, dich mit ihm in Mamie Fosters Wohnung zu treffen, werde ich schon Beweise dafür bekommen, und dann ist die Scheidung fällig. Jemand hatte die Freundlichkeit, mir einen anonymen Brief zu schicken und mich über deine ehebrecherischen Beziehungen zu Gilbert zu informieren. Ich glaube, dass Valentine einen ähnlichen Brief erhalten hat. Ich habe sie nicht danach gefragt, und sie hat mir nichts davon erzählt; aber ich kann mir vorstellen, dass du deinen Teil dazu beigetragen hast, ihre Verlobung zu zerstören. Du kannst zu Gilbert Earle gehen oder zu deiner so willfährigen Freundin Mamie Foster oder meinetwegen zur Hölle. Jedenfalls gehst du aus meinem Haus.« Er trat neben die Tür und öffnete sie für sie: »Du solltest jetzt lieber gehen und packen.«

Scilla schwebte zwischen Empörung und Angst. Eine verzweifelte Stimme in ihr trieb sie an, alle Boote hinter sich zu verbrennen. Warum nicht alle Brücken abreißen und ihm den Ring vor die Füße schmeißen? Dann konnte sie zu ihrem alten Leben zurückkehren. Sie sah so gut aus wie nie zuvor, und ihre Figur war ebenso gut. Sie würde sich wieder im Showbusiness betätigen, und Gilbert würde sich gern an die Leine legen lassen. Sie hatte das Landleben und das Leben mit Roger satt. Aber dieser verzweifelte Impuls flößte ihr auch Angst ein. Sie erinnerte sich noch gut an die Zeit, als sie ohne Beschäftigung gewesen war –, als sie müde und hungrig in ihrer kalten Bude saß und sich niemand einen Deut darum scherte, ob sie lebte oder verreckte. Wenn sich Roger von ihr scheiden ließ, verlor sie die Apanage, die er ihr ausgesetzt hatte. Da waren diese schrecklichen Worte in ihrem Heiratsvertrag, die der Anwalt ihr genau erklärt hatte – *dum casta,* solange sie keusch blieb. Wenn sie vor den Scheidungsrichter ging, verlor sie jeden Penny. Aber wenn sie hier blieb, wenn sie ausharrte – und Roger starb – dann war sie gar nicht so übel dran. Er wurde demnächst …

Alle diese Gedanken schwirrten in ihrem Kopf wie Vögel gegen eine Glasscheibe. Es war die Angst, die die Oberhand gewann. Sie hörte sich mit lauter, ärgerlicher Stimme sagen:

»Ein anonymer Brief? Eines von diesen abscheulichen Dingern, die hier die Runde machen? Wie kannst du es wagen!«

Er ließ sich von ihrem hitzigen Ton nicht beirren:

»Ein abscheulicher Brief über eine abscheuliche Sache.«

»Lügen – Lügen – *Lügen!*«

Er schüttelte den Kopf.

»Das glaube ich nicht. Der Brief war ziemlich umfangreich. Er beschrieb mir, wo und wann du mit Gilbert Earle zusammen gewesen bist und dabei beobachtet wurdest. Ich glaube, ich weiß auch, von wem. Ich glaube, ich weiß, wer diesen Brief geschrieben hat.«

Sie führte die Hand zum Hals. Sie spürte den Pulsschlag ihres Zorns – und ihrer Angst.

»Wer hat ihn geschrieben?«

»Das möchtest du natürlich gern wissen, wie? Vielleicht bist du es selbst gewesen. Das wäre ja eine Möglichkeit für dich, Valentines Heirat zu sabotieren, nicht wahr? Es wäre zugleich eine Möglichkeit, dich aus deiner eigenen Ehe herauszumogeln. Was bedeutet dir und deinen Freunden schon eine Scheidung? Nichts! Doch du solltest dir erst sicher sein, dass Gilbert dich nimmt, ehe du den Krempel hinwirfst.«

Sie sagte mit einer Stimme, die rau war vor Zorn:

»Ich dachte, *du* bist es, der mich vor die Tür setzt! Angenommen, ich habe niemanden, zu dem ich gehen könnte! Angenommen, ich würde sagen, ich bliebe hier!«

Er hatte ein Gefühl, als sei er zu weit gegangen; als habe er einen Kurs eingeschlagen, der mit einem vernichtenden Skandal für sie alle enden würde. Wenn er noch einen Schritt weiterging, gab es kein Zurück mehr. Wie weit war sie eigentlich selbst gegangen – wie weit beabsichtigte sie noch zu gehen? Gilbert würde sie nicht heiraten, wenn sich das vermeiden ließ. Ihm stand ein Titel ins Haus, zu dem ihm das Geld fehlte. Er konnte sich keinen Skandal leisten und auch keine Ehe mit einer Frau, die keinen einzigen Penny besaß. Das waren die Konsequenzen, die sich in Rogers nun kühler werdendem Kopf abzeichneten.

Sie hatten beide die offene Tür vergessen. Er entdeckte dieses Versehen und warf sie ins Schloss.

»Ich habe nicht die Absicht, mich ins Unrecht zu setzen,

indem ich dich aus dem Haus werfe. Du kannst deine Entscheidung treffen, und du kannst dir dazu Zeit lassen. Auf keinen Fall kannst du vor Dienstag dieses Haus verlassen. Es darf vor der Beerdigung dieses bedauernswerten Mädchens keinen Skandal mehr geben.«

Es war eine große Enttäuschung für Florrie Stokes, dass die Tür der Bibliothek nun zugemacht wurde.

Sie war hierher gekommen, weil es zu ihren Pflichten gehörte, vor dem Abendessen überall nach dem Feuer zu schauen und die Vorhänge zu schließen. Sie konnte nichts dafür, dass sie sich anhören musste, was die beiden in ihrem Zorn in der Bibliothek sagten; nur hütete sie sich, das Zimmer zu betreten, um ihrer Pflicht nachzukommen, weil Colonel Repton so außer sich war. Sie wollte eigentlich gar nicht lauschen – nicht wirklich; aber was blieb ihr anderes übrig? Der Colonel war verbittert, und wenn er sich ärgerte, sagte er immer sehr klar und deutlich, was ihn störte. Zunächst, dass er sich scheiden lassen würde, wenn er Beweise bekäme; weil es ihn ferner störte, dass sich Mrs. Repton mit Mr. Gilbert in der Wohnung einer Freundin trafen, die Mamie Foster hieß. Und weil ihn das störte, sagte er: ›Du kannst zu Gilbert Earle gehen oder zu deiner so willfährigen Freundin Mamie Foster oder meinetwegen zur Hölle. Jedenfalls gehst du aus meinem Haus.‹ Und als er so weit gekommen war, ging die Tür, die bisher fast zu gewesen war, immer weiter auf. Und wenn Mrs. Repton der Aufforderung von Colonel Repton nachgekommen wäre, hätte sie Florrie trotzdem nicht sehen können, weil die sich rechtzeitig in Sicherheit brachte. Aber Mrs. Repton ging nicht aus der Bibliothek. Stattdessen sagte sie sehr laut und deutlich etwas von anonymen Briefen und:

»Wie kannst du es wagen!«

Und jetzt konnte Florrie sich nicht mehr so ohne weiteres losreißen, wo die Tür ganz offen und sie mit dem Rücken zum Durchgang in die Küche stand. Wenn einer der beiden den

Fuß in den Korridor gesetzt hätte, wäre sie gerade erst aus der Küche gekommen, und niemand konnte ihr das Gegenteil beweisen. Sie konnte alles hören, was sie sagten, und es war genauso wie im Kino. Natürlich wusste jeder, dass Mrs. Repton eine leichtsinnige Person war. Und dass sie heimlich etwas mit Mr. Gilbert hatte, war auch nicht neu. Es geschah ihr recht, dass der Oberst ihr endlich auf die Schliche gekommen war. Sie hatte ja selbst einen Mann; und es war eine bodenlose Schande, dass Mrs. Repton nun daranging, Miss Valentines Ehe zu zerstören. Nur würde jetzt, wo Mr. Jason wieder zurückgekommen war, Miss Valentine niemand anders mehr haben wollen als ihn – das wussten sie alle.

Als Scilla mit zwei vom Zorn roten Flecken auf den Wangen aus der Bibliothek lief, machte Florrie gerade die Verbindungstür zur Küche von innen zu.

KAPITEL 20

Es war Florries freier Nachmittag. Ihre Mutter arbeitete im »George«, weil Mr. Stokes bei schlechter Gesundheit war. Er hatte drei Töchter und einen Sohn, und sie lebten alle unter seinem Dach und steuerten zu seinem Lebensunterhalt bei. Die Familie hielt treu zusammen, und wenn es auch schon fünfzehn Jahre her war, dass Mr. Stokes mitverdient hatte, so war er jedenfalls ein guter Koch und hatte immer etwas Schmackhaftes zubereitet, wenn die Familie zum Tee nach Hause kam. Er hatte eine gute Hand für Pasteten, und sein Kochfisch war so gut, dass man ihn im »George« hätte servieren können. Es war allgemein bekannt, dass er schon viele interessante Angebote von Gastronomen erhalten hatte, aber nur schwer vom häuslichen Herd wegzulocken war. Er hatte mysteriöse Anfälle, deren Ursachen bisher kein Arzt hatte aufdecken können. Allerdings besaß er kein großes Vertrauen zu Ärzten, was jedoch auf Gegenseitigkeit beruhte, wobei Dr. Taylor so weit ging, anzudeuten, er sei ein alter Simulant. Was er zweifellos auch war, und trotzdem stellten sie eine glückliche und fröhliche Familie dar.

Als Florentine heimkam, las ihr Vater gerade die Zeitung und trank einen Kräutertee, dessen Zusammensetzung ein seit mehr als hundert Jahren streng gehütetes Familiengeheimnis war. Er schmeckte so scheußlich, dass keines der Kinder auch nur einen Schluck davon trinken wollte, und als Florrie in die Küche kam, zog sie die Nase kraus, während sie ihrem Vater einen Kuss auf den Scheitel gab. Sie legte sofort los:

»Es hat einen furchtbaren Krach im Herrenhaus gegeben.«

Mr. Stokes ließ die Zeitung achtlos auf den Küchenboden fallen, sie enthielt nichts annähernd so Interessantes wie das, was man die »Repton-Serie« bezeichnen konnte. Zuerst das Gemunkel über diese Mrs. Repton – über ihre Garderobe, ihr Make-up; dann, dass sie früher als Modell gearbeitet haben soll und sich nun aufführte – na ja, man musste nicht lange raten, warum Miss Valentines Trauung mit diesem Gilbert geplatzt war. Und nun starb Connie Brooke ganz plötzlich, und die Polizei kam ins Dorf – wahrhaftig, ein Höhepunkt jagte den anderen! Er fragte begierig:

»Warum? Was ist nun wieder los? Noch mehr anonyme Briefe?«

Florrie schüttelte den Kopf.

»Nicht dass ich wüsste.«

»Miss Valentine bekam doch am Donnerstag so einen Brief, nicht wahr?«

»Das habe ich dir schon erzählt.«

»Und der Colonel ebenfalls? Sam Boxer sagt, er habe auch dem Pfarrer so einen zugestellt – Handschrift und Papier zum Verwechseln ähnlich. Und die Polizei hat ihn auch danach gefragt. Ich sagte ihm, was er meiner Meinung nach hätte sagen sollen: ›Ich bin Postbeamter, kein Detektiv. Ich habe schon genug damit zu tun, die Briefe zuzustellen – soll ich sie vielleicht auch noch studieren?‹ Das hätte er der Polizei sagen sollen und sich viel Ärger damit erspart. Er hat mit der ganzen Sache doch nichts zu tun, sagte ich zu ihm, und aus gekitteten Scherben wird kein heiler Krug mehr und aus einem geplatzten Verlöbnis keine Trauung. Daran ändert auch die Polizei nichts. Also, worum ging dieser Streit?«

Florrie erstickte fast daran; aber es hatte keinen Sinn, damit herauszukommen, ehe ihr Vater nicht seinen Vers aufgesagt hatte. Und wenn sie eben Zeugin eines Mordes geworden wäre, hätte sie warten müssen, bis ihr Vater ihr mitgeteilt hatte, was er loswerden musste.

Doch sobald die Luft rein war, sprudelte sie es alles in einem Atemzug heraus:

»Der Colonel und Mrs. Repton hatten einen Riesenkrach miteinander. Ich konnte es sogar durch die Tür der Bibliothek hören. Ich wollte gerade die Vorhänge zuziehen und nachschüren, als ich hörte, wie er sagte, sie könne zu Mr. Earle ziehen oder zu ihrer Freundin Mamie Foster, mit der sie dauernd korrespondiert, oder seinetwegen könnte sie sich auch zum Teufel scheren.«

Mr. Stokes hatte gerade einen Schluck Kräutertee nehmen wollen, doch nun saß er da, die Tasse zwischen Tisch und Mund, und starrte sie mit glitzernden Augen an, während sein kleines, affenähnliches Gesicht einen hungrigen Ausdruck bekam.

»Das hat er gesagt?«

Florrie nickte.

»So wahr ich hier stehe! Und dann sagte er, sie solle sein Haus verlassen – je früher, desto besser – jedenfalls dem Sinn nach –, riss die Tür auf und befahl ihr, ihre Sachen zu packen.«

»Na so was!«

Florrie nickte abermals, heftiger als zuvor.

»Und ich steh draußen im Flur! Ich weiß nicht, wie ich so

rasch von der Tür hätte wegkommen sollen. Ich glaube, das hätte ich nie geschafft – aber sie kamen noch nicht heraus. Nicht sofort; aber die Tür ließen sie offen, und deshalb konnte ich alles sehr deutlich hören. Mein Gott, war das ein Krach! Und es ging dabei auch um einen Brief, den er bekommen hatte – das muss der Brief sein, den Sam am Donnerstag zustellte –, und er sagte, es wäre ein abscheulicher Brief über eine abscheuliche Sache.«

»Was du nicht sagst!«

»Ehrenwort, das sagte er! Und sie schrie, es wäre alles gelogen. Und dann sagte er, er wüsste sehr wohl, wer diese Briefe geschrieben habe, und sie fragte, wer, und er sagte, das wolle sie wohl gerne wissen. Und dann – was glaubst du, Dad, was er dann sagte? Er sagte, vielleicht habe sie die Briefe selbst geschrieben! Für mich ergab das keinen Sinn, aber genau das hat er gesagt. Er sagte, das wäre eine Möglichkeit, Miss Valentines Heirat zu hintertreiben und sich aus ihrer eigenen herauszumogeln. Aber sie sollte lieber erst sicher sein, dass Mr. Gilbert sie auch heiratete, ehe sie den ganzen Krempel hinwerfe.«

Mr. Stokes nahm nun einen Schluck von seinem giftig grünen Gebräu und setzte die Tasse ab. Er seufzte:

»Wer hätte so was gedacht! Und ist sie jetzt aus dem Haus?«

Florrie schüttelte den Kopf.

»Nein – und sie hat auch nicht vor, das Haus zu verlassen, wenn du mich fragst. Sie sagte, ob er sie denn zwingen wollte, wenn sie nicht freiwillig ginge. Und ich glaube, das muss auf ihn ernüchternd gewirkt haben; aber wie sehr, konnte ich nicht mehr hören, weil er die Tür zumachte und ich mich nicht mehr traute, ihr zu nahe zu kommen.«

»Woher weißt du dann, dass sie ihre Sachen nicht packt?«

Florrie kicherte.

»Ich schaute in Mrs. Reptons Zimmer, nachdem sie zum

Abendessen hinunterging, als sei überhaupt nichts gewesen. Und ihre Sachen hingen noch alle im Schrank. Und der Colonel stieg in sein Auto und sagte zu Miss Maggie, er würde zum Abendessen nicht zurück sein, und brauste los. Und beim Abendessen redete Miss Maggie nur über die Beerdigung der armen Connie und sagte, sie wüsste nicht, was sie anziehen sollte; denn sie habe nicht *ein* schwarzes Kleid. Und Miss Valentine sagte, sie habe auch nur ein graues Kostüm; aber sie würde dazu einen schwarzen Hut tragen. Und Mrs. Repton – du weißt, sie trägt ja nur helle Sachen – sagte, sie habe zwar ein dunkelblaues Kleid, das sehr elegant wäre, aber bestimmt nicht das Richtige für eine Beerdigung; doch das müsste sie wohl in Kauf nehmen. Und da die Beerdigung erst am Dienstag stattfindet, sieht es nicht danach aus, als ob sie Hals über Kopf das Haus verließe, nicht wahr?«

»Sie möchte nur nicht ins Gerede kommen«, sagte Mr. Stokes. »Wenn sie vor der Beerdigung das Haus verließe, würden sich die Leute den Mund zerreißen. Aber dass die Leute über sie reden werden, kann sie gar nicht vermeiden.«

Dafür sorgte schon die Familie Stokes. Als Florries ältere Schwester Betty zum Tee nach Hause kam, musste Florrie alles noch einmal erzählen. Und als Ivy hinzukam, und der Sohn Bob, und darauf Florries Freund und Bettys Verlobter, war jedes Mal eine Wiederholung fällig, wobei sich die Tendenz abzeichnete, den Nebensatz, in dem der Colonel zu wissen behauptete, wer die anonymen Briefe geschrieben habe, immer weiter in den Vordergrund zu schieben.

Am Abend fuhr dann Florrie mit ihrem Freund nach Ledlington ins Kino. Während sie auf den Bus warteten, weihte Florrie Jessie Peck und Hilda Price in die Geschichte ein, nachdem sie den beiden das Versprechen abgenommen hatte, sie nicht weiterzuerzählen. Wie viele Leute dann im Vertrauen die Neuigkeit von diesen beiden Mädchen erfuhren, ließ sich später nicht mehr nachprüfen.

Betty Stokes, die schon seit zwei Jahren mit Mrs. Gurneys Sohn Reg ging und ihre Verlobung offiziell zu Weihnachten bekannt geben wollte, verbrachte den Abend im Haus ihrer zukünftigen Schwiegermutter. In den Pausen, wenn die Karten für das Rommé-Spiel neu verteilt wurden, berichtete sie die letzte Folge der Repton-Serie. Sie wurde mit großem Interesse aufgenommen.

Ivy, die erst sechzehn war, rannte anschließend zu einer Freundin, die ebenfalls einer Großfamilie angehörte. Ihre Version vom Familienkrach im Herrenhaus war zweifellos die ungenaueste der drei Fassungen, aber keinesfalls die uninteressanteste. Ivy verfügte über eine lebhafte Fantasie und einen Sinn für Dramatisches. Ihre Mitwirkung bei den Theaterveranstaltungen des örtlichen Frauenvereins wurde stets lobend im *Ledshire Observer* erwähnt. Sie unterstrich mit der Schilderung des Familienkrachs im Hause Repton auch ihr Talent als Erzählerin dramatischer Geschichten:

»Florrie, die nebenan in der Küche arbeitete, musste sich alles anhören, weil der Colonel so laut schrie. Er wüsste, brüllte er, was sie hinter seinem Rücken triebe, und von ihm aus könne sie zur Hölle fahren. Darüber war Florrie nicht wenig erschrocken, und sie stand mit schlotternden Knien vor der Bibliothekstür, weil sie nicht wusste, was sie tun sollte, wenn der Colonel auf seine Frau losging. Sie konnte doch nicht draußen im Korridor stehen bleiben und zuhören, wie der Colonel Mrs. Repton halb tot schlug, oder? Und wenn sie sich eingemischt hätte, hätte sie vermutlich auch ein paar Beulen abbekommen. Florrie berichtete, ihr klopfte das Herz ganz fürchterlich, während der Colonel in der Bibliothek weitertobte. ›Verlasse auf der Stelle mein Haus!‹, schrie er, und sie: ›Willst du mich mit Gewalt aus dem Haus werfen? Das möchte ich sehen!‹ Und dann kamen sie auf die anonymen Briefe zu sprechen, über die der Colonel besonders erbost war. Er sagte, er wüsste, wer sie geschrieben hat …« Und so weiter und so fort, wobei die Familie der Freundin um die Wiederholung der wichtigsten Szenen bat. Alle unterhielten sich hervorragend.

Es war erst spät abends, als die Mutter der Freundin schon kurz vor dem Einschlafen war, dass ihr plötzlich der Gedanke an Connie Brooke kam. Ein gespenstischer Gedanke, den sie mit hineinnahm in ihren Schlaf und der sie auch nicht verließ, als sie am nächsten Morgen wieder erwachte. Hätte sie die Gabe besessen, den Gedanken, der sie bedrückte, in einem Satz wiederzugeben, hätte er sich ungefähr so angehört: ›Connie Brooke wusste, wer diese Briefe schrieb, aber sie ist tot.‹

KAPITEL 21

Der nächste Tag brach trüb und regnerisch herein. Am Nachmittag sollte Miss Maggie eine Party geben – eine so genannte »Handarbeits-Party«, die, in der Notlage des Krieges geboren, sich als so angenehm und erfolgreich erwies, dass sie zu einer Dauereinrichtung wurde. Man strickte nun nicht mehr für Soldaten, sondern für Vertriebene und Bedürftige, an denen es ja nie mangelt, und die Gesellschaft traf sich jede Woche in einem anderen Haus, wobei die Damen in der Verabreichung einfacher Erfrischungen miteinander wetteiferten. Diesmal war Maggie Repton an der Reihe, was zu Spekulationen Anlass gab, ob diesmal die Party überhaupt stattfinden werde, und wenn ja, ob im Herrenhaus. Die Ansichten waren geteilt. Die einen sagten, die Reptons hätten schon genug am Hals, und vielleicht wäre es wirklich schicklicher, wenn sich die Familie bis nach Connies Beerdigung mit Veranstaltungen zurückhielt. Die anderen vertraten die Ansicht, die Handarbeits-Party wäre weniger Party als Handarbeit, und da sie einem guten Zweck diene, gäbe es auch keinen Grund, sie ausfallen zu lassen. Mettie Eccles machte sich zum Sprachrohr dieser Meinung, als sie von Miss Maggie um Rat gefragt wurde. Wohltätigkeit habe Vorrang vor Pietät, sagte Miss Eccles, zumal es sich bei der Verstorbenen um eine ganz entfernte angeheiratete Verwandte handelte. Wenn die Handarbeits-Party jedes Mal ausfallen würde, argumentierte sie, wenn eine angeheiratete, weit entfernte Kusine stürbe, hätte die Party längst aufgehört zu existieren.

Nachdem Miss Maggie sich dieser Meinung angeschlossen hatte, war die Sache entschieden. Die Party fand im Herrenhaus statt.

Trotz des feuchten Wetters war der Andrang groß. Das Herrenhaus war die ganze Woche über der Mittelpunkt des Interesses gewesen, und nun kam noch dieses aus zahllosen Quellen gespeiste Gemunkel hinzu, dass es bei den Reptons einen heillosen Ehekrach gegeben habe.

»Es stammt von einem der Tagesmädchen ... Florrie Stokes hat es erzählt ... die ganze Familie ist so schrecklich tratschsüchtig, und Mr. Stokes ist der Schlimmste von allen ... Sie sagen, Scilla Repton habe ein Verhältnis mit Gilbert Earle, und deshalb sei die Verlobung vor der Trauung geplatzt ... Meine Liebe, wie schrecklich! ... Man sagt, Colonel Repton wolle sich von ihr scheiden lassen ... Wie konnte er so verrückt sein, sie überhaupt zu heiraten ... Alter schützt vor Torheit nicht ... Meine Liebe, kein Mann ist zu alt, um sich wegen einer Frau nicht zum Narren zu machen ...«

Und dann noch zum ersten, letzten und soundsovielten Male:

»Er sagte, er wüsste, wer die anonymen Briefe geschrieben hat ... Florrie hat das mit ihren eigenen Ohren gehört ... Die Tür stand offen, und er brüllte ganz laut, dass er wüsste, wer es ist ... Er sagte, vielleicht wäre es Scilla selbst, die sie geschrieben habe ...«

Niemand in Tilling Green wollte die Gelegenheit versäumen, sich unter die Darsteller dieses aufregenden Dramas zu mischen. Nicht dass sie wirklich erwarteten, dass Roger sich unter sie mischte. Das Äußerste, was man von Roger erwarten durfte, würde ein kurzer Händedruck in der Vorhalle zur Begrüßung oder zum Abschied sein. Mit Scilla Repton war ebenfalls kaum zu rechnen. Sie würde flüchtig in roter oder grüner Cordhose und einem sich lebhaft davon abhebenden Pullover in Erscheinung treten, affektiert ein paar belanglose Sätze sagen und wieder von der Szene verschwinden. Wenn die Handarbeits-Party im Herrenhaus stattfand, pflegte sie erst zur Teezeit aufzutauchen. Unterblieb das diesmal, war das eine Bestätigung von Florries Geschichte. Jedenfalls würde Miss Maggie da sein, und Valentine, und es wäre ja noch schöner, wenn man aus deren Mienen und Betragen keine Schlüsse ziehen konnte, was sich im Herrenhaus tat.

Wenn Maggie Repton Sorgen hatte, konnte sie ihre Finger nicht stillhalten. Sie musste ständig an diesem oder jenem zupfen. Als sie an diesem Nachmittag ihre Gäste empfing, sahen die Leute, die sie so gut kannten, auf den ersten Blick, dass ihr seelisches Gleichgewicht gestört war. Ihr langes, melancholisches Gesicht zuckte ununterbrochen, und wenn sie gerade keine Hände schüttelte, zwirbelte sie mit ihren knochigen Fingern die polierte Stahlkette an ihrem Hals oder tastete nach einem Taschentuch, das sie dauernd verlegte.

Sie hatte geglaubt, dass sie diesen Nachmittag durchstehen könne, doch nun kamen ihr Zweifel. Roger hatte gesagt, sie müsse die Pary veranstalten, und Mettie hatte gesagt, sie dürfe nicht absagen. Also saß sie nun im Salon in dem Kleid, das sie zu solchen Anlässen zu tragen pflegte. Nicht ihr bestes, denn das wäre anmaßend gewesen, und zudem wollte sie das erst nach der Beerdigung anziehen, weil Purpurrot als Zeichen von Halbtrauer galt. Glücklicherweise war das Kleid, das sie bei Nähpartys zu tragen pflegte, in jeder Hinsicht passend – zwei Jahre alt, von sehr dunkelgrüner Farbe und an den Manschetten und Schultern mit schwarzen Stickereien versehen.

Roger hatte sehr entschieden zu ihr gesagt:

»Oh, ja, ja – natürlich gibst du eine Party! Was hast du davon, wenn du sie nicht gibst? Dass die Leute wieder anfangen zu klatschen!« Er war zur Tür gegangen, und die Hand auf der Klinke, den Kopf von ihr weggedreht, hatte er hinzugesetzt: »Nicht, dass ihnen der Stoff ausginge; doch lass uns erst die Beerdigung hinter uns bringen.«

Miss Maggie hatte den Atem angehalten und dann gefragt:

»Was – was meinst du damit?«

Er warf einen kurzen Blick über die Schulter.

»Scheidung. Scilla wird ausziehen. Du hättest das sowieso früher oder später erfahren.«

»Ausziehen ...«

»... und nicht wiederkommen. Sie hat ein Verhältnis mit Gilbert Earle. Das Maß ist voll. Sie muss gehen.« Er öffnete mit einem Ruck die Tür, ging hinaus und ließ die Tür hinter sich zufallen.

Maggie Repton suchte nach einem Sessel und fiel hinein. Es dauerte ziemlich lange, ehe sie hinüberging in den Salon. Die ersten Gäste waren bereits eingetroffen. Sie tauschten unter sich besorgte Blicke aus. Maggie Repton hatte immer schon blass ausgesehen, doch an diesem Nachmittag hatte ihre Haut einen seltsamen Graustich. Das mochte teilweise am Licht liegen, denn der Regen war von einem Nebel abgelöst worden, der alle Farben anknabberte. Doch es konnte nicht allein am Nebel liegen, dass sie einen so leeren Blick hatte und die Hände nicht stillhalten konnte.

Valentine hingegen machte absolut nicht den Eindruck einer sitzen gebliebenen Braut. Sie trug keine lebhaften Farben – einen kremgelben Pullover und einen grauen Tweedrock, was als gelungener Kompromiss allgemein begrüßt wurde. Aber sie hatte etwas so Strahlendes an sich, was in den Tagen vor ihrem geplatzten Hochzeitstermin niemand an ihr bemerkt hatte. Ein Blick genügte, und jeder war überzeugt, dass sie nicht zu dem Kreis der Familienangehörigen zählte, die über die Entwicklung im Herrenhaus unglücklich waren.

Miss Silver kannte inzwischen fast alle Damen, die sich zur Party einfanden. Sie bewunderte die Tüchtigkeit, mit der Miss Eccles das Geschehen lenkte, obwohl sie gar nicht Gastgeberin war. Allerdings wäre kein Fremder auf die Idee gekommen, dass Miss Maggie die Gastgeberin sein könnte. Zwar trug sie keinen Hut, doch schon in den ersten Minuten der Party hob sie sich auch dadurch nicht mehr von ihren Gästen ab, weil Miss Eccles und zahlreiche andere Damen sich dazu entschlossen hatten, ihre Kopfbedeckung in der Halle abzulegen, ehe sie ihre Handarbeiten auspackten. Einzeln oder paarweise gingen sie in den Flur hinaus und legten Mäntel, Schals und Hüte auf eine Truhe, die zufällig in der Nähe eines Spiegels stand.

Dann kamen sie wieder in den Salon zurück und suchten sich eine Sitzgelegenheit auf den etwas mitgenommenen, aber bequemen Sesseln und Sofas. Fingerhüte wurden ausgepackt, Scheren bereitgelegt, halb fertige Stricksachen aus Tüten gezogen, Wolle auf dem Teppich ausgebreitet. Miss Silver hatte auf dem Sofa neben einer stattlichen und bedeutend erscheinenden Lady in einem weiß und schwarz gestreiften Tweedkostüm Platz genommen. Sie hatte schöne dunkle Augen, und die leuchtend weißen Perlen ihrer Ohrenklipps bildeten einen hübschen Kontrast dazu. Sie war die einzige Lady im Raum, die sich nicht mit Handarbeiten beschäftigte. Nachdem sie mit einem Kopfnicken oder ein paar Worten eine Reihe von Damen begrüßt hatte, wandte sie sich ihrer unmittelbaren Nachbarin zu und sagte:

»Sie stricken vorzüglich. Moment mal – Sie sind doch der Pensionsgast von Renie Wayne, nicht wahr? Miss Silver heißen Sie, richtig? Ich bin Nora Mallett – Lady Mallett, eine Verwandte der Reptons und nur wegen Maggie hier. Die Arme ist ganz mitgenommen von dem Tod der armen Connie und der geplatzten Trauung. Ich dachte, ich sollte lieber herkommen, ehe sie uns vollkommen zusammenbricht. Hätte ich gewusst, dass heute eine Handarbeits-Party stattfindet, wäre ich natürlich nicht gekommen. Ich warte jetzt auf eine Gelegenheit, fünf Minuten mit Maggie allein sein zu können. Deshalb wollte ich mich gar nicht erst auf ein längeres Gespräch einlassen, weil man davon so schlecht wieder loskommt.«

Seltsamerweise wirkte diese Offenherzigkeit nicht im Geringsten anstößig. Lady Mallett sprach mit so viel Wärme und Liebenswürdigkeit in Gesten und Mimik, dass man an ihrer lauteren Gesinnung nicht zweifeln konnte. Miss Silver gewann einen günstigen Eindruck von ihrer Nachbarin. Sie antwortete lächelnd:

»Ich fürchte, meine Arbeit hat mit Wohltätigkeit auch sehr wenig zu tun. Ich stricke ein Twinset für die kleine Tochter meiner Nichte. Der Pullover ist schon fertig. Das hier wird der Rock.«

Lady Mallett bewunderte das Muster und stellte eine Reihe von Fragen, die Josephine betrafen und sich dann auf deren Brüder und Eltern ausdehnten. Miss Silver war immer sehr auskunftsfreudig, wenn es um ihre Lieblingsnichte ging, und es dauerte eine Weile, bis sie zu ihrer unmittelbaren Umgebung zurückkehrten. Miss Silver entschuldigte sich, dass sie Lady Mallett so lange für sich in Beschlag genommen hatte.

Nora Mallett lachte scheppernd.

»Oh, ich interessiere mich immer sehr für andere Leute, verstehen Sie? Und es pressiert ja auch nicht.« Sie senkte die Stimme, ehe sie fortfuhr: »Ich will nur nicht, dass Miss Eccles mich zu fassen kriegt! Wir sind gewissermaßen Kusinen, verstehen Sie? Sie ist so selbstherrlich, meine Kusine. Aber die Chancen, dass ich Maggie allein sprechen kann, stehen schlecht.« Sie sah zu der Stelle hinüber, wo Miss Repton mit drei anderen Damen überlegte, wie sie mit einem Muster zurechtkommen sollte, für das offenbar das Material nicht ausreichte. Mit einem Lachen und Achselzucken wandte sie sich wieder Miss Silver zu.

»Hoffnungslos – sie sollten es lieber aufgeben. Ich wundere mich, dass Miss Eccles noch nicht – ah, sie steht schon auf! Und nun, meine liebe Miss Silver, werden Sie erleben, dass das Material reicht und das Muster trotzdem stimmt. Wenn Mettie will, dass die Dinge einen gewissen Verlauf nehmen, dann nehmen sie ihn auch. Nur in einem Punkt, der ihr am meisten am Herzen liegt, hat sie sich nicht durchsetzen können, die Arme.«

Nora Mallett, zu deren Tugenden Verschwiegenheit nicht zählte, hätte trotzdem diesen Punkt nicht weiter erläutert, wenn Miss Silver nicht eine so perfekte Zuhörerin gewesen wäre. Sie forderte Vertrauen geradezu heraus. Und schließlich war es ja auch kein Geheimnis, dass Mettie Eccles schon als Kind eine Schwäche für Roger hatte. So schlüpften Nora die folgenden Worte über die Lippen:

»Seltsam, dass die Klugheit aufhört, wenn das Herz sich rührt. Sie wäre in jeder Hinsicht die Frau gewesen, die Roger gebraucht hätte, nur glaube ich nicht, dass er jemals darauf gekommen wäre. Männer sind ja so schrecklich dumm! Er hatte sie sein Leben lang direkt vor der Nase, sah sie praktisch jeden Tag und hat sie trotzdem nie richtig gesehen. Kennen Sie seine Frau?«

»Ich sah sie bei der Generalprobe.«

»Na, dann brauche ich Ihnen ja nichts mehr über sie zu sagen!« Doch wie viele, die sich dieser Redewendung bedienen, tat sie es trotzdem: »Dreißig Jahre jünger als er und viel zu dekorativ! Da gibt es so einen Spruch von einem alten Dichter – wie heißt er doch gleich? Nicht, dass sie zu schade für ihn wäre, aber zu bunt – bestimmt. Herrgott, es will mir nicht einfallen ...«

Mit einem leisen Hüsteln half Miss Silver ihr auf die Sprünge:

»Es ist von Wordsworth und beginnt:
›Zu bunt, zu grell,
zu rot, zu schade für das tägliche Brot.‹«

Nora Mallett lachte gut gelaunt.

»Tägliches Brot! Du meine Güte, was für eine Magenverstimmung!« Sie senkte abermals die Stimme: »Ich weiß, ich bin schrecklich indiskret; aber manchmal ist es eine enorme Erleichterung, wenn man sich gehen lässt und sagt, was man denkt. Zum Glück sind Sie ja eine fremde Person für mich; denn einer Freundin dürfte ich so etwas nie sagen. Die würde es gewiss gleich weitererzählen.«

Miss Silvers Nadeln klickten.

»Mit Fremden kann man unbefangener über solche Dinge reden.«

Lady Mallett nickte.

»Und ein Zuschauer kann ein Stück viel besser beurteilen als ein Mitspieler. Nun verraten Sie mir mal – was sagen die Leute zu der geplatzten Hochzeit? Dass sie aufgeschoben ist oder aufgehoben?«

»Mr. Earles Abreise hat einiges Aufsehen erregt.«

Lady Mallett lachte.

»Ein Wunder, wenn es anders wäre! Gilbert reist ab, der andere junge Mann nicht, und Val hat Sterne in den Augen. Ich möchte nicht bestreiten, dass mir von den beiden Jason besser gefällt, obwohl ich nicht weiß, warum. Er kann so schockierend ungehobelt sein, und Val ist seinetwegen monatelang unglücklich gewesen; aber wenn sie ihn haben möchte, sollte sie ihn auch lieber nehmen, ehe er wieder in die Welt hinaussegelt und ihr das Herz bricht.«

Da Miss Silver Jason bisher nur aus der Ferne gesehen hatte, konnte sie nur eine sehr allgemein gehaltene Bemerkung dazu machen, dass es keine Regeln für das Glück einer Ehe gäbe, aber gegenseitiger Respekt und Rücksichtnahme auf die Interessen des anderen zweifellos eine Rolle dabei spielten.

»Die meisten Leute würden das für eine altmodische Ansicht halten.«

»Die Institution der Ehe ist ja auch keine neumodische Erfindung.«

»Und trotzdem machen die Leute heutzutage noch ein Fiasko daraus! Nun, einigen von uns ist das erspart geblieben. Als ich Tim heiratete, da haben die Leute darüber geredet, wie Sie sich das kaum vorstellen können!« Sie lachte herzhaft. »›Wo kommt der Mann überhaupt her?‹ Und ich darauf: ›Einen guten Mann kann man nirgends lange halten. ‹ ›Und keiner kennt seine Familie!‹ ›Mag sein‹, sagte ich, ›aber ihn werdet ihr bald genug kennen lernen.‹ ›Er sieht so nach gar nichts aus!‹ ›Nun‹, sagte ich, ›ich mag keine Männer, die gleich alles ins Schaufenster stellen.‹ Wissen Sie, das ist es, was mich so sehr an diesem Gilbert störte – der hatte so viel in der Auslage, dass ich mich fragte, ob er überhaupt noch was im Laden hat. Bei meinem Mann war es umgekehrt: Der hatte so viel im Laden, dass ich bis heute noch nicht ganz durchgestiegen bin. Nur eines habe ich dort nicht gefunden – Kinder. Und dabei hatten wir uns so viele gewünscht! Ich bin sicher, wenn ich ein halbes Dutzend Gören hätte, würde ich gar keine Zeit haben, mich dauernd in die Angelegenheiten anderer Leute einzumischen.«

Einen Moment lang trat ein Glanz in ihre Augen, der von zu viel Feuchtigkeit herrühren mochte. Doch ob es so war, konnte Miss Silver nicht mehr feststellen, weil die Damen nach nebenan zum Tee gebeten wurden.

KAPITEL 22

Als sie den Korridor überquerten, kam Scilla Repton aus ihrem Salon. Das Wort, das Lady Mallett in Zusammenhang mit ihr gebraucht hatte, drängte sich Miss Silver sofort auf: Zu bunt. Geradezu schreiend bunt im Vergleich zu den anderen Damen, die in Schwarz, Grau oder dezenten Erdfarben zur Party gekommen waren. Sie trug einen Schottenrock aus scharlachroten, gelben und grünen Karos, dazu einen smaragdgrünen Wollpullover, auf dem sich ihre blonden schulterlangen Haare wie ein Fächer ausbreiteten, und rote Schuhe. Vielleicht lag es an dieser Buntheit, dass ihr Gesicht so hart wirkte. Ohne Make-up wäre ihr Gesicht vermutlich eine Idee zu blass gewesen, überlegte Miss Silver.

Mrs. Repton sprach mit ein, zwei Damen in der Halle, und als sie ins Esszimmer kam, fand sie sich Maggie Repton gegenüber. Miss Silver, die Scilla Repton auf dem Fuß folgte, hatte den Eindruck, als würde Miss Maggie vor ihr zurückprallen. Sie wich nicht nur zwei Schritte zurück, sondern hob auch die Hand, als wolle sie jede Berührung mit ihrer Schwägerin vermeiden. Einen Moment lang war ihr Gesicht verzerrt. Später, als Miss Repton als Zeugin ihre Aussage machte, erfuhr Miss Silver dann, was sie in diesem Augenblick vor sich gesehen hatte – Rogers Frau, die ihm nicht nur Hörner aufgesetzt, sondern zugleich Valentines Eheschließung verhindert hatte. Sie war vor ihr zurückgewichen wie vor einer Giftschlange, während der Raum vor ihr sich zu drehen begann.

Die Hand, die sie stützte und zu einem Sessel brachte, gehörte Miss Silver. Und Maggie hörte eine gütige, aber entschiedene Stimme, die ihr befahl, sich nach vorn zu neigen.

»Wenn Sie jetzt Ihr Taschentuch fallen lassen und es wieder aufheben, merkt niemand etwas. Und dann bleiben Sie bitte hier sitzen. Ich bringe Ihnen eine Tasse Tee!«

Tatsächlich blieb in der allgemeinen Bewegung zum Ausziehtisch hin der Schwächeanfall der Gastgeberin unbemerkt. Als Miss Silver mit zwei Teetassen zu ihr zurückkehrte, hatte sie sich schon wieder so weit erholt, dass sie sich bei Miss Silver bedanken konnte:

»Wie gütig von Ihnen! Ich weiß wirklich nicht, warum mir plötzlich schwarz vor Augen wurde! Sie sind doch die Lady, die bei Renie Wayne wohnt, nicht wahr? Ich glaube, ich habe Sie mit Renie in der Kirche gesehen, als wir diese unglückselige Generalprobe hatten.«

»Ja, ich war dabei.«

»Dann werden Sie verstehen, dass wir seit Mittwoch kaum noch zur Ruhe gekommen sind. Ich fürchte, mein Schlaf war nicht der beste. Und so kräftig, wie ich mich fühlte, bin ich auch nicht.«

Miss Silver war das personifizierte Mitgefühl.

»Warum gehen Sie nicht einfach in Ihr Zimmer und legen sich eine Weile hin? Ihre Nichte kümmert sich inzwischen um die Gäste, und keiner wird Ihnen eine Verschnaufpause übel nehmen.«

Miss Maggie war über ein »zu gütig von Ihnen …« nicht hinausgekommen, als Miss Eccles sich aus der Menge am Teetisch löste und zu ihnen trat. Einen Teller mit belegten Brötchen in der einen Hand, einen Teller voll Kuchen in der anderen, nickte sie Miss Silver kurz zu und sagte, leicht über den Sessel gebeugt:

»Ich bringe das Roger hinüber. Florrie sagt, er arbeitet drüben in der Bibliothek. Eine Meute von Frauen zum Tee – das wäre zu viel für ihn.«

»Meine liebe Mettie!«

Mettie Eccles gab ein kurzes, bellendes Lachen von sich.

»Frauen, die in Scharen auftreten, wirken immer abschreckend. Männer haben sie lieber einzeln nacheinander, meine Liebe!«

Sie verließ das Esszimmer und kam kurz darauf mit kaltem, verschlossenem Gesicht wieder. Miss Maggie gab einen kleinen, besorgten Laut von sich.

»Da! Ich wusste es doch, dass ihm das nicht gefallen würde, wenn sie ihm den Tee bringt! Ich bin überzeugt, sie meinte es nur gut; aber ihm wäre es lieber, sie ließe ihn in Ruhe. Ich fürchte, sie hat das gemerkt, und jetzt ist sie beleidigt. Sie ist eine entfernte Kusine, verstehen Sie? Und sie ist so oft bei uns, als wohnte sie im Haus. Mein Gott – wie reizend Sie zu mir sind! Ich fühle mich schon wieder besser. Glauben Sie, ich könnte noch eine Weile hier sitzen und mich mit Ihnen unterhalten, ohne dass es die anderen stört? Es wäre so beruhigend für mich.«

Miss Silver lächelte gütig.

»Niemand wird etwas daran finden, dass Sie sich liebenswürdigerweise um einen Gast kümmern, der in diesem Haus fremd ist.«

Später, als die Teepause schon fast vorüber war, kam Miss Eccles noch einmal an ihrer Sesselgruppe vorbei und sagte mit entschlossener Stimme: »Ich will Roger fragen, ob er noch eine Tasse Tee haben möchte.« Und damit ging sie aus dem Zimmer.

Der Raum leerte sich bereits. Die Damen, die Garne in hellen Farben für ihre Handarbeit verwendeten, gingen zu den Gästetoiletten im Erdgeschoss, um sich die Hände zu waschen. Scilla Repton hatte sich unbemerkt zurückgezogen. Höchstens ein halbes Dutzend Damen war noch beim Tee im Esszimmer versammelt, und ungefähr die gleiche Menge, unter der sich auch Miss Maggie und Miss Silver befanden, überquerte gerade den Korridor, als die Tür der Bibliothek aufgerissen wurde.

Miss Mettie stand im Türrahmen und suchte sich am Pfosten festzuhalten. Ihr Gesicht war weiß wie ein Laken, ihre Lippen bewegten sich, doch zum erstenmal in ihrem Leben brachte sie kein Wort hervor. Erst, als Miss Silver rasch zu ihr trat, fand sie ihre Sprache wieder:

»Er ist tot – Roger ist tot.«

KAPITEL 23

Ein Satz wie ein leiser Klagelaut, der zitternd verstummte. Es war zu bezweifeln, dass ihre Stimme überhaupt einen Klang hatte und jemand außer Miss Silver verstanden hatte, was sie sagte. Miss Eccles schien erst jetzt klar zu werden, was sie gesagt hatte. Die Hand, mit der sie sich an den Türpfosten klammerte, ging zum Mund. Sie machte kehrt und lief in das Zimmer zurück.

Miss Silver, die dichtauf folgte, sah, dass Roger Repton über seinem Schreibtisch zusammengebrochen war. Seine Hände waren verkrampft, sein Gesicht von ihr weg dem Fenster zugedreht. Die Tasse, die Miss Eccles ihm gebracht hatte, war umgekippt und hatte den Kuchenteller überschwemmt. Rechts neben dem Tisch stand eine kleine Kristallkaraffe. Sie war leer, und der Stöpsel lag daneben. Auf der Tischplatte ein zerbrochenes Schnapsglas. Eine Schnittwunde an der verkrampften rechten Hand des Colonels, die jedoch nicht blutete. Mit der einen, methodischen Hälfte ihres Bewusstseins nahm Miss Silver das alles in sich auf, während die andere, sozusagen die frauliche Hälfte, ein tiefes Mitleid für Mettie Eccles empfand. Sie lag neben dem Toten auf den Knien und sagte immer wieder im fassungslosen Ton:

»Nein – nein – nein, Roger! Oh, Roger, *nein!*«

Ein Feuer brannte im Kamin. Der Raum war voller Tabaksschwaden. In dieser warmen, stillen Luft hing ein Hauch von Bittermandeln. Es war nicht das erste Mal, dass Miss Silver diesem Geruch in einem Kriminalfall begegnete. Sie hatte neben einer toten Frau gekniet, die mit Zyankali vergiftet worden war. Auch diese hatte so ein Aroma verströmt. Als sie mit ruhiger Hand an der Innenseite von Roger Reptons rechtem Arm nach dem Pulsschlag suchte, wusste sie, dass sie ihn nicht finden würde. Da war kein Pulsschlag mehr.

Während sie das Handgelenk des Toten festhielt, versammelten sich ein paar Frauen vor der offenen Tür und spähten herein. Scilla Repton drängte sich durch diese Ansammlung. Sie ging bis zum Schreibtisch und sagte grob:

»Was geht hier vor? Ist Roger krank?«

Miss Silver nahm die Finger vom Handgelenk des Toten und drehte sich ihr zu.

»Mrs. Repton – ich fürchte ...«

Mettie Eccles erhob sich von den Knien.

»Nicht nötig, es ihr zu sagen«, bemerkte sie mit tonloser Stimme.

Scillas dezent aufgetragener Puder wirkte plötzlich wie eine Maske aus Teig, als die Haut darunter jede Farbe verlor. Grellrote Lippen bewegten sich darin: »Was meinst du damit?«

»Du weißt sehr gut, dass Roger tot ist, weil du ihn umgebracht hast.«

Lady Malletts weiß-schwarz-gestreifte Gestalt ragte plötzlich neben dem Schreibtisch auf. Sie legte eine Hand auf Metties Arm.

»So etwas kannst du unmöglich sagen – oh, meine liebe Mettie, sag, dass es nicht wahr ist!«, rief Lady Mallett mit entsetzter Stimme.

Lady Malletts Hand wurde abgeschüttelt. Bestechend blaue Augen funkelten zornig. Metties Stimme trug diesmal weit, als sie wütend ausrief:

»Ich werde die Wahrheit sagen, und niemand wird mich daran hindern können! Sie hatte nicht einen Funken Gefühl für ihn, und nun hat sie ihn umgebracht! Glaubst du, ich könnte noch länger verschweigen, warum? Weil sie eine Ehebrecherin ist, er die Wahrheit entdeckt hatte und sie aus dem Hause werfen wollte. Weil er sich von ihr scheiden lassen wollte! Und deshalb hat sie ihn vorher umgebracht!«

Miss Silver sagte mit ihrer ruhigen Stimme:

»Lady Mallett, die Polizei muss verständigt werden. Niemand darf inzwischen das Haus verlassen oder betreten. Ich würde empfehlen, Sie lassen alle Außentüren absperren. Hätten Sie vielleicht die Güte, sich darum zu kümmern? Mrs. Repton ...«

Scilla Repton fuhr herum.

»Für wen halten Sie sich eigentlich, dass Sie es wagen, in meinem Haus Befehle zu geben? Was glauben Sie, sich herausnehmen zu dürfen, Miss Eccles! Jeder im Dorf weiß sehr genau, dass Sie Roger jahrelang schöne Augen gemacht haben; nur wollte er nichts von Ihnen wissen! Sie verdammte alte Jungfer erdreisten sich, mir zu drohen? Ich werde Sie wegen übler Nachrede verklagen – darauf können Sie Gift nehmen! Alle Damen hier waren Zeugen, dass Sie behauptet haben, ich hätte meinen Mann umgebracht! Na, dafür werden Sie bluten! Das wird Sie eine Stange Geld kosten!«

Und während ihre Stimme immer lauter und schriller wurde, überlegte Miss Silver, wie rasch doch Angst und Zorn den Menschen seine gute Kinderstube vergessen lassen. Eben war sie noch die gelangweilte, versnobte Hausherrin, die sich nach der letzten Mode kleidete und anmutig durch die Halle stolzierte. Und nun war sie wieder die Göre aus den Londoner Slums, die wusste, was es bedeutete, sich allein durchs Leben boxen zu müssen, und sich von niemand die Butter vom Brot nehmen ließ. Ihren ersten Schrecken hatte sie längst überwunden. Ihr Gesicht hatte wieder eine normale Farbe.

Mettie Eccles stand da, als habe sie sich zu Stein verwandelt. Ihr Zorn war verraucht, ihre Glieder waren schwer, ihre Augen glasig. Sie wünschte jetzt nur noch, in einer dunklen Ecke zu sitzen und zu weinen. Aber sie war eine Kämpfernatur – sie würde niemals zurücknehmen, was sie einmal gesagt hatte. Sie wiederholte es mit trockener Zunge:

»Sie haben ihn umgebracht ...«

Und just in diesem Moment, ehe Lady Mallett die Tür der Bibliothek schließen konnte, tauchte Maggie Repton aus dem

Hintergrund der Halle auf. An der Treppe war getuschelt worden, und das hatte sie bis in den Salon hinein gehört. Wenn Roger krank war, musste sie zu ihm. Es spielte keine Rolle, dass sie sich selbst kaum auf den Beinen halten konnte – sie musste zu Roger. Nora Mallett wollte ihr den Weg verstellen; doch niemand konnte sie aufhalten, wenn es um ihren Bruder ging.

»Maggie …«

»Wenn Roger krank ist, muss ich zu ihm.«

Sie drängte sich an Lady Mallett vorbei durch die Tür und sah, was es dort zu sehen gab – Roger quer über dem Schreibtisch, den Kopf auf der Tischplatte, und drei Frauen daneben, die keine Anstalten machten, ihm beizuspringen:

Miss Silver, die sich so rührend um sie bemüht hatte, war schließlich eine Fremde.

Scilla, die seine Frau war, aber ihn mit einem anderen Mann betrog.

Und Mettie, die ihn liebte.

Warum half ihm denn keine von den dreien? Sie hörte, wie Mettie Eccles sagte: »Du hast ihn umgebracht …«

Und sie sah, wie Scilla Repton einen Schritt auf sie zu machte und ihr eine Ohrfeige gab.

KAPITEL 24

Maggie Repton lag auf ihrem Bett, die Steppdecke bis zum Kinn hinaufgezogen. Wie alles in diesem Zimmer, war auch die Decke ziemlich alt und schäbig. Vor dem Fenster wurde es bereits dunkel. Eine kleine Tischlampe brannte auf der Frisierkommode neben dem Waschständer. Sie bewegte den Kopf auf dem Kissen und entdeckte auf dem Stuhl neben dem Bett eine Gestalt, die sie sehr beruhigend fand.

Miss Silver saß an ihrem Bett und strickte.

Eine Weile lang waren die Wärme, das sanfte Licht, das Gefühl von Behagen und Sicherheit zwischen Maggie Repton und den Geschehnissen bei der Handarbeits-Party. Dann kamen die Bilder wieder – Roger, der tot auf dem Schreibtisch lag, das zerschmetterte Likörglas und die leere Karaffe, die arme Mettie, die seinen Namen rief und Scilla beschuldigte, und Scilla, die ihr eine Ohrfeige gab. Sie schob eine lange Hand zum Stuhl hin und sagte mit wimmernder Stimme: »Oh, nein, es ist nicht wahr!«

Miss Silver legte ihr Strickzeug nieder und nahm Maggies Hand.

»Doch, meine Liebe, es ist wahr. Sie müssen tapfer sein.«

Zwei schwache Tränen rollten allmählich Miss Maggies Wangen hinunter. Ihre Gedanken bewegten sich ebenso langsam. Roger war tot. Sie musste eine sehr schlechte, lieblose Schwester sein, weil es ihr nicht viel bedeutete. Weil es so schien, als empfinde sie kaum etwas. Sie sagte laut:

»Ich scheine nichts dabei empfinden zu können.«

»Das kommt daher, weil Sie einen Schock erlitten.« Miss Silvers Hand war warm und fest. Maggie Repton klammerte sich daran.

»Ich sprach noch mit ihm, als die Gäste kamen. Er sagte, es wäre das Ende. Sie glauben doch nicht, er habe damit gemeint – gemeint …«

Miss Silver sah sie ernst an.

»Sie werden der Polizei sagen müssen, was Sie mit Ihrem Bruder besprochen haben.«

»Ich hätte ihn nicht allein lassen dürfen«, sagte Miss Maggie. »Aber ich kam nicht auf den Gedanken … nicht eine Sekunde hätte ich geglaubt …«

»Was meinte er wohl, als er zu Ihnen von einem Ende sprach?«, fragte Miss Silver behutsam.

»Er redete von Scilla, dem schrecklichen Krach mit ihr. Sie habe ein Verhältnis mit Gilbert Earle, sagte er. So eine schreckliche, heimtückische Tat – denn Gilbert wollte ja Valentine heiraten, und das hatte sie dadurch vereitelt. Roger sprach von Scheidung, und ich hätte nie geglaubt, dass es in unserer Familie einmal dazu kommen würde. Aber er sagte, so könne er nicht weiterleben. Es ist alles so *schrecklich,* so unglaublich, dass ich nicht verstehe, wie es passieren konnte.«

Es war eine Erleichterung, sich aussprechen, sein Herz ausschütten zu können. Nach einer Weile zog Miss Silver ihre Hand zurück und begann wieder zu stricken. Als sie sich vom Stuhl erhob, sagte Miss Maggie bang:

»Sie wollen doch nicht gehen?«

»Wenn Sie es wollen, bleibe ich hier.«

»Oh, wenn es Ihre Zeit erlaubt ...« Die schwache Stimme schwankte und brach. »Valentine ist ein so gutes Kind; aber sie ist jung, und – und Scilla« – mit einem Ruck setzte sie sich auf – »ist eine treulose Frau. Roger wollte sie aus dem Haus schicken. Jemand müsste sich um Valentine kümmern, und Mettie – Mettie kann sich nicht mehr erlauben, hierher zu kommen. Scilla hat sie geschlagen, nicht wahr? Was für eine Ungeheuerlichkeit! Die arme Mettie! Man kann nicht mehr von ihr verlangen, dass sie unser Haus betritt. Scilla schlug sie, und dann – mir will nicht einfallen, was dann geschah.«

»Sie fielen in Ohnmacht, meine Liebe.«

»Oh, Himmel – das hätte ich nicht tun dürfen – ich habe den Kummer nur noch vergrößert.« Dann, zaghaft und bang: »Hat jemand – nach der Polizei gerufen? Sie sagten – ich glaube, ich erinnere mich, wie Sie sagten ...«

»Ja, meine Liebe, die Polizei ist hier. Ich bin überzeugt, die Herren werden sich so liebenswürdig und verständnisvoll verhalten, wie Sie sich das nur wünschen können.«

Die Tür öffnete sich ein wenig. Valentine Grey schob vorsichtig den Kopf herein und kam dann vollends ins Zimmer. Als sie sah, dass Miss Maggie wieder bei sich war, beugte sie sich über das Bett und küsste sie. Miss Silver, die sich ans

Fenster zurückgezogen hatte, hörte, wie sie miteinander wisperten.

Nach einer kurzen Weile kam Valentine zu ihr. Der strahlende Blick ihrer Augen war erloschen. Sie war bleich und bedrückt, doch sehr beherrscht und gefasst. Sie sagte ganz leise:

»Geht es ihr besser?«

»Das Schlimmste hat sie überstanden.«

»Der Chefkonstabler ist im Haus. Er bat mich nachzusehen, ob sie in der Lage wäre, ihn zu empfangen. Er sagte, er würde nicht darauf bestehen, wenn Sie Bedenken hätten.«

Miss Silver drehte sich wieder dem Bett zu.

»Wir wollen sie fragen. Es könnte für sie eine Erleichterung sein, wenn sie sich alles von der Seele reden kann.«

Miss Maggie saß jetzt im Bett, die Kissen im Rücken. Zu ihrer Überraschung stellte sie fest, dass sie das hübsche blaue Bettjäckchen trug, dass Valentine ihr zum Geburtstag geschenkt hatte.

»Was sagtest du eben? Mr. March ist hier? Er will mich sprechen? Ich weiß nicht – ich fühle mich nicht in der Lage, aufzustehen und hinunterzugehen …«

Valentine beugte sich wieder über sie.

»Aber nein. Liebes, das erlaube ich nicht. Er würde zu dir heraufkommen.«

Sie murmelte: »Wie freundlich von ihm. Wirklich sehr reizend, dass er sich diese Mühe machen will. Ein Mann kann wirklich eine große Hilfe sein. Und wenn du meinst, dass es ihn nicht stört – nur, kann ich mich auch so vor ihm sehen lassen, Liebes?«

Die Haarnadeln waren, als man sie zu Bett brachte, entfernt worden, und das flusige Grau, das sich den Metallspangen nie recht fügen wollte, lag nun, sauber gescheitelt, platt an den Schläfen. Wenn man ein Spitzentuch darüberwarf, hätte sie gar nicht besser frisiert sein können. Miss Silver sagte ihr das.

»Und Sie bleiben bei mir?« Miss Maggies Stimme verriet,

wie sehr ihr daran gelegen war. »Ich kenne Mr. March – er ist immer so nett. Aber Renie Wayne erzählte mir, dass Sie ihn besonders gut kennen. Sie sagte, Sie wären am Freitag bei ihm zum Tee gewesen. Ist Mrs. March nicht eine gut aussehende Frau? Und sie haben zwei ganz entzückende Kinder!« Ihre Augen füllten sich mit Tränen. »Wissen Sie, wenn die Dinge so unglücklich verlaufen wie bei uns, ist der Gedanke an Menschen, denen es besser ergangen ist, sehr tröstlich.«

Randal March kam ins Zimmer und nahm auf dem für ihn bereitgestellten Stuhl Platz. Niemand hätte sich taktvoller und liebenswürdiger verhalten können als Mr. March, der sich vielmals für die Störung entschuldigte und den Anlass bedauerte, der ihn hierhergebracht hatte.

»Aber vielleicht gestatten Sie mir ein paar Fragen. Zeit kann in diesem Falle sehr wichtig sein, und Miss Silver wird dafür sorgen, dass ich Ihnen nicht zu viel zumute. Wir sind alte Freunde, müssen Sie wissen.«

Miss Maggie zeigte sich nun deutlich interessiert.

»Oh, ja, Renie Wayne hat mir das erzählt. Miss Silver war reizend zu mir – ganz reizend.«

Er sagte warm: »Sie ist die liebenswürdigste Person, die ich kenne.« Und dann: »Nun, Miss Repton, können Sie mir sagen, wann Sie Ihren Bruder zum letzten Mal gesehen haben – ich meine, ehe Sie in sein Arbeitszimmer kamen und ihn dort in der Gesellschaft von Miss Eccles, Miss Silver und Mrs. Repton vorfanden?«

Miss Maggie sah ihn fest an.

»Nora Mallett war auch bei ihm. Sie ist eine Kusine von ihm wie Miss Eccles, verstehen Sie?«

»Ja. Aber wann sahen Sie ihn davor zum letzten Mal und wo?«

Sie antwortete bekümmert:

»Ich sprach mit ihm in der Bibliothek, als bereits die ersten Gäste eintrafen. Wir waren diesmal als Gastgeber für die

Handarbeits-Party an der Reihe – vermutlich hat man Ihnen das bereits gesagt. Und Roger war schrecklich aufgebracht. Oh, nicht der Party wegen – daran störte er sich gar nicht. Es war – oh, muss ich das sagen?«

Miss Silver hatte sich auf einen Stuhl links neben das Bett gesetzt. Sie sagte gütig, aber fest:

»Ich fürchte, das müssen Sie, meine Liebe. Mr. March wird bereits davon erfahren haben, dass es Zwistigkeiten zwischen Ihrem Bruder und dessen Frau gab.«

Mr. March, der Miss Silver gegenübersaß, sagte: »Ja, Miss Maggie, es wäre besser, wenn Sie mir das sagen. Der Grund seines Ärgers war dieses Zerwürfnis?«

»Oh, ja. Er sagte, das müsse jetzt ein Ende haben.«

Randal March sah zu Miss Silver hinüber, die ganz sacht den Kopf hin- und herbewegte. Sie sagte:

»Ich glaube, Mr. March möchte wissen, wie der genaue Wortlaut dieses Gespräches war. Ihr Bruder sagte doch zu Ihnen, dass seine Frau für immer das Haus verließe, nicht wahr? Hat er auch von Scheidung gesprochen?«

Miss Maggie schluckte nervös.

»Oh, ja, das hat er. Er war der Meinung, sie sei – sie sei ihm nicht treu gewesen.«

»Der Anlass dieser Untreue ist Gilbert Earle?«

»Ja – ja ...«

»Sie haben also genau gehört, wie er sagte, sie würde ihn verlassen und dass es zur Scheidung kommen wird?«

»Oh, ja – armer Roger!«

»Und wie war nun dieser Satz gemeint, dass es ein Ende haben müsse? Können Sie mir dazu präzise Angaben machen?«

»Oh, ich weiß nicht – es war zu schrecklich!«

March sah Hilfe suchend zu Miss Silver hinüber.

»Liebe Miss Repton«, sagte Miss Silver freundlich, aber bestimmt, »ich weiß, wie peinlich Ihnen das alles ist; aber es hängt viel davon ab, wie Ihr Bruder sich ausgedrückt hat. Man kann diesen Satz, das müsse jetzt ein Ende haben, auf verschiedene Weise deuten. Wenn er das nur auf sich bezog, müsste man das als Absicht zum Selbstmord auslegen.«

»Oh, nein –«, rief Miss Maggie mit halb erstickter Stimme.

Miss Silver fuhr fort:

»Wenn Sie bestreiten, dass er das meinte, müssen Sie versuchen, sich daran zu erinnern, in welchem Zusammenhang er diesen Satz gebrauchte. Ein Mann, der beabsichtigt, sich selbst zu töten, denkt nicht an Scheidung. Sind Sie sicher, dass er das Wort Scheidung erwähnte?«

Eine leichte Röte war in Miss Reptons Gesicht zurückgekommen. Sie sagte mit einer beachtlich energischen Stimme:

»Oh, ja, ich bin mir ganz sicher, dass er von Scheidung sprach; denn ich war schrecklich schockiert darüber. So etwas ist in unserer Familie noch nie vorgekommen. Und Roger hätte sich niemals das Leben genommen – dafür war er viel zu gefestigt: Er war ein Mann mit Prinzipien.«

March sagte:

»Sie wissen also, dass er an Scheidung dachte, als er diesen Satz gebrauchte. Können Sie mir diesen Teil des Gesprächs möglichst genau wiedergeben?«

Maggie Repton griff sich an den Hals.

»Er sagte, Scilla verließe das Haus und käme nicht mehr zurück. Er sagte: ›Sie hat ein Verhältnis mit Gilbert Earle. Das muss ein Ende haben. Sie muss gehen.‹ Darauf verließ er die Bibliothek und warf die Tür hinter sich zu.«

Randal March blickte zu Miss Silver hinüber und nickte.

»Sehen Sie, was drei Worte doch für einen Unterschied machen! Seine Geduld war erschöpft. ›Das muss ein Ende haben‹ bezog sich auf die Langmut mit seiner Frau. So war es gemeint, wenn das Gespräch tatsächlich so verlaufen ist, wie Sie es eben sagten. Das ist es doch, nicht wahr?«

»Oh, ja!« Nachdem Miss Maggie ihre Hemmschwelle überwunden hatte, hielt sie daran fest. Sie wiederholte das Gespräch wortwörtlich für das Protokoll und setzte ihre Unterschrift darunter.

KAPITEL 25

Miss Silver begleitete den Chefkonstabler hinunter ins Erdgeschoss. Noch oben auf dem Treppenabsatz sagte er:

»Ich würde gern mit diesem Mädchen Florrie sprechen. Crisp hat ihre Aussage aufgenommen, die ich jedoch noch einmal gern mit ihr durchgehen würde. Und mir wäre es lieb, wenn Sie bei diesem Gespräch zugegen sein könnten. Bei so einem jungen Mädchen ist die Gegenwart einer Frau oft hilfreich. Glauben Sie, Florrie könnte Einwände machen?«

Miss Silver bewegte kurz den Kopf.

»Ich habe den Eindruck, dass sie hilfsbereit und gefällig ist. Vielleicht sollte ich ihr selbst sagen, dass Sie mit ihr sprechen möchten. So käme meine Anwesenheit auf ganz natürliche Weise zustande.«

Er ging in die Bibliothek, und Miss Silver sagte Valentine Bescheid, dass Maggie nun wieder allein sei und eine leichte Mahlzeit ihr sicherlich gut bekäme. Dann übermittelte sie ihr den Wunsch des Chefkonstablers, Florrie Stokes nun zu vernehmen. Man läutete nach ihr, und Florrie erhob nicht den geringsten Einwand gegen Miss Silvers Anwesenheit. Im Gegenteil, sie neigte dazu, sich an sie zu klammern. Sie hatte geweint und wirkte ängstlich und aufgeregt. March beglückwünschte sich dazu, dass Miss Silver an diesem Verhör teilnehmen wollte. Inspektor Crisp, der Miss Silver bereits vom Sehen kannte, erwiderte ihren Gruß auf eine sehr knappe, formelle Weise.

Colonel Reptons Leiche war inzwischen entfernt worden. Man hatte gelüftet, doch der Geruch von kaltem Rauch haftete der Bibliothek noch immer an. Das zerbrochene Schnapsglas, die Karaffe, die Tasse nebst Unterteller und Kuchenplatte waren als Beweisstücke sichergestellt. Nur ein feuchter Fleck auf dem schon sehr mitgenommenen und tintenbekleckstén grünen Lederüberzug der Schreibtischplatte zeugte noch davon, dass hier vor kurzem ein Mensch gewaltsam zu Tode gekommen war. Bald würde auch er weggetrocknet sein, und nichts erinnerte dann noch an dieses tragische Ereignis. Wo Roger Repton gelegen hatte, saß nun der Chefkonstabler mit dem Protokoll von Florries Aussage, und zu seiner Linken Crisp mit gezücktem Bleistift und aufgeschlagenem Notizblock.

Florrie saß neben Miss Silver auf der Couch. Sie war aufgeregt, doch zum Teil auf eine angenehme Weise. Schreckliches war passiert, was sie zugleich mit Gesprächsstoff für ihr ganzes Leben versorgte. Der Chefkonstabler war ein so gut aussehender Mann, Miss Silver überaus reizend. Sie war froh, dass sie nicht zum zweiten Mal mit diesem Inspektor Crisp verhandeln musste. Er hatte sie angefahren wie Joe Blagdons Bullterrier eine Ratte. Sie konnte Ratten nicht ausstehen; doch mitansehen, wie sie getötet wurden, mochte sie auch nicht.

March las ihr vor, was sie ausgesagt hatte. Zunächst, wie sie aus der Küche gekommen war und den Streit hinter der Bibliothekstür gehört hatte. Zankapfel sei Mr. Gilbert Earle gewesen. Der Colonel habe Mrs. Repton vorgeworfen, ein Verhältnis mit Mr. Gilbert zu haben – und als Beleg dafür habe er einen anonymen Brief zitiert. Er wollte sich Beweise für die Scheidung von Mrs. Reptons Freundin, Mrs. Foster, besorgen …

»Sie haben gehört, dass er das Wort ›Scheidung‹ aussprach?«

»Oh, ja, Sir.«

»Sie sind sich dessen ganz sicher?«

»Oh, ja, Sir.«

»Hier steht etwas von anonymen Briefen – Sie hörten, wie Colonel Repton sich darauf berief?«

»Jawohl, Sir.«

»Er hat selbst so einen Brief bekommen?«

»Natürlich, Sir – ich habe ihm selbst den Brief überreicht.«

Inspektor Crisp ruckte mit dem Kopf in die Höhe. March sagte:

»Sie haben ihm den Brief selbst überbracht?«

»Oh, ja, Sir. Es waren zwei – einer für ihn und einer für Miss Valentine.«

»Und woran haben Sie erkannt, dass es anonyme Briefe waren?«

Florrie wurde von Frage zu Frage selbstsicherer. Wenn es ein Thema gab, das in Tilling Green ausführlich besprochen worden war, dann diese anonymen Briefe: das billige Papier, die ebenso schäbigen Umschläge, die primitive Handschrift aus ungelenken Blockbuchstaben. Sam Boxer, der Briefträger, hatte die Details so genau beschrieben, dass sie nicht einen Moment daran zweifelte, dass die beiden Briefe, die sie für Miss Valentine und Colonel Repton entgegennahm, nur von diesem Giftspritzer sein konnten, der den Leuten so schreckliche Sachen schrieb. Mrs. Pratt hatte auch so einen Brief bekommen und ihn ihren Eltern gezeigt. Nein, da sei jeder Irrtum ausgeschlossen.

Florrie trug das alles mit argloser Vertrauensseligkeit vor.

March wandte sich an Crisp:

»Wusste die Polizei von diesen Briefen?«

Crisp, der tatsächlich eine entfernte Ähnlichkeit mit einem Bullterrier hatte, erwiderte knurrig:

»Nein, Sir.«

March brauchte einen Moment, bis er das verdaut hatte. Wie konnte man den Leuten helfen, wenn sie sich nicht helfen lassen wollten? Untereinander redeten sie endlos über solche Dinge, aber wenn es darum ging, bei der Polizei eine

Anzeige zu machen, schwiegen sie alle wie ein Grab. Sam Boxer hatte bereits ausgesagt, dass er am Dienstag mit der ersten Post drei von diesen anonymen Briefen zugestellt habe, und zwar dem Reverend, dem Colonel und Miss Valentine. March betrachtete Florries Aussage als Beweis, dass der Colonel den für ihn bestimmten Brief auch erhalten hatte, wenngleich dieser es für richtig gehalten hatte, das abzustreiten. Da ihm offenbar in diesem Brief mitgeteilt worden war, seine Frau setze ihm laufend Hörner auf, war es nicht verwunderlich, dass er von diesem Schriftstück angeblich nichts wusste.

Florrie betonte, der Colonel habe nicht nur diesen Brief erwähnt, sondern sich deswegen heftig mit seiner Frau gestritten. Und dabei habe er behauptet, nicht nur zu wissen, wer der Verfasser dieser Briefe sei, sondern auch angedeutet, seine Frau könne dahinterstecken.

»Sind Sie sicher, dass er so etwas sagte?«

Sie wiederholte, was bereits im Protokoll stand:

»Mrs. Repton sagte, das sei alles gelogen, und der Colonel sagte, es sei ein abscheulicher Brief über eine abscheuliche Sache, und er wüsste, wer ihn geschrieben habe. Und Mrs. Repton fragte, wer. Und der Colonel antwortete, das wollte sie wohl gern wissen, und vielleicht habe sie ihn selbst verfasst, weil sie damit Miss Valentines Eheschließung habe vereiteln können. Und zugleich sähe sie darin eine Möglichkeit, sich aus ihrer eigenen Ehe herauszumogeln. Denn was bedeutete ihr und ihresgleichen schon eine Scheidung? Nur sollte sie erst sicher sein, dass Mr. Gilbert sie auch nähme, ehe sie den Krempel hinschmisse.«

Der Chefkonstabler und Miss Silver bekamen ein klares Bild von dem Verlauf der Auseinandersetzung: Misstrauen schlug plötzlich in Gewissheit um. Flammende Empörung kannte keine Grenzen mehr. Und dann, als der schlimmste Zorn verraucht war, eine Ernüchterung und die Einsicht des

Ehemanns, dass seine Forderung, sie solle auf der Stelle ihre Sachen packen und das Haus verlassen, nur mit einem Skandal enden konnte.

Als sie beide allein waren, resümierte March: »Er wetterte einfach los, als er sie dabei ertappte, wie sie mit Earle telefonierte. Doch später kam er zur Besinnung, dass er sich nur selbst schadete, wenn er sie auf der Stelle aus dem Haus warf. Also bezog er eine etwas gemäßigtere Stellung und gab ihr Zeit, sich auf eine entsprechende Entscheidung vorzubereiten. Inzwischen wissen wir von Miss Maggie, dass er zwei Tage nach dem Krach an seinem Entschluss festhielt, sich von ihr scheiden zu lassen und sie aus dem Haus zu weisen. Er wollte nur noch Connie Brookes Beerdigung abwarten.«

Miss Silver stimmte ihm zu.

»Glauben Sie, er hat ihr tatsächlich zugetraut, die Verfasserin der anonymen Briefe zu sein?«

»Schwer zu glauben, dass diese Beschuldigung ernst gemeint war. Er war wütend auf sie und nicht sehr wählerisch in seinen Mitteln. Sie sprachen über den Brief, den er erhalten hatte – oder vielmehr schrien sie sich an –, und da kam er auf den Gedanken, sie mit dieser Behauptung einzuschüchtern.«

»Sie gehen also davon aus, dass er gar nicht wusste, wer diese Briefe verfasst hat?«

Er hob eine Hand und ließ sie wieder fallen.

»Florrie sagte, sie habe genau gehört, wie der Colonel sich entsprechend äußerte. Sie scheint mir eine glaubhafte Zeugin zu sein.«

»Zuverlässig und wortgetreu.«

Er nickte. »›Der Colonel sagte, er wisse, wer die Briefe geschrieben hat.‹ So steht es in ihrem Protokoll.«

»Er wusste es also. Und die Ereignisse bestätigen das. Connie Brooke sagte, sie wisse, wer die Briefe geschrieben hat, und kurz darauf war sie tot. Roger Repton sagte das Gleiche und ging denselben Weg. Es sieht so aus, als glaube jemand fest an ihre Worte.«

Doch das geschah erst später. Noch saß Florrie in der Bibliothek und war sehr zufrieden mit sich. Was für eine Geschichte sie heute ihrer Familie erzählen konnte! Und bei der Leichenschau würde sie alles noch einmal erzählen müssen – was für ein bedrückender und zugleich erhebender Gedanke!

Miss Silver unterbrach ihren Gedankengang. Sie richtete das Wort an den Chefkonstabler:

»Haben Sie etwas dagegen, wenn ich Florrie eine Frage stelle?«

Inspektor Crisp sah sie unwillig an. Seiner Meinung nach nahm sich diese Dame zu viele Freiheiten heraus. Wirklich – eine Privatperson!

»Aber nein doch, Miss Silver. Fragen Sie nur«, sagte der Chefkonstabler.

Sie bedankte sich höflich und sah dann Florrie an.

»Als wir im Esszimmer beim Tee saßen, hatte ich meinen Platz neben Miss Repton an der Tür. Miss Eccles kam mit Tasse und Teller an uns vorbei. Beides wurde auf dem Schreibtisch bei dem Toten gefunden. Miss Eccles sagte zu uns, Florrie habe ihr erzählt, der Colonel arbeite in der Bibliothek, und deshalb wolle sie ihm den Tee hinüberbringen. Ich würde gern von Florrie wissen, woher sie wusste, dass er sich in der Bibliothek aufhielt – ob sie ihn dort selbst gesehen hat und wann; und ob er allein gewesen ist, als sie ihn sah.«

»Nun, Florrie?«, ermunterte March sie.

Sie errötete.

»War es nicht richtig, dass ich Miss Eccles das erzählte?«

Er lächelte sein freundlichstes Lächeln.

»Oh, nein doch, so war es nicht gemeint. Sie helfen uns, wenn Sie die Frage richtig beantworten.«

»Nun, er ging gleich nach dem Lunch dorthin. Miss Maggie war bei ihm, als schon die ersten Gäste zur Party kamen.

Sie kam aus der Bibliothek, als ich die Haustür öffnen ging. Ich musste mindestens eine halbe Stunde lang durch den Korridor laufen, um immer wieder die Tür zu öffnen. Als ich dabei einmal an der Bibliothekstür vorbeikam, hörte ich den Colonel reden. Ein Mann war bei ihm.«

»Ein Mann?«

Florrie nickte.

»Da ich ihn nicht hereingelassen hatte, wunderte ich mich natürlich, bis mir der Gedanke kam: Das kann nur Mr. Barton sein, er ist um das Haus gegangen und hat an das Fenster der Bibliothek geklopft, damit der Colonel ihn einließ. Miss Maggie hatte die Bibliothekstür nicht ganz zugemacht. Sie klaffte ein bisschen. Ich horchte am Spalt, und tatsächlich, er war es!«

»Mr. Barton?«

»Oh, ja – wegen der Pacht, Sir. Und ich dachte, er kann von der Handarbeits-Party nichts gewusst haben, sonst hätten ihn keine zehn Pferde hierhergebracht, wo er doch so schüchtern ist vor den Ladies.«

»Mr. Barton kam immer ins Herrenhaus, um seine Pacht zu bezahlen?«

»Oh, ja, Sir – einmal im Monat. Und eine komische Pacht ist das, Sir, die er meistens bringt, wenn es schon dunkel ist. Und dann klopft er ans Bibliotheksfenster. Nur manchmal kommt er auch vorn durch die Haustür.«

»Sie sagten eben, es wäre eine komische Pacht. Was meinen Sie damit?«

Florrie gab ein schwaches Kichern von sich.

»Nun, Sir, ich fand das komisch, was der Colonel zu Mr. Barton sagte, als ich durch den Türspalt sah. ›Bist du gekommen, um deine Pfefferkorn-Pacht zu bezahlen, James?‹, fragte der Colonel, und dass er sich immer freue, wenn er ihn sähe. Und dann: ›Mach doch mal eine Ausnahme und trink ein Glas mit.‹ Und Mr. Barton erwiderte: ›Du weißt doch, dass ich dieses Teufelszeug nicht anrühre. Also warum fragst du mich immer wieder.‹ Und dann noch: ›Du wärst auch besser beraten, das Trinken zu lassen.‹«

March zog die Augenbrauen in die Höhe.

»Oh, so gut kannten sich die beiden Herren?«

Florrie nickte.

»Ja, Sir – es ging immer so freundschaftlich zu, wenn Mr. Barton kam.«

»Und heute – ging es da auch freundschaftlich zu?«

»Soweit ich weiß, ja. Ich habe ja nur gehört, was ich eben sagte.«

»Und Sie sind sicher, dass es Mr. Barton war?«

»Oh, ja, Sir.«

»Wieso sind Sie sich dessen so sicher?«

»Nun, der Colonel redete nur so mit Mr. Barton. Und ich erkannte ihn an der Stimme. Sie ist ganz tief und rasselt so beim Sprechen. Mein Dad sagt, er wäre im Krieg von Gasgranaten beschossen worden – im vorletzten Krieg, nicht im letzten, in dem mein Dad gewesen ist.«

»Dann war Ihres Wissens Mr. Barton also die letzte Person, die den Colonel sah, ehe Miss Eccles ihm den Tee brachte?«

»Oh, nein, Sir.«

»So? Wer war denn noch bei ihm?«

Florrie kam einen Moment ins Stocken. Nicht, dass sie eingeschüchtert war oder gar Angst hatte; aber jetzt, wo der Colonel tot war und die Polizei im Haus, war es vielleicht nicht ganz richtig, ihr zu erzählen, was sie noch belauscht hatte. Aber sie würde es ja doch sagen müssen …

»Nun erzählen Sie schon!«

Sie wunderte sich, wie dünn und kleinlaut ihre Stimme sein konnte.

»Es war nur Mrs. Repton.«

»So, so! Sie gingen wieder mal an der Bibliothekstür vorbei?«

»Ja, Sir.«

»Und hörten zufällig, was in der Bibliothek gesprochen wurde?«

»Nun, Sir –« Sie blickte auf ihre Hände hinunter.

Miss Silver legte ihr die Hand auf den Arm. Sie merkte, dass er zitterte.

»Sie brauchen doch keine Angst zu haben, Florrie.«

Florrie blinzelte.

»Oh, Miss, Sie haben sie ja nicht gesehen!«

»Sie haben Mrs. Repton gesehen?«, fragte March.

Sie schluckte und nickte.

»Erzählen Sie uns doch einfach, was geschehen ist.«

Und nun sprudelte sie die Worte förmlich hervor. Es war eine große Erleichterung:

»Ich kam gerade aus dem Esszimmer. Sie redete wieder so laut – und zornig waren sie auch. Und dann ging plötzlich die Tür auf, und Mrs. Repton trat in den Flur. Ich wollte nicht, dass sie mich sah, und drückte mich gegen die Wand. Und sie drehte sich auf der Schwelle um und sah in die Bibliothek zurück. Oh, Sir, so einen bösen Blick habe ich in meinem Leben noch nie gesehen! Und sie sagte zu dem armen Colonel – oh, Sir, sie sagte: ›Ich hätte viel mehr davon, wenn du tot wärst und nicht lebendig.‹ Das sagte sie und warf die Tür zu, ehe sie den Korridor hinunterging.«

KAPITEL 26

Florrie hatte den Raum verlassen, erschüttert, aber elastisch. Als sich die Tür hinter ihr schloss, sagte Randal March:

»Wenn das so ist, sollten wir jetzt lieber Mrs. Repton zu uns bitten. Ich denke, unter den gegebenen Umständen wäre es nicht taktvoll, Florrie zu ihr zu schicken. Crisp, wenn es Ihnen nichts ausmacht …«

Als der Inspektor ebenfalls das Zimmer verlassen hatte, sagte March: »Nun, was sagen Sie dazu?«

Miss Silver hüstelte – eine Manier von ihr, wenn sie auf die Wichtigkeit einer Bemerkung hinweisen wollte:

»Ich glaube, es wäre verfrüht, bereits irgendwelche Schlüsse zu ziehen. Wir wissen, dass man in der Erregung manches sagt, was gar nicht so gemeint ist.«

Er schwieg. Sie sagte nach einer kurzen Pause:

»Ich nehme an, es wäre Mrs. Repton nicht angenehm, wenn ich hierbliebe. In diesem Fall ...«

»... Sie den Raum verlassen müssten? Ich fürchte, ja. Aber mir ist es lieber, Sie bleiben.«

Scilla Repton kam in die Bibliothek, gefolgt von Crisp. Sie trug immer noch ihren bunten Schottenrock und ihren smaragdgrünen Pullover, doch sie hatte die Zeit genützt, frisches Make-up aufzutragen, und ihre Haare glänzten nur so unter der Deckenbeleuchtung. Zunächst hatte sie daran gedacht, die trauernde Witwe zu mimen und sich ein schwarzes Kleid anzuziehen. Doch etwas in ihr hatte sich dagegen aufgelehnt. Und was hätte diese Farce für einen Sinn gehabt, da doch jeder im Haus wusste, dass sie und Roger miteinander fertig waren? Er hatte seine Schwester ins Vertrauen gezogen – das hatte er ihr selbst gesagt –, und zweifellos hatte sie ihr Wissen der Polizei weitergegeben. Warum also nicht zeigen, wie es in Wahrheit um sie stand? Es würde noch eine von diesen schrecklichen Leichenschau-Verhandlungen geben, und vermutlich musste sie auch bis zum Begräbnis hierbleiben, doch danach würde Tilling Green sie nicht so rasch wieder sehen. Was spielte es also noch für eine Rolle, was die Leute hier von ihr sagten oder dachten? Die konnten sie alle mal ...

Als sie Miss Silver im Zimmer entdeckte, hoben sich ihre ausgezupften Augenbrauen:

»Was macht die denn hier?«

March sagte:

»Miss Repton und Florrie Stokes wünschten, dass noch eine Frau bei der Vernehmung zugegen sein sollte. Und Miss Silver war so freundlich, sich dafür …«

Sie unterbrach ihn mit einem kurzen, harten Lachen.

»Eine Anstandsdame! Mein guter Mann, was für eine prähistorische Einstellung! Ich hatte geglaubt, Maggie wäre über solche Gefühle längst hinaus; aber wer steckt schon darin, nicht wahr?«

»Wenn Sie Einwände gegen Miss Silvers Gegenwart erheben …«

Sie zog einen Stuhl an den Schreibtisch heran, setzte sich und zündete sich eine Zigarette an.

»Oh, nein, ich habe nichts dagegen. Wenn Maggie schon eine Anstandsdame braucht, was soll ich da erst sagen!«

Sie löschte das Streichholz und warf es zwischen die Bleistifte und Federhalter, die Roger Repton nicht mehr benötigen würde. Sie zog an ihrer Zigarette, und das Mundstück färbte sich rot. Sie hatte Miss Silver absichtlich den Rücken zugedreht, und die nahm nun ebenfalls absichtlich einen Platzwechsel vor. Sie rutschte von einem Ende der Ledercouch zum anderen, bis sie die Frontalansicht der Dame voll im Auge hatte, die mit gekreuzten Beinen dasaß. Die Maschen ihrer Strümpfe waren so fein, dass man glauben konnte, sie habe gar keine an; dazu die roten Schuhe, deren Hacken eine Idee zu hoch und deren Schnallen eine Winzigkeit zu groß waren.

Randal March begann:

»Es scheint, als hätten Sie am Samstag einen sehr ernsten Streit mit Ihrem Gatten gehabt, Mrs. Repton. Stimmt das?«

Sie nahm die Zigarette aus dem Mund und blies eine kleine Rauchwolke in die Luft.

»Wer behauptet das?«

Er gab darauf keine Antwort.

»Im Verlauf dieser Auseinandersetzung tauchte die Frage nach den anonymen Briefen auf.«

»Was für anonyme Briefe?«

»Oh, ich denke, Sie haben von ihnen gehört. Einer dieser Briefe war ein Beweisstück bei der Totenschau von Doris Pell. Colonel Repton platzte in ein Telefongespräch zwischen Ihnen und Mr. Gilbert Earle hinein. In der sich daraus entwickelnden Auseinandersetzung erwähnte er, dass er einen dieser anonymen Briefe erhalten habe, und beschuldigte Sie, ein Verhältnis mit Mr. Earle zu haben. Es kam zum Streit, und Colonel Repton sprach von Scheidung und dass Sie sofort packen und das Haus verlassen sollten. Später milderte er diese Forderung etwas ab. Er hatte sich überlegt, dass er damit nur einen Skandal provozierte, und sagte, es wäre besser, wenn Sie noch bis nach Miss Brookes Beerdigung im Haus blieben.«

Sie sagte, ihre affektierte Sprechweise noch übertreibend:

»Sie haben an der Tür gelauscht?«

»Jemand hat das«, erwiderte March trocken. »Man pflegt, wenn man sich streitet, meistens laut zu reden, und das erregt gewöhnlich Aufmerksamkeit. Besonders, wenn man das bei offener Tür tut. Die Tür stand doch offen, nicht wahr?«

Sie hob die Schultern zu einem infinitesimalen Schulterzucken.

»Oh, Menschen streiten sich zuweilen. Roger und ich haben uns sogar sehr oft gestritten; aber auch immer wieder versöhnt.«

»Soll das heißen, es wäre nicht das erste Mal gewesen, dass er Ihnen eheliche Untreue vorwarf?«

»Das habe ich nicht damit gemeint! Das wissen Sie sehr genau!«

»Dann wollten Sie lediglich damit ausdrücken, der Streit sei nicht ernster gewesen als sonst und die Dinge hätten sich wieder eingerenkt?«

Sie sagte obenhin:

»Er hätte mich nicht aus dem Haus gewiesen. Das meinte ich.«

»Mrs. Repton, Miss Maggie Repton sagte aus, sie habe heute kurz vor drei ein Gespräch mit ihrem Bruder geführt, in dem er ihr mitteilte, die Sache müsse ein Ende haben, und Sie müssten gehen. Und ich glaube, Sie haben Ihren Mann danach noch einmal gesehen.«

»Wer behauptet das?«

»Man sah Sie aus diesem Raum kommen.«

Sie zog an ihrer Zigarette und ließ den Rauch zwischen ihnen aufsteigen.

»Schön – und was ist dagegen einzuwenden?«

»Die Person, die Sie beim Verlassen der Bibliothek beobachtete, gibt an, dass das Gespräch, das Sie mit Colonel Repton führten, sehr heftiger Natur war. Mit anderen Worten: Sie zankten sich. Dann flog die Tür auf, und der Zeuge sah, wie Sie sich noch einmal umdrehten und etwas sagten. Er hörte auch Ihre Worte.«

Zigarettenasche fiel auf den smaragdgrünen Pullover. Scilla Repton wischte sie achtlos fort.

»Sie machen mich neugierig, Mr. March.«

»Der Zeuge gab an, Sie hätten gesagt: ›Ich hätte viel mehr davon, wenn du tot wärst und nicht lebendig.‹ Und dann gingen Sie den Korridor entlang.«

»Kein schlechter Abgang«, sagte Scilla Repton.

March sagte ernst:

»Und eine Stunde darauf war er tot.«

»Die Worte bedeuteten nichts. So etwas sagt man eben, wenn man sich ärgert.«

»Aber bestimmt nicht, wenn eine Versöhnung in Aussicht steht.«

Sie beugte sich vor, um ihre Zigarette in Roger Reptons Schreibfederbüchse auszudrücken.

Dies erboste ihn. Sie hatte sich mit ihrem Mann gestritten, der sie der Untreue beschuldigte. Sie hatte ihm ins Gesicht gesagt, dass sie seinen Tod wünschte. Sie hatte neben seiner Leiche gestanden, und eine andere Frau hatte sie des Mordes beschuldigt. Und an der Stelle, wo das alles vor kurzem geschehen war, beugte sie sich vor und drückte ihren Stummel aus! Eine Kleinigkeit vielleicht, aber sie brachte ihn mächtig gegen sie auf. Er sagte mit scharfer Stimme:

»Sie wünschten ihm den Tod, und dieser Wunsch ging binnen einer Stunde in Erfüllung. Man hat Sie beschuldigt, ihn umgebracht zu haben.«

Sie lachte tatsächlich!

»Diesen Floh muss Miss Eccles Ihnen ins Ohr gesetzt haben. Mein guter Mann, diese Dame war bis über beide Ohren in Roger verliebt – ist es immer gewesen, obwohl ich nicht begreifen kann, warum. Und sie erstickte fast an ihrer Eifersucht, wenn sie mich sah. Logisch, dass es mein Fehler sein musste, wenn ihm etwas zustieß. So etwas wird sogar ein Polizist begreifen.«

Er sagte barsch:

»Sie bewahren Zyankali im Geräteschuppen Ihres Gartens auf, nicht wahr?«

»Zya – was?«

»Zyankali. Ich denke, Sie haben schon mal davon gehört.«

»Nein. Was ist das für ein Zeug?«

»Ich habe zwar noch keinen Bericht vom Arzt bekommen; aber höchstwahrscheinlich hat dieses Gift Colonel Reptons Tod verursacht.«

Sie starrte ihn an.

»Und was hat dieses Zeug im Geräteschuppen verloren?«

»Man vernichtet damit Wespennester.«

Sie erschauerte auf eine sehr natürliche Weise.

»Oh, ich kann keine Wespe im Zimmer haben! Diese vielen Insekten – die verleiden mir das Landleben am meisten. Aber wenn dieses Zyandingsda für Wespen verwendet wurde, wie kam es dann ins Haus, wenn nicht – oh, Sie meinen, Roger hat das Zeug absichtlich genommen?«

Randall sagte mit todernster Stimme:
»Nein, Mrs. Repton, das meinte ich nicht.«

KAPITEL 27

Ungefähr eine halbe Stunde später hielt March mit seinem Wagen auf der anderen Seite des Dorfangers, öffnete den Riegel eines Gartentors und suchte sich mit Hilfe einer Taschenlampe einen Weg zum Seiteneingang von Gales Cottage. Sein Klopfen fand eine sehr späte und wie widerstrebend klingende Resonanz. Die Tür hatte weder Klopfer noch Glocke. Er war gezwungen, seine Taschenlampe auszuschalten und sie als Hammer zu benutzen, und er fing schon an, sich zu fragen, ob Mr. James Barton ausgegangen sein könnte. Da aber vernahm er ein langsames Schlurfen, und die Tür wurde zwei Zoll weit geöffnet, denn mehr ließ die Sperrkette, die er rasseln hörte, nicht zu. Eine tiefe, asthmatische Stimme fragte: »Wer ist da?«

»Mein Name ist March. Ich bin der Polizeichef dieser Grafschaft, und ich möchte gern ein Wörtchen mit Ihnen reden.«

»Warum?«, kam die tiefe Stimme von innen.

»Weil Sie einer von den letzten Menschen sind, die Colonel Repton lebend gesehen haben.«

Es folgte ein Rasseln, das teils von der Kette, teil von dem Manne kam, der sie aus dem Schieber löste. Dann war das Knarren der Tür zu hören, die sich in den Angeln drehte. Kein Licht brannte in dem schmalen Korridor dahinter. Doch rechter Hand war noch eine Tür, die halb offen stand und so viel Licht hindurchließ, dass March die Umrisse eines großen Mannes ausmachen konnte, der sich einen knappen Meter hinter der Schwelle aufgebaut hatte.

»Was sagten Sie da vom Colonel?«

»Ich glaube. Sie waren einer von den Letzten, die ihn gesehen haben.«

»Gesehen haben?«, wiederholte der Mann im Flüsterton.

March sagte:

»Mr. Barton, wenn Sie ein Freund von Colonel Repton gewesen sind, fürchte ich, dass Sie ein Schock erwartet. Denn Colonel Repton ist tot.«

James Barton sagte: »Oh, mein Gott!« Und dann: »Aber das kann doch gar nicht sein – ich sprach doch eben erst mit ihm – oh, kommen Sie!«

Der Raum hinter der halb offenen Tür war die Küche. Es war warm und behaglich dort. Eine Öllampe brannte auf der Anrichte, ein helles Feuer im Herd, und dicke rote Vorhänge waren vor das Fenster gezogen. Da stand ein mit einem karmesinroten Tuch bedeckter Tisch, ein alter Lehnstuhl aus Leder, und auf einem Stück Teppich vor dem Herd lagen sieben getigerte Katzen.

Im Licht der Herdflammen zeigte sich Mr. Barton eher dürr und gebeugt, mit fast schlohweißen Haaren und einem etwas mageren Bart. Doch selbst die buschigen Brauen und die Barthaare vermochten die schreckliche Narbe nicht zu verdecken, die ihm quer über das Gesicht lief. Ehe March das alles in sich aufnehmen konnte, sagte Mr. Barton:

»Colonel Repton – wie konnte das passieren? Ich war bei ihm – da fehlte ihm nichts!«

»Nun, deswegen komme ich ja zu Ihnen. Ihm fehlte nichts, und nun ist er tot. Ich glaube, dass er ermordet wurde.«

»Ermordet ...«

Am Tisch standen zwei einfache hölzerne Stühle. Barton ließ sich auf einen der beiden fallen, beugte sich über den Tisch, verschränkte die Arme und ließ den Kopf darauf sinken. Sein asthmatisches Atmen wurde ein Schluchzen. Es dauerte ein paar Minuten, ehe er sich wieder aufrichtete.

»Wir waren enge Freunde. Auf so etwas war ich nicht vorbereitet. Wollen sie mir sagen, wie er den Tod fand?«

»Er wurde vergiftet – mit Zyankali, wie wir vermuten.«

»Ist das das Zeug, das man gegen Wespen verwendet?«

»Ja.«

»Wer bringt so etwas fertig?«

March hatte inzwischen den zweiten Stuhl belegt. Er sagte: »Ich hoffe, Sie können uns helfen, denjenigen zu finden, der das fertig brachte.«

Barton hob eine Hand und ließ sie wieder fallen.

»Sagt das die Polizei nicht immer, wenn sie mit dem armen Kerl redet, dem sie was anhängen will?«

»Wenn Sie damit meinen, ob wir einen besonderen Grund haben, Sie im Augenblick für den mutmaßlichen Mörder zu halten, ist die Antwort nein. Da Sie jedoch einer der Letzten waren, die ihn lebend gesehen haben – übrigens, um wie viel Uhr sind sie von ihm weggegangen?«

»Das muss gegen vier gewesen sein oder ein bisschen später. Ich trage keine Uhr.«

»Haben Sie etwas dagegen, mir mitzuteilen, warum Sie zu ihm gingen und was Sie bei ihm wollten?«

»Ich ging zu ihm, um meine Pacht zu bezahlen.«

»Ach ja. Und was bezahlen Sie als Pacht für dieses Haus?«

Barton saß, auf einen Ellenbogen gestützt, am Tisch und starrte auf das karmesinrote Tuch. Er ruckte mit dem Kopf in die Höhe und sagte rau:

»Was geht das die Polizei an?«

»Haben Sie Gründe, die Antwort darauf zu verweigern?«

»Oh, nein – ich wundere mich nur, warum Sie sich nach der Pacht erkundigen. Das ist alles. Wenn Sie das wirklich wissen müssen – ich zahle, was man eine Pfefferkornrente nennt.«

»Sie meinen, Sie bezahlten ihm gar nichts?«

»Nein, das meinte ich nicht. Ich meine, ich bezahle ihm ein Pfefferkorn – eines jeden Monat –, und dann sitzen wir eine Weile beisammen und reden. Er war ungefähr der Einzige, mit dem ich überhaupt redete, und ich vermute, Sie versuchen jetzt, mir daraus einen Strick zu drehen.«

»Wollen Sie mir sagen, worüber Sie heute Nachmittag mit ihm redeten?«

Barton senkte den Kopf und starrte wieder auf das Tischtuch.

»Meistens bin ich erst zu ihm gegangen, wenn es dunkel war. Aber heute nicht.«

»Warum heute nicht?«

»Ich weiß es nicht. Ich hatte eben Lust dazu, das ist alles. Mir ging so allerlei durch den Kopf. Und manchmal geht es einem wie ein Mühlrad im Kopf herum, bis man es nicht mehr aushält. Und da kam mir der Gedanke, hinüberzugehen und den Colonel zu besuchen.«

In Marchs ausgezeichnetem Gedächtnis leuchtete ein Datum auf. Er hätte es nicht vor Gericht beschwören können, war sich aber seiner Sache so sicher, dass ihn das nicht störte. Heute war der dreizehnte Oktober, und am dreizehnten Oktober vor rund dreißig Jahren …

Er sagte: »Schön! Sie besuchten also den Colonel. Und worüber redeten Sie mit ihm?«

»Über ihn.« Barton starrte auf das Tischtuch. »Ich ging außen herum und klopfte an das Bibliotheksfenster. Das Haus war voller Weiber – sie besuchten alle Miss Repton, die eine Nähparty veranstaltete. Miss Wayne, die nebenan wohnt, war auch dort, auch die Person, die zur Zeit bei ihr Pensionsgast ist. Ich hatte ganz vergessen, dass Miss Repton heute ihre Nähparty gab, aber davongraulen lassen wollte ich mich auch nicht. Ich wusste, dass der Colonel damit sowieso nichts am Hut hatte. Also ging ich bis zum anderen Ende des Angers, kletterte dort über die Mauer und klopfte ans Bibliotheksfenster. Das habe ich schon öfter so gemacht.«

»Und dann fragte der Colonel, ob Sie gekommen wären, um Ihre Pfefferkornpacht zu bezahlen, und bot Ihnen etwas zu trinken an.«

Mr. Barton musterte ihn finster von der Seite.

»Wenn Sie schon alles wissen, warum fragen Sie mich dann?«

March hatte das Gefühl, dass er zu plump vorgegangen war. Er beeilte sich, Abbitte zu leisten:

»Mr. Barton, ich wollte Sie weder kränken noch Ihre Antworten vorausnehmen. Aber es liegt doch nahe, dass der Colonel Sie mit so einer Frage begrüßte und Ihnen etwas zu trinken anbot. Und was er Ihnen zu trinken anbot, interessiert mich ganz besonders, weil sich nämlich das Zyankali – wir sind ziemlich sicher, dass es Zyankali gewesen ist – in einer kleinen Karaffe voll Whisky befand, die auf seinem Schreibtisch stand. Und ich möchte von Ihnen gern wissen, ob Sie diese Karaffe gesehen haben.«

Mr. Barton starrte ihn jetzt an.

»Oh, ja, ich sah sie. Daraus bot er mir nämlich zu trinken an. Das war so ein Scherz zwischen uns. Er wusste ganz genau, ich würde ablehnen. Alkohol ist ein Ding des Teufels. Ich rühre das Zeug nicht an. Das wusste er sehr wohl. Trotzdem sagte er jedes Mal, wenn ich zu ihm kam: ›Da, bedien dich!‹ Und ich gab ihm jedes Mal zur Antwort: ›Nein, danke.‹ Er hatte seinen Spaß daran.«

»Nachdem dieser Spaß erledigt war, redeten Sie beide über ihn, sagten Sie vorhin.«

»Ja – über ihn und über Frauen. Er weiß, was ich von ihnen halte. Er redete über seine Frau.«

»Was redete er über sie?«

»Er sagte, sie habe ihm Schande gemacht, und er wollte sich von ihr scheiden lassen. Ich habe in meinem ganzen Leben nicht ein Wort mit ihr gewechselt – ich habe zu Frauen keinen Draht –; aber ich hätte ihm gleich sagen können, dass sie ihm Schande machen würde. Sie war eine von dieser Sorte. Ich hätte es ihm gleich sagen können, aber das hätte keinen Zweck gehabt. Das sind eben Erfahrungen, die jeder selbst machen muss. Katzen und Hunde, die folgen ihrer Natur, und man weiß ganz genau, wie die beschaffen ist. Und Frauen machen es ebenso, nur nicht so ehrlich und offen wie Tiere, sondern versteckt. Sie lügen und kriechen und treiben es hinter den Ecken, während sie so tun, als wären sie Engel – Engel des Lichts, und nicht gefallene Dirnen und Schlampen, die sie in Wahrheit sind.«

March lenkte auf das eigentliche Thema zurück:

»Sind Sie sicher, dass Colonel Repton davon sprach, sich von seiner Frau scheiden zu lassen?«

»Natürlich bin ich mir sicher. Warum sollte ich Ihnen was vorlügen? Er sagte, er wäre fertig mit ihr, und sobald Connie Brooke unter der Erde sei, müsse sie aus dem Haus. Er sagte, seine Schwester habe er schon davon unterrichtet, und sobald das Begräbnis vorbei wäre, würde er es allen sagen.«

»Das war aber ein sehr vertrauliches Gespräch, das er mit Ihnen führte.«

Die Hand, die auf Bartons Knie ruhte, verkrampfte sich. Er sagte mit tiefer, heiserer Stimme:

»Manchmal fühlt sich ein Mann leichter, wenn er sich was von der Seele redet. Ich weiß das aus eigener Erfahrung.«

March wartete einen Moment, ehe er den Faden weiterspann. Er sagte:

»Schön. Er vertraute sich Ihnen an. Sagte er etwas – irgendetwas –, das darauf hindeutete, dass er sich mit Selbstmordgedanken trug?«

Er bekam einen raschen, ärgerlichen Blick als Antwort.

»Nein, nicht ein Wort davon.«

»Denn das wäre ja eine mögliche Alternative zu Mord. Ein Mann, der entdeckt oder glaubt, entdeckt zu haben, dass seine Frau ihm untreu ist, könnte sich deswegen umbringen.«

Mr. Barton hieb mit der Faust auf den Tisch.

»Nicht, wenn dieser Mann Colonel Repton heißt. Ganz ausgeschlossen! Und ich könnte auf die Bibel schwören, dass er an so was nie gedacht hat. Er sprach davon, dass er sie loswerden wollte – und dass es nicht so schwer sei, so einen Fall rasch vor Gericht durchzupauken. Also, wenn er solche Pläne hatte, dann dachte er doch niemals daran, sich umzubringen, oder?«

»In diesem Moment nicht.«

»Wann ist es passiert?«

»Um halb fünf wurde er noch lebend gesehen. Kurz nach fünf fand man ihn tot an seinem Schreibtisch.«

»Das bedeutet, das Zeug war bereits in der Karaffe, als ich ihn besuchte. Er würde mir nie einen Schluck daraus angeboten haben, wenn er gewusst hätte, dass Gift in der Karaffe war.«

»Er hätte es tun können, weil er genau wusste, Sie trinken nichts davon.«

Wieder fiel die Faust krachend auf den Tisch.

»In meinem ganzen Leben nicht! Das würde ein Mann niemals tun – niemals bei einem Freund! Zyankali? Das ist ein Gift, das einen in wenigen Sekunden umbringt. So etwas bringt ein Mann nie fertig. Da steckt was in ihm, das verhindert, dass er so was einem Freund anbietet.«

»Er wusste doch, Sie würden nicht davon trinken. Das haben Sie eben selbst gesagt.«

Barton schüttelte den Kopf.

»So was hätte er nie getan. Schon vor so einem Gedanken hätte ihm gegraust. Und er dachte niemals an Selbstmord – darauf leiste ich jeden Eid!«

KAPITEL 28

Miss Silver kam nur auf einen Sprung herüber, um ein paar Sachen zu packen, die sie zum Übernachten brauchte. Miss Wayne zeigte sich etwas verwundert:

»Sie schlafen im Herrenhaus?«

»Es ist der Wunsch von Miss Repton. Es war ein großer Schock für sie.«

»Oh, ja – das war er für uns alle. Aber eine Fremde – man möchte meinen, dafür käme doch eher Lady Mallett in Frage oder wenigstens eine mit der Familie befreundete Person ...«

»Lady Mallett ist viel zu sehr mit sich selbst beschäftigt. Manchmal ist eine Fremde, die gefühlsmäßig nicht so sehr engagiert ist, eher geeignet, Trost zu spenden.«

Miss Renie schniefte und führte das Taschentuch an Augen und Nase.

»Ich hätte gedacht, Miss Eccles würde bei ihr übernachten.«

Miss Silver hüstelte.

»Ich fürchte, für sie war der Schock am größten, da es ihr vorbehalten blieb, den Toten zu entdecken.«

»Ich bot ihr an, auf sie zu warten und sie nach Hause zu begleiten«, sagte Miss Renie. »Die Polizei wollte sie vernehmen, und sie stellte sich bereitwillig zur Verfügung. Ich war zwar selbst noch ganz benommen, wollte aber trotz meines Schocks auf sie warten. Doch sie sagte nur: ›Um Gottes willen, lass mich allein!‹ Wahrhaftig, sie hätte es auch in einem anderen Ton sagen können. Natürlich konnte ich sie nicht dazu zwingen, meine Hilfe anzunehmen, nicht wahr?«

Während Miss Silver ihre Reisetasche mit den Dingen füllte, die sie brauchen würde, kam Joyce Rodney herein und setzte sich aufs Bett.

»Oh, Miss Silver, ich bin so froh, dass ich David wegbrachte!«

»Ich glaube, das war ein weiser Entschluss. Ich bin sicher, er ist bei Ihrer Freundin in Ledlington gut aufgehoben.«

»Oh, ja, das ist er. Und wie froh bin ich, dass ich hierblieb und nicht ins Herrenhaus ging. Es muss schrecklich gewesen sein.« Sie hielt kurz inne und fuhr dann fort: »Penny Marsh besuchte mich heute Vormittag. Sie wollte wissen, ob ich an Connies Stelle treten und ihr im Kindergarten helfen könne.«

»Ja, Mrs. Rodney?«

»Warum nennen Sie mich nicht einfach Joyce, wie es jeder hier tut?«

Miss Silver antwortete freundlich, aber bestimmt:

»Ich halte das immer noch nicht für ratsam.«

»Schade! Als Penny mir diesen Vorschlag machte, hätte ich auf der Stelle zugesagt. Ich könnte Tante Renie dann auch finanziell unterstützen, obwohl ich ihr im Haushalt nicht mehr so zur Verfügung stünde wie bisher. Aber solange diese schrecklichen Dinge im Dorf geschehen ...« Sie stockte und sah Miss Silver fest an. »Colonel Repton – Sie sind selbst dabei gewesen, als man den Toten fand. War es Selbstmord? Tante Renie sagte so was. Aber stimmt es auch?«

Miss Silver legte ihren Frisiermantel zusammen.

»Weder Miss Wayne noch ich können das mit Bestimmtheit sagen.«

»Aber Scilla soll sich mit ihm doch furchtbar gestritten haben! Darüber redet das ganze Dorf. Dass er nur noch Connies Beerdigung abwarten wollte, eher er sie aus dem Haus schicken und die Scheidung einreichen würde.«

Miss Silver lächelte mild. »Das alles verträgt sich wohl kaum mit Selbstmord.«

»Nein, nicht wahr? Ich konnte, offen gestanden, auch nicht glauben, dass ein Mann sich umbringt, weil Scilla ihn verlässt. Natürlich ist sie hübsch, aber sie tat nicht das Geringste, um Colonel Reptons Ansprüche an eine Partnerschaft zu erfüllen. Sie führte ihm ja nicht einmal den Haushalt. Und ihre Launen!«

Miss Silver packte einen Schwamm, eine Nagelbürste und eine Tube Zahnpasta in den blauen Waschbeutel, den sie von einer angeheirateten Nichte vergangenes Jahr zu Weihnachten bekommen hatte.

»Männer betrachten diese Dinge nicht immer mit unseren Augen, Mrs. Rodney. Mrs. Repton ist eine Erscheinung, die Männer praktische Gesichtspunkte hintanstellen lässt.«

Joyce lachte.

»Wie Recht Sie doch haben! Und vielleicht tue ich ihr auch in manchen Dingen unrecht; denn für das Milieu, aus dem sie entstammt, ist sie sicherlich ganz in Ordnung, und sie hat sich ja hier in dem Dorf auch grässlich gelangweilt. Nur kann ich Leute nicht ausstehen, die sich für einen Job bewerben und nicht einen Finger krumm machen, um sich darin zu bewähren. Moment – ich helfe Ihnen mit der Tasche und trage sie Ihnen zum Herrenhaus hinüber.«

Während sie unter dem sternenklaren Nachthimmel über den Dorfanger gingen, sagte Joyce:

»Sie haben mir vorhin nicht verraten, Miss Silver, ob Sie den Tod von Colonel Repton für Selbstmord halten. Sie sagten nur, wer sich scheiden lassen will, denkt wohl nicht daran, sich selbst umzubringen.«

Auch diesmal mochte Miss Silver sich nicht festlegen. Sie stellte nur allgemeine Betrachtungen über Ursachen an, die zum Selbstmord führen könnten, wozu auch Kurzschlussreaktionen gehörten. Jedenfalls gäbe es bisher noch keine schlüssigen Beweise, wie Colonel Repton zu Tode gekommen sei.

Zu ungefähr dieser Zeit sagte Valentine zu Jason Leigh: »Er brachte sich nicht selbst um. Oh, Jason, das tat er nicht – hätte es niemals getan!« Er hatte sie umarmt, und sie fühlte sich in seinen Armen sicher. Doch außerhalb dieses Bannkreises war eine Welt, die bis in ihre Grundfesten erschüttert schien. Sie hatte ihren Vater nie gekannt, und an ihre Mutter hatte sie nur noch verschwommene Erinnerungen. Sie hatte immer auf dem Sofa gelegen, und eines Tages lag sie nicht mehr dort, und Tante Maggie sagte zu ihr, sie sei in den Himmel gerufen worden. Aber Roger war immer da gewesen, Bestandteil einer fest gefügten Ordnung. Er war nie aufregend, doch immer zuverlässig gewesen, der Mittelpunkt, um den im Haus sich alles drehte. Sie hatte nie darüber nachgedacht, ob sie ihn liebte oder nicht. Nun, wo er tot war, hatte sie das Gefühl, als habe das Haus eine Stützmauer verloren und als bliesen die Winde des Elends und Jammers durch alle Räume. Sie schmiegte sich an Jason und hörte die Winde heulen; doch sie konnten ihr nichts anhaben, solange er sie festhielt. Er sagte:

»Ich hatte auch den Eindruck, dass er nicht der Mann dafür ist.«

»Ich bin überzeugt, er brachte sich nicht um. Wir haben einmal über Selbstmord gesprochen, und er sagte, das wäre keine Lösung, sondern eine Flucht. Wer feige davonrennt, bringt sich und andere nur in eine noch schlimmere Lage.«

»Das solltest du dem Chefkonstabler erzählen.«

»Habe ich bereits! Er sagte nichts dazu. Aber was mich verfolgt wie ein Alptraum ist der Gedanke, das nur eine Person in Frage käme, wenn er es nicht getan hat.«

»Scilla? Das solltest du lieber nicht laut sagen, Darling.«

»Wie käme ich dazu! Ich sträube mich doch selbst gegen diesen Gedanken, dass sie es gewesen sein könnte; aber er lässt mich einfach nicht los.«

»Hätte sie denn ein Motiv?«

»Er wollte sich von ihr scheiden lassen. Er sagte es Maggie. Deswegen lief sie ja heute Nachmittag während der Party wie ein Gespenst durch die Räume. Scilla hatte ein Verhältnis mit Gilbert, und er war ihr auf die Schliche gekommen.«

»Hast du deshalb mit ihm gebrochen?« Seine Worte klangen hart.

»Nein – nein, das war nicht der Grund. Du brauchst mich nicht so anzusehen; denn das ist die Wahrheit. Ich hatte keine Ahnung von dieser Affäre, bis – bis zu der Nacht, als ich von dem Rendezvous mit dir bei der Pagode zurückkam. Die beiden waren in Scillas Salon. Ich kam durch die Terrassentür, und die Salontür stand eine Kleinigkeit offen. Ich hörte – etwas – wollte nicht lauschen, hielt mir aber auch nicht die Ohren zu. Er sagte ihr, dass es aus sei zwischen ihnen. Und er sagte, er habe mich – sehr gern.«

»Das war doch nett von ihm.«

»Es war scheußlich«, sagte Valentine mit jäher Heftigkeit. »Ich stahl mich von der Tür, als ich das hörte. Am Morgen erhielt ich dann so einen anonymen Brief. Darin stand, dass Gilbert und Scilla es miteinander trieben. Aber glaube ja nicht, dass ich erst in diesem Moment den Entschluss fasste, mit Gilbert zu brechen. Der stand schon fest, als ich mit dir bei der Pagode zusammen war. Du sagtest mir, dass ich Gilbert nicht heiraten könnte, und ich wusste, dass das die Wahrheit ist. Es war eine Gewissheit, die aus dem Herzen kommt, nicht aus dem Verstand. Da stand mein Entschluss fest.«

Sie küssten sich.

KAPITEL 29

Am Morgen ging es Miss Repton schon besser. Ihr Kummer war groß, doch die Wirkung des Schocks hatte nachgelassen. Sie fand sogar die Kraft, in der Bibel zu lesen, und äußerte den Wunsch, Mr. Martin zu sprechen, mit dem sie anschließend ein sehr tröstliches Gespräch führte. Er war offensichtlich kein Anhänger jener Denkschule, die glaubte, dass die Dahingeschiedenen bis zum Tag des Jüngsten Gerichts in ihren Särgen schlummern mussten – eine Ansicht, die ihre Eltern vertreten und ihr eingetrichtert hatten. Bisher war sie nie in Versuchung geraten, an dieser Ansicht zu zweifeln; aber die etwas modernere Auffassung des Reverends war für sie sehr beruhigend. Ebenso tröstlich fand sie Miss Silvers Beistand in den eher weltlichen Belangen, sich ein bisschen um den Haushalt und um Miss Valentine zu kümmern.

»Ich möchte ja nichts Schlechtes über jemand denken; doch da inzwischen alle wissen, dass mein armer Bruder sich von seiner Frau scheiden lassen wollte, muss man sich ja fragen – kommt man nicht umhin –, ob – nun, es scheint mir jedenfalls nicht verkehrt zu sein, wenn jemand auf Valentine aufpasst.«

Nach dieser rührend schlichten Erklärung von Miss Repton wurde Miss Silver in die Bibliothek hinuntergebeten, wo der Chefkonstabler sie erwartete.

Er stand am Fenster, als sie den Raum betrat. Er drehte sich um und informierte sie kurz über den Befund der Obduktion. Colonel Repton war an einer Zyankalivergiftung gestorben.

»Crisp sprach gestern Abend noch mit dem Gärtner. Dieser sagte aus, er habe im Juli in der Nähe des Hauses Wespennester mit Zyankali vernichtet. Jeder habe davon gewusst. Er hatte Roger Repton die Nester selbst gezeigt und um Anweisung gebeten, was er mit ihnen machen sollte, denn wenn die Brut im August schlüpfte, würde der Obstgarten mit Wespen überschwemmt, und sie könnten die Ernte vergessen. Zufällig sei Scilla hinzugekommen, habe sich schaudernd dazu geäußert und gefragt, ob man gegen diese Biester, die sie hasste wie die Pest, nichts unternehmen könne. Sie habe sehr interessiert zugehört, als er ihr die Anwendung von Zyankali erklärte, und war später selbst zugegen, als die Nester vernichtet wurden. Wenn ich mich an das Interview erinnere, das wir gestern mit ihr hatten, scheint mir ihre Ignoranz, was Zyankali betrifft, stark übertrieben.«

Miss Silver setzte sich auf die Ledercouch und nahm ihr Strickzeug zur Hand.

»Ich neige nicht dazu«, sagte sie, während sie einen Faden vom Knäuel abspulte, »diesem Umstand eine zu große Bedeutung beizumessen. Sie ist keine junge Frau von nennenswerter Bildung. Bücher öffnet sie kaum, und die Kenntnisse über laufende Ereignisse bezieht sie vorwiegend aus den Schlagzeilen der Boulevard-Presse und den Wochenschauen vor den Hauptfilmen. Ich halte es für wahrscheinlicher, dass ein ihr so fremdes Wort wie Zyankali so rasch wieder aus ihrem Gedächtnis verschwand, wie es sich ihm einprägte. Zweifellos interessierte sie sich mehr für die Wespen und die Möglichkeit, dass durch sie eine Plage entstehen könnte. Und als diese Gefahr durch ein Mittel gebannt war, das Zyankali hieß, konnte sie die Wespen und auch den Namen beruhigt wieder vergessen.«

March hatte am anderen Ende der Couch Platz genommen. Er sagte grimmig:

»Es sei denn, er fiel ihr wieder ein, als sie überlegte, ob sie ihren unbequemen Ehemann nicht genauso beseitigen konnte wie ein Wespennest.« Dann, mit einem halben Lachen: »Sie verkörpert alles, was Sie an einer jungen Dame nicht mögen, und trotzdem vertreten Sie ihre Sache mit bewundernswerter Fairness, nicht wahr?«

Sie lächelte.

»Selbstverständlich, mein lieber Randal.«

»Nachdem Sie Ihrer Gewissenspflicht nachgekommen sind, könnten Sie mir vielleicht verraten, was Sie wirklich denken.«

Sie strickte eine Weile schweigend vor sich hin.

»Ich nehme an«, antwortete sie, »Sie sehen genauso gut wie ich, wie sich der Fall, oberflächlich betrachtet, darstellt. Das ist die Ehefrau, äußerlich außerordentlich kultiviert, innerlich von Wertvorstellungen geprägt, die im umgekehrten Verhältnis dazu stehen. Ich kenne ihre Abstammung nicht, vermute aber, sie war schon früh sich selbst überlassen, denn Miss Maggie erzählte mir, von ihrer Verwandtschaft wurde nie gesprochen und frühere Freunde waren nie zu Gast. Sie ist Mannequin gewesen und Revuegirl, sporadisch beschäftigt, und sehr schlecht vorbereitet auf das Landleben mit einem verarmten Gutsbesitzer, der fast doppelt so alt war wie sie. Sie mag eingesehen haben, dass sie einen katastrophalen Fehler beging, besonders, als sie sich zu Mr. Gilbert Earle hingezogen fühlte. Ich bezweifle, dass sie irgendetwas für ihren Ehemann oder dessen Familie empfand.

Miss Maggie erzählte mir, Colonel Repton habe ihr, als sie heirateten, eine Apanage von zweihundert Pfund jährlich ausgesetzt. Vielleicht waren ihr zweihundert Pfund im Jahr und ihre Freiheit lieber als das Leben im Herrenhaus, mit dem sie sich weder durch Neigungen noch Interessen verbunden fühlte. Das ist zwar alles nur Spekulation, doch in allen von uns gibt es gewisse Faktoren, die eine Barriere errichten zwischen dem, was wir gerne hätten, und dem, was wir tatsächlich tun würden, um uns diesen Wunsch zu erfüllen. Eine junge Frau mag sich Freiheit und Unabhängigkeit wünschen und wäre doch nicht fähig zu einem Mord, um dieses Ziel zu erreichen.«

Er nickte und sagte:

»Was die Apanage betrifft, habe ich heute Morgen mit Reptons Anwälten gesprochen, der Sozietät Morson, Padwick und Morson in Ledlington. Ich hatte ein sehr interessantes Gespräch mit dem Chef der Firma, Mr. James Morson. Scilla Repton hätte den Anspruch auf diese Apanage verloren, wenn sie wegen ehelicher Untreue geschieden worden wäre. Ich fragte Mr. Morson, ob Mrs. Scilla von dieser Klausel Kenntnis habe, und er meinte nach einem kurzen Geplänkel mit mir, ob er damit nicht seine Schweigepflicht verletze, er habe ihr sehr ausführlich dargelegt, was die Worte *dum casta* im Ehevertrag bedeuteten. Und er sei befremdet gewesen, als sie plötzlich zu lachen anfing und mit ihrer affektierten Stimme sagte: ›Oh, wenn es mir bei Roger zu langweilig wird und ich mit einem anderen Mann durchbüchse, bekomme ich keine Bohne. Was für eine Schande!‹ Sie wusste also sehr genau, dass sie ohne einen Penny dasitzen würde, wenn er sich von ihr scheiden ließ. Und Colonel Repton hat nicht nur seine Schwester über die Absicht informiert, sich von seiner Frau scheiden zu lassen, sondern auch seinen Anwalt. Bisher sind das alles Fakten, die gegen sie sprechen. Nur dass Roger Repton gestern Vormittag nach Ledlington zu seinem Anwalt fuhr und sein Testament änderte.«

Miss Silver strickte eine neue Reihe Maschen.

»Tatsächlich?«

»Er änderte sein Testament und enterbte sie. Er bestand darauf, die Klausel zu streichen, dass sie einen Anspruch auf eine Apanage habe. Mr. Morson meinte, er hätte sich nicht davon abbringen lassen, obwohl er, Mr. Morson, ihm von überstürzten Schritten abriet. Nun – Punkt eins – könnte man argumentieren, das wäre ein Indiz für Selbstmord. Und – Punkt zwei – hat er, als er sich eine Stunde vor seinem Tod mit seiner Frau in der Bibliothek stritt, ihr mitgeteilt, dass er sie enterbt hatte? Falls ja, wäre ihr Interesse an seinem Tod erheblich geschmälert. Wenn er ihr aber nur sagte, er *wolle* sein Testament ändern, hätte dieses Interesse erheblich zugenommen.«

Miss Silver hüstelte. »Natürlich haben wir weder für den einen noch für den anderen Punkt irgendwelche Beweise. Aber angenommen, er hat sie über seine Testamentsänderung informiert: Dann muss sie das schrecklich aufgeregt haben. Der Streit zwischen den Eheleuten fand kurz nach vier Uhr nachmittags statt.

Zu dieser Zeit befand sich das Gift bereits in der zugestöpselten Karaffe. Wenn Mrs. Repton den Whisky vergiftete, muss sie das schon am frühen Nachmittag getan haben. Oder sie nützte eine Gelegenheit aus, als ihr Mann durch irgendetwas abgelenkt wurde, während sie sich in der Bibliothek zankten. Angenommen, sie hat ihren Mann vergiften wollen, welchen Nutzen hatte sie davon? Die Scheidung war noch nicht ausgesprochen, also hatte sie Anspruch auf Unterhalt. War die Absichtserklärung ihres Mannes, sein Testament zu ändern, in ihren Augen nur eine Drohung, noch keine vollendete Tatsache, stand ihr auch die Apanage zu. Wie groß ist übrigens die Erbmasse?«

March antwortete:

»Sehr gering. Da kein männlicher Erbe da ist, fällt das Herrenhaus und das Land, das er landwirtschaftlich nutzte, Valentine Grey zu. Der Besitz wäre längst verkauft worden, wenn Valentine Grey nicht von ihrem Geld zugeschossen hätte. Scilla Repton wird das vermutlich alles gewusst haben.«

Miss Silver nickte.

»Das ganze Dorf wusste es. Miss Wayne erzählte es mir, als ich noch keine vierundzwanzig Stunden in ihrem Haus war.«

»Sie glauben also, sie hat es getan?«

»Ich glaube, dass sie ein ausreichendes Motiv für die Tat hat. Man drohte ihr mit Scheidung und dem Verlust ihrer Apanage. Sie drohte auch ihren Liebhaber zu verlieren. Ich weiß nicht, bis zu welchem Grad ihre Gefühle involviert sind, doch Mr. Earle ist ein attraktiver junger Mann, der offenbar eine Karriere vor sich hat und eines Tages einen Titel erben wird. Selbst heutzutage ist ein Eheskandal noch keine Empfehlung für eine neue eheliche Bindung. Doch als Witwe von Colonel Roger Repton würde sie durchaus Chancen haben.«

»Das möchte ich meinen.«

»So weit zum Motiv. Und was die Gelegenheit betrifft, wäre es für sie natürlich leichter gewesen als für jeden anderen, das Gift unter den Whisky zu mischen. Sie hätte es am Vormittag tun können, als der Colonel in Ledlington war, oder im Verlauf des frühen Nachmittags, wenn sich der Colonel für wenige Minuten aus der Bibliothek entfernte. Natürlich trifft das auch auf alle anderen Mitglieder des Haushalts zu, von denen jedoch keiner ein Motiv hat. Auch zwei Personen, die nicht zum Haushalt gehören, hatten Gelegenheit, das Gift unter den Whisky zu mischen.«

Er hob die Augenbrauen.

»Zwei?«

»Mr. Barton und Miss Eccles.«

Er schüttelte den Kopf.

»Was für ein Motiv hätten die beiden denn gehabt, den Colonel zu ermorden?«

Miss Silvers Nadeln klapperten.

»Das Motiv, das bisher noch nicht zur Sprache kam. Das Motiv, das ich für die wahre Ursache seines Todes halte – das angebliche Wissen, wer die anonymen Briefe verfasste. Er starb, nachdem Florries Geschichte vom Streit der beiden Eheleute die Runde im Dorf gemacht hatte und jeder wusste, der Colonel habe zu seiner Frau gesagt, er kenne den anonymen Briefschreiber. Connie Brooke starb, als ein ähnliches Gerücht im Dorf verbreitet worden war. Mir fällt es schwer, die beiden Fälle voneinander zu trennen. Deshalb glaube ich nicht, dass Mrs. Repton ihren Mann vergiftet hat, wenn sie nicht zugleich die Verfasserin der anonymen Briefe ist.«

»Florrie sagte aus, ihr Mann habe sie in diesem Sinn beschuldigt.«

»Nicht ganz in diesem Sinn, Randal. Der Colonel sagte lediglich, vielleicht könne auch sie die Verfasserin dieser Briefe sein, weil das eine Möglichkeit wäre, die Ehe von Miss Valentine zu verhindern und sich aus ihrer eigenen Ehe herauszumogeln. Es war eher eine Stichelei, ein wütender Ausfall, nicht eine ernst gemeinte Beschuldigung. Und in dem Gespräch mit seiner Schwester hat der Colonel am Tage seines Todes diese Beschuldigung nicht wiederholt.«

»Schön. Nehmen wir einmal an, Mrs. Repton hat die anonymen Briefe nicht geschrieben und scheidet aus diesem Grund als Täterin aus. Wer kommt dann in Frage?«

»Wir sprachen eben von zwei Personen, die nicht zum Kreis der Familie gehören, jedoch die Gelegenheit zur Tat hatten. Mr. Barton und Miss Eccles. Sie sind auch im Zusammenhang mit Connie Brooks Tod in den Kreis der Tatverdächtigen aufgenommen worden, womit ich nicht sagen möchte, dass ich einen der beiden für schuldig halte.«

»Barton?«, wiederholte March in erstauntem Ton. »Der hat zwar den Colonel noch kurz vor dessen Tod gesehen, war jedoch eng mit ihm befreundet und sehr erschüttert, als er vom Tod des Colonels erfuhr. Er hat kein Motiv.«

»Falls er als anonymer Briefschreiber nicht in Frage kommt. Und ich sah ihn aus der Richtung von Connie Brookes Haus kommen, nachdem Connie in der Nacht von Mittwoch auf Donnerstag von der Party im Herrenhaus heimgekehrt war. Am nächsten Morgen fand man sie tot auf ihrem Bett.«

Randal lächelte.

»Ein Zusammenhang; aber kein Beweis.«

Sie ließ die Nadeln klappern.

»Sicherlich. Anders war es auch nicht gemeint. Trotzdem habe ich das Gefühl, Sie haben mir einiges verschwiegen, was Mr. Barton betrifft.«

Er nickte.

»Ich würde es Ihnen auch jetzt verschweigen, wenn ich nicht wüsste, dass Sie niemals von dem Gebrauch machen werden, was ich Ihnen anvertraue. Barton ist gar nicht sein richtiger Name. Wie er wirklich heißt, spielt keine Rolle; denn Sie werden sich sofort an den Fall erinnern, in den er verwickelt war. Er diente sich in dem Bataillon, dessen Kommandeur Repton gewesen ist, vom gemeinen Soldaten zum Offizier hoch. Zwei Jahre später wurde er zusammen mit Repton in den Fernen Osten versetzt. Sie haben dort ein paar mörderische Einsätze mitgemacht, und aus dieser Zeit stammt auch seine Gesichtsverletzung. Dann erlitt er einen Hitzschlag und wurde aus gesundheitlichen Gründen aus dem aktiven Wehrdienst entlassen. Als er nach Hause kam, lebte seine Frau mit einem anderen Mann zusammen. Er tötete sie beide – warf den Mann aus dem Fenster und erwürgte die Frau im Ehebett. Es bestand nach Meinung der Gutachter kein Zweifel, dass er die Tat im Zustand geistiger Umnachtung beging. Deshalb musste er ein paar Jahre in einer geschlossenen Anstalt für Kriminelle in Broadmoor verbringen, ehe er wieder auf freien Fuß gesetzt wurde. Repton überließ ihm das Häuschen, das er heute bewohnt, und verlangte als Mietzins ein Pfefferkorn pro Monat. Er hat ihm auch sonst sehr geholfen und ihn immer als Freund behandelt. Barton hatte bestimmt keinen Grund, seinen einzigen Freund und Wohltäter umzubringen.«

Miss Silver sah ihn an wie einen Schüler, der seine Aufgaben noch besser hätte lösen können. Sie sagte entschieden:

»Wer einmal wegen Geisteskrankheit behandelt wurde, ist gegen Rückfälle nicht gefeit. Auch die anonymen Briefe sind die Werke eines Psychopathen. Ein Mann, der jahrelang hinter Gittern leben musste und sich von seinen Mitbürgern absondert, könnte vielleicht versuchen, sich auf eine abnorme Weise mit seinen Nachbarn in Verbindung zu setzen.«

March dachte an das Gespräch mit James Barton in dessen Häuschen und sagte mit gedämpfter Stimme:

»Ich habe noch einmal im Zeitungsarchiv den Artikel über Bartons Bluttat nachgelesen. Er beichtete mir, er habe an etwas denken müssen, das ihn sehr belastet, und deshalb das Bedürfnis gehabt, mit dem Colonel zu sprechen. Deswegen ging er am Nachmittag ins Herrenhaus, als dort die Handarbeits-Party stattfand, und nicht erst nach Einbruch der Dunkelheit, wie er das sonst zu tun pflegte.

Gestern war der dreizehnte Oktober – und ich hatte Recht mit meiner Ahnung. Es war ein dreizehnter Oktober gewesen, an dem er seine Frau und deren Liebhaber umbrachte.«

Miss Silver sagte nichts, und nach einer Weile fuhr er fort:

»Sie mögen in einem Punkt ebenfalls Recht haben. Das Grübeln über eine Tat, das ihm nur Unglück gebracht hatte, könnte zu einem neuen Wahnsinnsanfall geführt haben. Nehmen wir an, er kam hierher und tötete den Colonel. Aber woher hatte er das Zyankali? Solches Zeug liegt nicht im Haus herum. Und Geisteskranke neigen dazu, immer dieselbe Methode anzuwenden.«

Miss Silver nickte zustimmend.

»Das ist richtig, Randal. Und noch ein Punkt spricht zu Mr. Bartons Gunsten. Wenn er den Colonel vergiftet haben sollte, müsste er sich zunächst das Zyankali verschaffen. Zudem müsste er gewusst haben, dass Colonel Repton ihn als anonymen Briefschreiber kannte. Aber wie konnte dieses Gerücht zu ihm vordringen? Er ging tagsüber nie ins Dorf, besuchte kein Gasthaus, hatte mit niemandem Kontakt! Ich hatte von Anfang an nicht behauptet, dass ich Mr. Barton für den Täter hielt. Ich wies nur darauf hin, dass er nicht leichtfertig aus dem Kreis der Verdächtigen entlassen werden darf.«

»Was uns jetzt zu Miss Eccles bringt. Jeder erzählte uns bisher, sie habe den Colonel geliebt.«

»Ja, das scheint zu stimmen. Sie fiel fast in Ohnmacht, als sie seine Leiche entdeckte. Kurz darauf beschuldigte sie Mrs. Repton, sie habe ihren Mann umgebracht. Eifersucht und kränkende Zurücksetzung sind nicht selten Triebkräfte eines Verbrechens. Miss Eccles hat schon als Mädchen ihren Vetter verehrt. Insgeheim hoffte sie wohl, er würde sie heiraten, da sie nur sehr entfernt miteinander verwandt waren. Und dann kommt er plötzlich mit einer Frau nach Hause, die in keiner Beziehung zu ihm passte. Eine Mesalliance des Alters, der Bildung und des Geschmacks. Die Heirat fand vor zwei Jahren statt. Vor ungefähr einem Jahr tauchten die ersten anonymen Briefe auf. Wie wir übereinstimmend feststellten, sind stets Frustration und Enttäuschungen bei solchen Dingen die Auslöser. Miss Eccles blieb jedoch der Mittelpunkt des Dorfes. Sie spielte Orgel in der Kirche, besuchte die Kranken, war die treibende Kraft beim Frauenklub. Mir scheint, sie hatte gar keine Zeit zum Sinnieren, das dem Entschluss, derartige Briefe zu schreiben, vorausgegangen sein muss. Doch was die Gelegenheit anlangt – die hatte sie reichlich! Sie hätte den Kakao vergiften können, der zum Aufwärmen auf dem Ofen stand. Und die Handarbeits-Party im Herrenhaus gab ihr die Möglichkeit, den Colonel in seinem Arbeitszimmer aufzusuchen. Als er ihr damit drohte, sie als Verfasserin der anonymen Briefe bloßzustellen, hatte sie auch reichlich Gelegenheit, seinen

Whisky zu vergiften. Zum Beispiel, als sie sich anbot, dem Colonel Tee und Kuchen ins Arbeitszimmer zu bringen.«

»Wie würden Sie es anstellen, einen Mann zu vergiften, dem Sie Tee und Kuchen bringen?«

Miss Silver maß den Ärmel des Jäckchens nach, das sie gerade strickte.

»Ich würde zu ihm sagen, ich hätte draußen vor dem Fenster einen streunenden Hund gesehen. Das Zyankali hätte ich in einer Hand- oder Schürzentasche bei mir – in einer trinkfertigen Lösung, die ich nur noch dem Whisky oder Wein beimischen muss.«

»Unsere Gesellschaft darf sich glücklich schätzen, dass Sie Ihre Talente nicht für eine verbrecherische Laufbahn ausnützen.«

Als sie ihm einen vorwurfsvollen Blick zuwarf, setzte er hastig hinzu:

»Es könnte so gewesen sein, wie Sie es eben schilderten. Wie lange blieb Miss Eccles in der Bibliothek, als sie sich anbot, dem Colonel Tee und Kuchen zu bringen?«

»Ziemlich lange.«

»Bemerkten Sie irgendwelche Veränderungen an ihr, als sie ins Esszimmer zurückkam?«

»Oh, ja. Sie war aufgeregt. Sie schien geweint zu haben, obwohl sie sich frisch gepudert hatte, um die Spuren zu verwischen. Wenn der Colonel Miss Eccles nicht für die Verfasserin der anonymen Briefe hielt, muss er ihr in der Bibliothek mitgeteilt haben, dass er sich von seiner Frau scheiden lassen wollte.«

Randal March schüttelte den Kopf.

»Sie bauen Häuser aus Spielkarten. Imponierende Häuser, würde ich sogar sagen, die Sie aber jedes Mal sofort wieder einreißen, wenn sie fertig sind. Als einfacher Mann, der nicht so fantasiebegabt ist wie Sie, würde ich gerne Ihre einfallsreichen Theorien gegen den Schnipsel eines Beweises eintauschen. Und bisher sehe ich nur eine Person, die, unter diesem Aspekt betrachtet, als Täterin in Frage käme: Scilla Repton. Sie hatte eindeutig ein Motiv. Selbst wenn sie wusste, dass ihr Mann inzwischen sein Testament geändert hatte – und vielleicht wusste sie noch nicht, dass das bereits geschehen war –, hätte sie als seine Witwe noch Anspruch auf Unterstützung, rettete ihren guten Ruf und behielt ihre Chance, eines Tages Gilbert Earle heiraten zu können. Sie wusste von dem Zyankali im Geräteschuppen, hatte Zugang zu dem Gift und reichlich Gelegenheiten, es unter den Whisky ihres Mannes zu mischen. Zudem kam es noch kurz vor dem Tod ihres Mannes zum Streit mit ihm, und wir kennen die Worte, mit denen sie sich von ihm verabschiedete, dass sie ihn lieber tot sähe als lebendig. Mir scheint, wir haben so viele Verdachtsmomente, dass wir die Dame festnehmen könnten.«

»Zweifellos. Nur fehlt die Verbindung zu den anonymen Briefen und zu dem Fall Brooke.«

Er wollte über diesen Einwand hinweggehen; doch Miss Silver hielt ihm entgegen, dass seine Beweise gegen Mrs. Repton auch nur Vermutungen seien.

»Mein lieber Randal«, führte sie aus, »ich bin fest davon überzeugt, dass wir es hier mit einem Doppelmord zu tun haben und die Lösung der Frage, wer die anonymen Briefe geschrieben hat, von fundamentaler Bedeutung ist. Und vielleicht müssen wir die Spur der anonymen Briefe viel weiter zurückverfolgen, als wir das bisher getan haben. Bis zum ersten Opfer des Briefschreibers – Doris Pell, die sich angeblich wegen solcher Briefe selbst ertränkte. Sie wohnte doch bei einer Tante, die früher als Hausmädchen bei Mrs. Grey arbeitete. Ich vermute, die Tante, die jetzt von Schneiderarbeiten lebt, wurde von der Polizei vernommen?«

»Selbstverständlich. Crisp hat sie verhört. Die Nichte hatte mehrere dieser Briefe erhalten, doch die Tante konnte nur den letzten vorweisen. Die übliche Dreckschleuderei. Die

Vorwürfe eines lasterhaften Lebenswandels waren vollkommen aus der Luft gegriffen.«

»Und was hat Miss Pell dem Inspektor erzählt?«

»Oh, so gut wie nichts. Sie weinte die ganze Zeit und beteuerte immer wieder, was für ein gutes Mädchen ihre Nichte gewesen sei. Sie sagte, Doris habe diese Verleumdungen nicht mehr ertragen können und sich wohl deshalb selbst den Tod gegeben.«

Miss Silver strickte die letzten Maschen am Jäckchen und nahm es von den Nadeln.

»Haben Sie etwas dagegen, wenn ich mir diese Miss Pell noch einmal vornehme?«

KAPITEL 30

Miss Pell wohnte im dritten Haus hinter dem Postamt. Seit sie das Häuschen nur noch allein bewohnte, war es ihr zu groß geworden, und sie überlegte, ob sie sich einen Untermieter suchen sollte. Nur musste dieses Unternehmen gut durchdacht sein, denn ein Mann kam überhaupt nicht in Frage, während ein Mieter weiblichen Geschlechts weder so jung sein durfte, dass ihm die sittliche Reife fehlte, noch so alt, dass er bereits gebrechlich war und eines Tages zum Pflegefall werden könnte. Im Falle eines Familienangehörigen hätte sie das unter Umständen noch in Kauf genommen – aber bei einer fremden Person, nein, bei einer fremden Person würde sie sich diese Belastung nicht aufbürden. Deshalb stand Doris' Zimmer immer noch leer.

Da Randal March gegen einen Besuch bei Miss Pell keine Einwände erhoben hatte, klopfte Miss Silver gegen halb vier Uhr nachmittags an deren Haustür.

Miss Pell ließ sie in einen engen Flur eintreten, von dem rechts eine Stiege abging und links eine Tür, die halb offen stand. Alles sah sehr reinlich aus, nur hing dem Haus ein Duft an, der typisch war für ein Handwerk, in dem oft und heiß gebügelt wurde. Das Zimmer, in das Miss Pell sie führte, besaß einen Erker mit einem großen Fenster, das vermutlich nie geöffnet wurde.

Bei Licht besehen, schien Miss Pell um die Fünfzig zu sein. Ihr dünnes, angegrautes Haar war straff zurückgekämmt und im Nacken mittels Haarnadeln zu einem festen Knoten verbunden. Ihr Gesicht war hager und scharfzügig, die Haut etwas gelblich und ihre Augenlider geschwollen. Sie sagte, ehe Miss Silver Gelegenheit hatte, sich vorzustellen:

»Wenn Miss Renie Sie schickt, damit ich ihr wieder etwas nähen soll, muss ich zu meinem Bedauern ablehnen. Im Augenblick bin ich überlastet. Sie wohnen doch bei ihr, nicht wahr? Sie sind Miss Silver, habe ich Recht?«

»Ja«, erwiderte Miss Silver. Und dann fügte sie mit einem freundlichen Lächeln hinzu: »Sie haben also so viele Aufträge, dass Sie keine Aufträge mehr annehmen können.«

»Ich bin ausgebucht – weiß gar nicht, wie ich das alles schaffen soll«, sagte Miss Pell. Sie sprach auf eine merkwürdig holprige Art, als wäre sie kurzatmig, zog immer zwei Worte zusammen und machte dann eine Pause, ehe es mit Vehemenz weiterging: »Ich hinke – hinter den Terminen her, seit meine Nichte … Da Sie ja bei Miss Renie wohnen, haben Sie sicherlich schon gehört, was mit meiner Nichte passiert ist. Und nicht nur, dass ich sie sehr vermisse, muss ich jetzt auch noch die Arbeit allein erledigen, die wir vorher zu zweit gemacht haben. Gar nicht so einfach, sage ich Ihnen.«

Miss Silver musste man nicht erst erklären, was Kummer ist, wenn sie ihn sah. Die geschwollenen Augenlider deuteten auf schlaflose Nächte hin. Sie sagte mit ihrer liebenswürdigsten Stimme:

»Ich weiß, dass jeder im Dorf den größten Anteil an Ihrem Verlust nahm.«

Miss Pells Lippen zitterten.

»Ja, sie waren alle sehr freundlich zu mir«, bestätigte sie. »Aber das bringt sie mir nicht wieder. Wenn nicht diese Briefe gewesen wären ...«

Sie wusste nicht, was sie dazu brachte, von diesen Briefen zu sprechen. Man hatte sie bei der Leichenschau danach gefragt, doch seither hatte sie versucht, sie aus ihrem Bewusstsein zu verdrängen. Tückisch waren sie gewesen und in einer Sprache verfasst, die eine fromme Frau nicht in den Mund nehmen sollte. Und Doris war immer ein so gutes Mädchen gewesen. Miss Pell suchte sich einen Stuhl und setzte sich, weil ihre Beine sie plötzlich nicht mehr tragen wollten. Sie fand trotzdem die dazugehörigen Worte:

»Sie war immer so ein gutes Mädchen gewesen! Nichts von dem, was in den Briefen stand, traf auf sie zu. Sie war ein gutes christliches Mädchen.«

Miss Silver hatte sich ebenfalls auf einen Stuhl gesetzt.

»Ich bin überzeugt, dass sie das war. Wenn man diese Person, die diese Briefe schrieb, entlarven könnte, würde man einem anderen Mädchen dieses Schicksal ersparen.«

Miss Pell starrte sie an.

»Jeder, der so tückisch ist, den Leuten solche Briefe zu schreiben, ist schlau genug, sich nicht erwischen zu lassen.«

»Glauben Sie, dass Ihre Nichte ahnte, wer ihr diese Briefe schrieb?«

Miss Pells Hände schoben sich in ihrem Schoß übereinander und wurden zu einem Knoten.

»Es ist kein Wort darüber gefallen, wer sie geschrieben haben könnte.«

»Aber falls sie eine Ahnung hatte – wem hätte sie es anvertraut?«

»Sie hatte keine Geheimnisse vor mir.«

»Aber manchmal reden Mädchen mit Gleichaltrigen über ihre Probleme. Hatte Ihre Nichte eine Freundin, die ihr besonders nahe stand? Hatte sie zum Beispiel ein gutes Verhältnis zu Connie Brooke?«

Miss Pell blickte hinunter auf ihre gichtig verknoteten Hände.

»Sie haben sich schon als Kinder gut vertragen«, berichtete sie. »Miss Renie hat Ihnen sicherlich erzählt, dass ich Hausmädchen bei Miss Valentines Mutter gewesen bin. Bei Mrs. Grey – und so eine gute Lady findet man selten. Als mein Bruder starb und ich Doris ins Haus nehmen musste, durfte ich sie immer mit ins Herrenhaus bringen. Und ungefähr zu dieser Zeit ist Mrs. Brooke mit der kleinen Connie nach Tilling Green gezogen, und da die beiden Mädchen im gleichen Alter waren, haben sie oft miteinander gespielt. Miss Valentine war damals noch ein Baby.«

»Und daraus wurde eine Freundschaft?«

»Sie hingen wie Kletten aneinander! Und die letzte Arbeit, die Doris noch erledigen konnte, war ein Auftrag von Miss Connie. Sie musste ihr ein Kleid ändern. Und Miss Connie muss auch eine der letzten gewesen sein, mit der meine Nichte sprach, denn sie ging noch am Nachmittag zum Kindergarten, um Connie das geänderte Kleid zu bringen.«

Miss Silver sah sie ernst an.

»Miss Pell, Sie wissen doch, dass Connie Brooke dem Reverend gesagt haben soll, sie wüsste, wer die Briefe geschrieben hat, nicht wahr?«

»Mr. Martin hat so etwas nicht gesagt.«

»Nein, aber seine Haushälterin. Und das ganze Dorf redete davon, Connie Brooke habe bei dem Pfarrer Rat gesucht, und Mr. Martin habe zu ihr gesagt, es wäre ihre Pflicht, zur Polizei zu gehen. Denken Sie nicht auch so? Dass es ihre Pflicht gewesen wäre, bei der Polizei auszusagen?«

»Das weiß ich nicht.«

Miss Silver wartete einen Moment. Dann sagte sie:

»Connie starb am Tag darauf – so plötzlich wie Ihre Nichte. Hätte sie Mr. Martin gebeichtet, was sie wüsste, wäre sie heute wohl noch am Leben. Am Samstag redete das ganze Dorf darüber, dass Colonel Repton wisse, wer diese Briefe schrieb. Am Montag nachmittag war er ebenfalls tot. Hätte er der Polizei erzählt, was er wusste, wäre er jetzt noch am Leben. Miss Pell, ich glaube, dass Sie auch etwas wissen, und ich denke, es ist außerordentlich wichtig, dass Sie es nicht mehr für sich behalten.«

Ein wenig Farbe belebte das blasse Gesicht. Die Lider senkten sich einen Moment über die trüben Augen und hoben sich sofort wieder. Mit veränderter Stimme sagte Miss Pell:

»Es ist das dritte Zeichen …«

»Ja, Miss Pell?«

»Das erste war ein Traum.« Ihre Augen waren fest auf Miss Silver gerichtet. »Das zweite ein Bibeltext, und nun die Worte aus Ihrem Mund. Wenn mir dreimal ein Zeichen gegeben würde, sagte ich mir, wüsste ich, was ich zu tun habe.«

Mochte es auch eine seltsame Rede sein, so hatte sich ihr Verhalten entschieden gebessert. Sie saß ganz ruhig da, die Hände locker auf dem Schoß.

Miss Silver sagte: »Sie wissen etwas, und Sie meinen, Sie müssten es nun der Polizei mitteilen?«

Sie bekam darauf eine indirekte Antwort:

»Ich erzähle Ihnen, was für Zeichen es waren. Sie würden mich nicht verstehen, wenn Sie das nicht wüssten. Denn als Doris damals von ihrem Rundgang heimkam, versprach ich ihr, dass ich niemandem weitererzählen werde, was sie mir anvertraute. Und ein Versprechen, das man einem Toten gegeben hat, darf man niemals brechen, wenn er einem nicht ein Zeichen gibt. Und ich bekam nicht nur eins, sondern gleich drei. ›Du wirst es niemandem sagen, Tante Emily, nicht wahr?‹, sagte sie damals zu mir. ›Natürlich sage ich es keinem‹, gab ich ihr zur Antwort. Und niemals wäre ein Wort über meine Lippen gekommen, wenn nicht diese Zeichen gewesen wären.«

»Was waren das für Zeichen, Miss Pell?«

»Das erste war ein Traum, den ich gestern Nacht hatte. Er war so deutlich, als wäre ich wach gewesen. Ich saß hier im Zimmer und nähte etwas Schwarzes. Ich weinte, und ich dachte, ich werde den Stoff verderben, wenn ich nicht aufpasse. Und da ging die Tür plötzlich auf, und Doris und Connie kamen herein. Sie hielten sich an den Händen, wie sie das getan hatten, wenn sie als Kinder zusammen spielten. Und sie hatten einen großen Blumenstrauß mitgebracht – Lilien, Rosen und noch andere Blüten. Und es ging ein Licht von ihnen aus wie von einem Strahlenkranz. Doris ging rechts und Connie zu ihrer Linken. Und sie kamen zu mir, und Doris sagte, ich sollte nicht mehr weinen, denn dazu hätte ich keinen Grund. Und wegen meines Versprechens sollte ich mir keine Sorgen mehr machen. Das habe nun keine Geltung mehr. Und in diesem Moment wachte ich auf, weil der Wecker klingelte.«

Miss Silver sagte sehr freundlich:

»Das war ein sehr tröstlicher Traum.«

Miss Pells Augen füllten sich mit Tränen.

»Das hätte er auch sein können, bis ich vom Ende des Colonels erfuhr. Ich zermarterte mir den Kopf, wie ich den Traum verstehen sollte. Ob er eine Aufforderung war, mein Versprechen zu brechen und zur Polizei zu gehen, oder nur ein Trost, weil ich mir so oft Vorwürfe machte, dass ich der Polizei damals nicht die Wahrheit gesagt habe: Ich habe sie nicht belogen – nein, das hätte ich nie fertig gebracht –; aber als sie fragten, ob das alles wäre, drückte ich mein Taschentuch gegen den Mund und fing an zu heulen.«

»Ich verstehe.«

»Also bat ich noch um ein Zeichen, das mir zu verstehen gab, wie ich das erste Zeichen auszulegen habe. Und deshalb nahm ich die Bibel zur Hand, drückte die Augen zu, schlug eine Seite auf und fuhr mit dem Finger darüber. Dann schlug ich die Augen wieder auf und sah nach, wo ich nach der Fügung des Zufalls den Finger angehalten hatte. Es war der sechzehnte Vers im achten Kapitel des Buches Sacharja, und der lautet: ›Das ist es aber, was ihr tun sollt: Rede einer mit dem andern Wahrheit, und richtet recht, und schaffet Frieden in euren Toren. ‹ Und ich sagte mir, wenn das kein Zeichen ist, weiß ich nicht mehr, was ein Zeichen ist. Doch dann kamen mir wieder Zweifel, ob ich keine Sünde beginge, weil ich noch nie ein Versprechen gebrochen habe. Und ich dachte: Wenn der Herr zu mir sprechen möchte, kann er mir ebenso gut ein drittes Zeichen geben. Und wenn ich ein drittes Zeichen erhielte, wüsste ich, es käme von Gott und er sagte mir, was ich zu tun hätte. Und dann kamen Sie, eine Fremde, zu meinem Haus und klopften an die Tür. Und die Worte aus Ihrem Mund waren das Zeichen; denn Sie sagten, ich wüsste etwas und dürfe es nun nicht mehr für mich behalten.«

Miss Silver wiederholte ihre Worte:

»Ich glaube, das dürfen Sie nun auch nicht mehr.«

Miss Pell zog ein altmodisches, aber sauber gebügeltes Leinentaschentuch hervor und führte es an die Augen.

»Es war an dem Tag, ehe Doris sich ertränkte. Sie stellte am Nachmittag die Sachen zu, die wir für Kunden genäht hatten – eine malvenfarbene Seidenbluse für Miss Maggie im Herrenhaus und ein Kleid aus blauer Wolle für Miss Wayne, das sie, wie sie behauptete, unter den Achseln zwickte, sodass Doris den Saum an den Ärmeln herauslassen musste. Miss Wayne brauchte das Kleid, weil ihre Trauerzeit zu Ende ging. Doris hatte mächtig zu tun, um das alles zu schaffen – erst die Bluse ins Herrenhaus bringen, dann das Kleid zu Miss Wayne und anschließend noch zu Miss Eccles, weil die den Besatz an ihren Nachthemden ändern wollte. Ihren Rundgang schloss Doris im Kindergarten ab, denn das Kleid, das Doris für Miss Connie geändert hatte, hob sie bis zum Schluss auf, weil die Kinder erst um vier nach Hause entlassen werden. Und sie war ziemlich aufgeregt, als sie das Kleid für Miss Connie einpackte, und nicht weniger verstört, als sie wiederkam. Zunächst wollte sie mir gar nichts sagen, außer dass Miss Maggies Bluse am Hals noch geändert werden müsse und sie versprochen habe, noch am Abend das fertige Stück ins Herrenhaus zu bringen. Und ich sagte: ›Du wirst dich doch wegen so einer Kleinigkeit nicht so aufregen?‹ Und sie sagte: ›Nein, Tante Emily, es ist nicht wegen der Bluse‹ und fing an zu weinen. Und dann sagte sie mir, was sie so verstörte, und nahm mir das feierliche Versprechen ab, es keinem weiterzuerzählen.«

»Was hat sie Ihnen denn gebeichtet?«

»Sie sagte, sie wäre nun daraufgekommen, wer diese bösen Briefe schrieb. Das wäre folgendermaßen passiert: Sie habe an diesem Tag vier Häuser besuchen müssen – das Herrenhaus mit Maggies Bluse; Willow Cottage mit Miss Waynes blauem Wollkleid; Holly Cottage, um mit Miss Eccles den neuen Besatz ihrer Nachthemden zu besprechen; und schließlich Croft Cottage, um Miss Connie das geänderte Kleid zuzustellen. Sie sei nur in diesen vier Häusern gewesen, sagte sie, und in einem davon – sie sagte mir nicht in welchem – in einem davon hob sie ein Schnipselchen Papier vom Boden auf. Sie wissen ja, wie das so geht: Man muss warten, schaut sich um, sieht etwas auf dem Boden liegen und hebt es auf. Eben das hat Doris an diesem Tag getan, und als sie sich wieder aufrichtet und nachsieht, was sie da in der Hand hält, ist es eine Ecke von dem Brief, den sie selbst bekommen hatte! Die untere linke Ecke mit den drei Anfangsbuchstaben ›Til‹ von Tilling. Und eben diese drei Buchstaben fehlten an dem Brief, den sie bekam und in dem behauptet wurde, jedermann in Tilling Green wisse, dass sie es heimlich mit den Männern in den Häusern triebe, wo sie ihre Nähsachen zustellte. Und dann zeigte sie mir das abgerissene Stück Papier und musste sich rasch hinsetzen, weil ihr ganz schlecht dabei wurde.«

Miss Silver fragte: »In welchem Haus hob sie den Schnipsel auf?«

Miss Pell holte seufzend Luft.

»Das hat sie mir nicht verraten. Ich sagte ihr, das müsse sie tun, und sie sagte, lieber nicht, und vielleicht wäre es besser, wenn sie diese Person zur Rede stellte und ihr das feierliche Versprechen abnähme, so etwas nie wieder zu tun. Und ich fragte sie, ob sie das auch Connie erzahlt habe, und sie antwortete: ›Sie weiß genauso viel wie du, und sie hat mir auch in die Hand versprochen, es nicht weiterzuerzählen.‹«

Miss Silver sagte bedächtig: »Aber Connie hat behauptet, sie wisse, wer die anonymen Briefe geschrieben hat.«

»Darauf mag sie erst gekommen sein, als sie über das, was Doris ihr anvertraut hatte, nachdachte. Denn sie besuchte mich am darauf folgenden Montag – also zwei Tage vor ihrem Tod – und fragte mich, ob Doris mir von dem Papierschnipsel erzählt habe. Und ich sagte, wenn Doris mir etwas erzählt hat, werde sie kein Wort davon erfahren, weil ich versprochen hätte, den Mund zu halten. Und sie sagte: ›Du brauchst mir gar nichts zu erzählen, weil ich weiß, was du weißt, und sogar noch ein bisschen mehr.‹ Ich fragte sie, wie das zu verstehen sei, und sie sagte, Doris habe ihr noch beschrieben, wie sie auf den Schnipsel aufmerksam wurde, weil er so weiß leuchtete auf dem Teppich, wo sie ihn fand. Und dann hatte ihr Doris die Farbe des Teppichs genannt. Connie sagte, zunächst habe sie dem gar keine Bedeutung beigemessen, doch inzwischen sei ihr das wieder eingefallen und ließe sie nicht mehr los. Denn sie wüsste, in welchem Haus ein Teppich dieser Farbe läge, und deshalb wüsste sie auch, wo Doris den Papierschnipsel gefunden habe.«

»Das hat sie wirklich zu Ihnen gesagt?«, fragte Miss Silver.

Miss Pell legte ihr einen Moment die Hand auf den Arm.

»Wort für Wort! Und ich wünschte mir, sie hätte nie den Mund aufgemacht; denn was gesagt ist, ist gesagt, und man kann es nie mehr zurücknehmen oder vergessen, wer es gesagt hat und wann.«

»Connie sagte also, das Papier habe weiß vor dem Hintergrund des Teppichs geleuchtet; doch welche Farbe dieser Teppich hatte, sagte sie nicht?«

Miss Pell schüttelte den Kopf.

»Nein! Weder das, noch nannte sie das Haus, in dem er sich befindet. Sie saß auf demselben Stuhl, auf dem Sie nun sitzen, rang die Hände und sagte: ›Ich wünschte mir, Doris hätte es mir nicht erzählt, denn nun weiß ich nicht, was ich tun soll, Miss Pell. Falls ich es weitersage, erfährt es eines Tages bestimmt die Polizei, und es wird eine furchtbare Aufregung im Dorf geben. Vielleicht wird es sogar ein Fall für das Gericht, und ich muss in den Zeugenstand treten und über einen Nachbarn aussagen, der sich nie mehr davon erholen wird. Und wem nützt das, wo Doris doch jetzt tot ist? Davon wird sie nicht mehr lebendig.‹ Und ich sagte: ›Nein, das wird sie nicht.‹«

Miss Silver fuhr sehr ernst fort:

»Wenn Connie nicht geschwiegen hätte, wäre sie heute noch am Leben. Haben Sie von dem, was Sie mir eben erzählten, eine Andeutung vor Dritten gemacht?«

Sie schüttelte den Kopf.

»Es ist genug geredet worden. Und Doris ist tot und Connie ist tot. Wie ich es sehe, ist zu viel im Dorf geklatscht worden. Und es wäre mir nie eingefallen, mich einem Fremden anzuvertrauen, wenn mir der Herr nicht dreimal ein Zeichen gegeben hätte, einmal im Traum, einmal durch den Propheten Sacharja und einmal durch die Worte aus Ihrem Mund.«

Miss Silver stand auf. Ehe sie das Zimmer verließ, warnte sie eindringlich:

»Sagen Sie zu niemandem ein Wort davon. Zu keinem! Wenn die Zeit kommt, dass Sie vor der Polizei aussagen müssen, werde ich dabei sein und dafür sorgen, dass Sie entsprechend beschützt werden.«

Miss Pell sah sie zuerst verdutzt und dann erschrocken an.

Sie hatte sich ebenfalls von ihrem Stuhl erhoben, und nun wich sie einen Schritt zurück, während ihre Augen sich weiteten, ihr Gesicht wieder seine Farbe verlor und ihre holprige Sprechweise zurückkehrte. Sie sagte mit bebenden Lippen:

»Man sagt, es wäre Sünde, sich selbst das Leben zu nehmen. Aber ich sage, die Sünde ist bei jenen, die die arme Doris in den Tod trieben – und die arme Connie ebenfalls.«

»Miss Pell, ich glaube nicht, dass Connie Brooke sich das Leben nahm. Und inzwischen habe ich erhebliche Zweifel, dass Ihre Nichte freiwillig in den Tod ging.«

Miss Pells Hand schoss zum Mund empor und legte sich fest auf die bebenden Lippen.

»Sie denken doch nicht – oh, Sie nehmen doch nicht an, dass sie durch fremde Hand gestorben ist?«

Miss Silver antwortete: »Ich fürchte doch. Ich glaube, sie wurde umgebracht.«

KAPITEL 31

Miss Silver erwachte am nächsten Morgen mit dem Gedanken, dass heute Mittwoch sei, dass vor einer Woche Connie Brooke noch am Leben gewesen war und dass Valentine Grey der festen Meinung gewesen war, sie würde am nächsten Tag getraut. Am letzten Mittwoch hatte die Generalprobe ihrer Hochzeit stattgefunden und am Abend die Party, von der Connie in Begleitung von Miss Eccles heimgekommen war. Nun standen sie am Vorabend einer dritten Leichenschau, und sie übernachtete immer noch im Herrenhaus, weil Miss Maggie so viel Trost daraus schöpfte.

»Ich kann Ihnen gar nicht sagen, kann Ihnen wirklich nicht sagen, wie dankbar ich Ihnen wäre, wenn Sie noch bis nach der Beerdigung bei mir blieben. Natürlich dürfte ich Sie niemals so in Beschlag nehmen, denn das ist ein Trauerhaus, und

Sie sind doch zur Erholung hergekommen. Aber meiner Schwägerin –«, und hier senkte sie vertraulich die Stimme, »meiner Schwägerin – wie schrecklich, dass ich sie noch so nennen muss, denn wäre sie nicht gewesen, weilte mein Bruder sicherlich noch unter uns – kann ich einfach nicht unter die Augen treten, als wäre nichts gewesen. Roger wollte sich ja von ihr scheiden lassen – das wissen Sie doch, nicht wahr? –; aber dass er sich auch das Leben nehmen würde, dazu noch auf eine so schreckliche Weise, hätte ich nie gedacht! Glauben Sie, dass er das wirklich getan hat, Miss Silver? Nora Mallett war gestern bei mir, als Sie gerade außer Haus waren, und sie meinte – oh, sie meinte –, das hätte er niemals fertig gebracht, sondern diese Frau habe ihn vergiftet. Oh, Miss Silver, das glauben Sie doch nicht, oder? Nur macht mich der Gedanke, so ganz allein mit ihr im Haus zu sein, wirklich nervös. Es wäre eine so große Beruhigung für mich und Miss Valentine, wenn Sie noch ein Weilchen bei uns blieben – nur, bis die Beerdigung vorüber ist. Wir hoffen, sie reist dann ebenfalls ab.«

Tatsächlich sah die Familie sehr wenig von Scilla Repton, weil sie nur zu den Mahlzeiten ihr Zimmer verließ. Sie hatte Gilbert Earle angerufen und feststellen müssen, dass er nicht rasch genug wieder auflegen konnte. Und ihre sonst so willfährige Freundin Mamie Foster hatte ihr dringend abgeraten, zu ihr zu kommen. Sie solle lieber bleiben, wo sie sei:

»Natürlich nähme ich dich liebend gern zu mir, Darling. Nur, wenn es Komplikationen gäbe, wie du eben sagtest, würde ich an deiner Stelle stur sein. Selbst wenn er sein Testament geändert haben sollte, können sie dich nicht ohne weiteres vor die Tür setzen, ohne einen Riesenskandal auszulösen. Aber bist du einmal draußen, kommst du nicht mehr so leicht hinein, wenn du verstehst, was ich meine.«

Da sie nicht nur von ihrer Freundin in diesem Sinne beraten wurde, sondern auch einen sehr deutlichen Hinweis vom Chefkonstabler erhalten hatte, die Polizei sähe es gern, wenn sie auch weiterhin für Auskünfte zur Verfügung stünde, beschloss sie, im Herrenhaus auszuharren. Sie fuhr also nach Ledlington und sprach mit Mr. Morson, der ihr bestätigte, dass Roger sein Testament geändert habe. Doch seiner Meinung nach würden Maggie Repton und Valentine Grey nichts unternehmen, um ihr als Erben ihres Mannes den Unterhalt zu streichen, was ihre Laune erheblich verbesserte. Und daher ging sie zu Ashley und kaufte sich ein schickes schwarzes Herbstkostüm. Sie liebte Farben über alles; aber wenn es eben nicht anders ging, stand Schwarz blonden Frauen ganz hervorragend. Sie konnte das Kostüm zur Leichenschau und Beerdigung tragen, und für London war es genau das Richtige, wenn sie noch einen schicken Hut dazu kaufte.

Kaum hatte Gilbert Earle eilig den Telefonhörer aufgelegt, als er sich wieder hinsetzte, um einen taktvollen und bezaubernden Brief an Valentine Grey zu verfassen. Es gelang ihm ganz gut, bis er das Werk, von einem jähen Impuls getrieben, wieder zerriss. Selbst die herrlichsten Worte auf dem Papier bekamen erst Farbe und Wärme, wenn sie rezitiert wurden. Also wandte er sich wieder dem Telefon zu, bekam zu seinem Glück Florrie an die Leitung, die schon immer eine Schwäche für ihn gehabt hatte, und bat sie, Valentine an den Apparat zu holen. Tatsächlich hatte das romantische Interesse, das sie nicht ganz zu verbergen vermochte, eher eine abkühlende als besänftigende Wirkung.

Valentine machte erst einmal die Tür zu, ehe sie den Hörer aufnahm und in einem sehr beherrschten Ton »Ja?« sagte. Doch nach Gilberts ersten Worten setzte ein Tauwetter ein. Sie hatte nach einigen Sekunden die Empfindung, dass es doch jedenfalls erträglich gewesen wäre, mit ihm verheiratet zu sein. Seine Stimme war so warm und rücksichtsvoll:

»Meine Liebe – vermutlich hätte ich nicht anrufen dürfen, doch ich konnte nicht anders. So ein schrecklicher Schock für dich und für Miss Maggie! Und ich hatte eine so hohe Meinung von ihm, wie du weißt, Val. Er war stets außerordentlich zuvorkommend zu mir. Deshalb dachte ich, dass ich trotz allem dir sagen sollte, wie Leid mir das alles tut. Das war es für heute, meine Liebe. Du brauchst nichts zu sagen – ich verstehe dich.«

Damit legte er auf.

Als sie am anderen Ende der Leitung auflegte, dachte sie: Er meint es wirklich so. Es wäre ja von ihm aus gar nicht nötig anzurufen. Doch dann: Aber vielleicht ist es gerade das, was ich denken soll? Weiter kam sie nicht, weil der Chefkonstabler gerade mit seinem Wagen vorfuhr und mit Miss Silver in der Bibliothek sprechen wollte.

Er begrüßte seine alte Freundin mit einem Lächeln.

»Ich wollte Miss Maggie noch ein paar Fragen stellen. Beim ersten Mal habe ich vieles aus Rücksicht auf ihren Zustand zurückgestellt. Doch inzwischen muss sie ihren Schock doch einigermaßen überwunden haben.«

»Es geht ihr schon viel besser. Ich glaube, sie ist in der Lage, Ihre Fragen zu beantworten.«

»Danach möchte ich gern mit Mrs. Repton sprechen. Ich habe mit dem Staatsanwalt telefoniert. Er trägt sich mit dem Gedanken, sie in Untersuchungshaft zu nehmen.«

Miss Silver sagte nichts, sah aber zum Fenster, und er wusste, dass sie mit dieser Maßnahme nicht einverstanden war. Er erwartete nicht von ihr, dass sie seine Meinung akzeptierte, doch dieses schweigende Beiseitetreten, dieser stumme Widerstand reizte ihn. Er fragte mit einem Sarkasmus, der fast beleidigend wirkte, obwohl er nur Respekt für sie empfand:

»Ich nehme an. Sie haben mir nichts Epochales zu berichten, Miss Silver?«

Sie sah ihn ernst an, und ihre Stimme war ebenso ernst:

»Es sind oft die kleinen Dinge, die zählen.«

»Wie wahr! Und von dieser Kleinigkeit wollen Sie mir Mitteilung machen, ehe ich mit den anderen Damen spreche?«

Miss Silver setzte sich wieder in die Sofaecke und holte ihr Strickzeug aus ihrem geblümten Strickbeutel. Sie sah zu ihm hoch.

»Ich denke, Sie sollten auch lieber Platz nehmen, Randal. Was ich Ihnen zu sagen habe, könnte von großer Bedeutung sein, obwohl es sich nur um eine Kleinigkeit handelt.«

Er folgte dieser Aufforderung und dachte mit einem Anflug von reuigem Humor, dass sie geschickt auf seine eigenen Worten pariert und ihn durch ihre überlegene Haltung und Würde in seine Schranken verwiesen hatte. Er hatte selbst miterlebt, wie sie den sonst nie aus der Ruhe zu bringenden Chefinspektor in eine Salzsäule verwandelte, der sie mit offenem Mund anstarrte. Sie hatte aus dem frivolen, intellektuell hochmütigen Frank Abbott einen Jünger gemacht, der sie verehrte. Das Lächeln, das er nun aufsetzte, hatte nichts Sarkastisches mehr an sich. Er fragte schlicht und aufrichtig:

»Sie haben inzwischen mit Miss Pell gesprochen?«

»Ja, Randal.«

»Haben Sie aus ihr etwas herausbekommen?«

»Ja. Sie sollten sich anhören, was sie mir erzählte.«

»Mit Vergnügen.«

Sie berichtete knapp und wortgetreu, was Miss Pell ihr anvertraut hatte. Wie stets bewunderte er ihre Fähigkeit, sich an jede Nuance eines Gesprächs erinnern zu können. Dann saß er eine Weile stirnrunzelnd da. Dann sagte er:

»Es stimmt, dass an der linken unteren Ecke des Briefes, den Doris zuletzt bekam, ein Stückchen Papier fehlte. Doch ein Mädchen, das sich davon so sehr erschüttern lässt, das es Selbstmord begeht, kann man kaum als glaubwürdige Zeugin bezeichnen.«

Miss Silver antwortete milde:

»Ich habe keinen Zweifel, dass Miss Pell mir nur wiederholte, was sie von ihrer Nichte und deren Freundin, Connie Brooke, erfuhr. Wenn Sie Miss Pell selbst vernehmen, werden

Sie feststellen, dass ihre Aussage von meinem Bericht nur in der Betonung oder einer winzigen Nebensache abweichen wird.«

»Ich zweifle ja nicht an Miss Pells Glaubwürdigkeit. Aber ein Mädchen, das am Rande des Selbstmordes steht ...«

Miss Silver hielt ihre Nadeln still und sagte mit erstaunter und vorwurfsvoller Stimme:

»Mein lieber Randal, wie können Sie immer noch glauben, was bei der Totenschau festgestellt wurde? Dass Doris Pell freiwillig ins Wasser gegangen ist?«

»Meine liebe Miss Silver!«

Sie sagte ernsthaft:

»Denken Sie doch einen Moment nach! Doris Pell hatte einen Brief bekommen, an dem eine Ecke fehlte. Sie besucht vier Häuser, und in einem davon findet sie eben dieses Stückchen Papier, das sie an ihrem Brief vermisste. Sie ist nicht eine Sekunde im Unklaren, dass sie eine wichtige Entdeckung gemacht hat. Sie kommt aufgeregt nach Hause. Sie kennt nun den Verfasser dieser abscheulichen Briefe. Sie ist ein einfaches Mädchen, das für seine Offenheit und Treuherzigkeit bekannt war. Wie können Sie auch nur für eine Sekunde annehmen, sie hätte ihre Gefühle verbergen können, als sie dieses Stückchen Papier auf dem Teppich entdeckte und sich danach bückte? Es muss für sie ein schlimmer Schock gewesen sein, als sie das Schnipselchen in der Hand hielt und die Buchstaben las, die darauf standen. Und ich halte es für ziemlich unwahrscheinlich, dass sie allein war, als sie ihre Entdeckung machte. Und wenn schon Doris in diesem winzigen Stück Papier ein vernichtendes Beweisstück erkannte, was, glauben Sie, hat der Zeuge sich gedacht, der sie in diesem Moment beobachtete?«

Er sah sie gebannt an. Er sagte:

»Sie muten meiner Fantasie zu viel zu, Miss Silver.«

Sie schüttelte den Kopf.

»Sie wissen es so gut wie ich! Es ist eine Person ohne Moral, ohne Skrupel, erfüllt von Bitterkeit und Hass auf die Gesellschaft. Sie sieht sich von einem ihrer Opfer entlarvt. Sie muss es zum Schweigen bringen.«

»Und wie?«

»Drei Möglichkeiten bieten sich an: ein feierliches Versprechen; Bestechung, um sich Schweigen zu erkaufen; oder ein absolut sicheres, dafür tödliches Mittel. Ich bin sicher, sie entschied sich für die dritte Lösung.«

»Sie wissen, das ist Ihrerseits reine Spekulation.«

»Nicht ganz, Randal. Wo eine Ursache ihren logischen Weg nimmt und sich alle Umstände zu einer vernünftigen Erklärung zusammenfinden, haben wir zumindest einen Fall, der eine sorgfältige Nachprüfung verdient. Betrachten wir die Ereignisse jenes Nachmittags. Doris Pell geht mit einer Bluse, die sie für Miss Repton schneiderte, ins Herrenhaus. Es soll eine Kleinigkeit geändert werden, und sie verspricht, noch am gleichen Abend das geänderte Stück vorbeizubringen. Dann überquert sie den Anger und probiert Miss Wayne in Willow Cottage das Kleid an, das sie für diese Kundin ändern musste. Anschließend geht sie in das Nachbarhaus zu Miss Eccles, um dort einen neuen Besatz für deren Nachthemden vorzuschlagen. In einem dieser drei Häuser muss sie dieses verhängnisvolle Stückchen Papier gefunden haben, denn als sie ins vierte Haus ging, in den Kindergarten von Connie Brooke, war sie bereits ganz aufgeregt über ihre Entdeckung und teilte sie auch ihrer Freundin mit. Was sie Connie erzählte, deckt sich mit den Angaben ihrer Tante, nur dass sie dieser nichts von dem Teppich und dessen Farbe erzählte. Beiden verschwieg sie, in welchem Haus sie das Stückchen Papier gefunden hatte, beiden nahm sie das feierliche Versprechen ab, niemandem zu verraten, was sie herausgefunden hatte. Sie wollte nämlich, wie sie ihrer Tante erzählte, lieber versuchen, sich mit der Person, die sie für die anonymen Briefe verantwortlich machte, zu einigen. Sie wollte ihr das Versprechen abnehmen, so etwas nicht mehr zu tun. Spricht das nicht dafür, dass es noch einmal zu einer Begegnung mit dieser Person gekommen ist?«

Sie wartete auf eine Antwort, als sie aber nicht kam, fuhr sie fort: »Wenn Doris Pell den Papierschnipsel in diesem Haus fand, konnte der Brief, von dem er stammte, von Miss Maggie Repton, Mrs. Scilla Repton, Miss Valentine Grey, Colonel Repton oder sogar – möglich, aber nicht sehr wahrscheinlich – von Florrie oder einem anderen Tagesmädchen geschrieben worden sein. Ich fragte Miss Maggie, wo sie die malvenfarbene Bluse anprobiert habe, die Doris für die schneiderte, und sie sagte mir prompt und ohne Anzeichen von Verlegenheit, das wäre in ihrem Zimmer geschehen.«

»Sie können doch unmöglich Miss Maggie verdächtigen!«

Miss Silver hüstelte.

»Ausnahmen, die sich nicht mit der Logik vertragen, dürfen wir uns nicht erlauben, lieber Randal. Nur hatte Connie Brooke, wie Sie sich erinnern werden, Miss Pell erzählt, Doris wäre ein leuchtendes Weiß des Papiers vor dem Hintergrund des Teppichs aufgefallen, und Miss Maggies Bettvorleger ist ein indisches Fabrikat mit viel Weiß im Muster. Davon würde sich Papier überhaupt nicht abheben.«

Er sagte lächelnd:

»Miss Maggie ist demnach entlastet.«

Mit einem Anflug von Strenge fuhr Miss Silver fort:

»Was die anderen Personen in diesem Haus betrifft, die als Briefschreiber in Frage kämen, so weiß ich von Florrie, dass sie Doris in das Schlafzimmer von Miss Maggie hinaufbegleitete. Zu diesem Zeitpunkt, glaubt sie sich zu erinnern, seien weder Mrs. Repton noch Miss Valentine Grey zu Hause gewesen. Colonel Repton scheidet als Möglichkeit aus, da er selbst ein Opfer des anonymen Briefschreibers wurde. Florrie und die anderen Tagesmädchen kommen meiner Meinung nach als Täterinnen nicht in Betracht.«

»Hier kann ich nur zustimmen.«

Sie fuhr fort, als habe er nichts gesagt:

»Wenn wir uns nun Willow Cottage zuwenden, wo Miss Wayne das geänderte Wollkleid anprobierte, so vermute ich, dass das ebenfalls in ihrem Schlafzimmer geschah. Der Teppich dort ist ein einheitlich gefärbter, schon etwas verblasster pinkfarbener Wilton. Das Fremdenzimmer, das damals leer stand und das ich jetzt gemietet habe, könnte für die Anprobe ebenfalls verwendet worden sein. Der Boden ist dort mit einem blauen Wilton ausgelegt. Papier hebt sich von beiden Teppichen zweifellos besser ab als von einem Bodenbelag mit Mustern.

Was Miss Eccles betrifft, so fand dort keine Anprobe statt, sondern nur eine Diskussion über den Besatz von Nachthemden. Dafür wären alle Räume des Hauses in Frage gekommen, aber normalerweise bietet sich für so ein Gespräch das Wohnzimmer an. Ich habe mir den Teppich dort angesehen. Er hat einen etwas dunkleren Ton als der Bettvorleger in Miss Maggies Schlafzimmer. Es sind beides Geschenke von Colonel Repton, der diese Teppiche aus dem Fernen Osten mitbrachte. Den Teppich in Miss Eccles Schlafzimmer kenne ich nicht; aber Mrs. Rodney hat ihn mir beschrieben. Dunkelblaue Karrees mit etwas hellerem Saum. Davon hebt sich weißes Papier gut ab, jedoch auch nicht besser als von den Wiltons in den Zimmern von Miss Wayne. Ich vermag daher aus diesen Details keine eindeutigen Schlüsse zu ziehen.«

»Glauben Sie, dass sich daraus überhaupt irgendwelche Schlüsse ziehen lassen?«

»Einige schon! Ob wir es beweisen können oder nicht, Randal – für mich steht fest, dass Doris Pell sich nicht selbst den Tod gegeben hat. Der Bericht, den ich von ihrer Tante erhielt, widerspricht dem Urteil der Leichenschau. Dieses Mädchen, das sich am Nachmittag in guter Laune, wie mir seine Tante versicherte, auf den Weg machte, um die Schneiderarbeiten zuzustellen, kann unmöglich von den Verleumdungen eines anonymen Briefes so erschüttert gewesen sein, dass es sich gegen seine religiösen und moralischen Überzeugungen am nächsten Tag umbrächte. Ihre Aufregung oder Erschütterung setzte erst ein, als sie von ihrem Botengang zurückkehrte und wusste, wer der anonyme Briefschreiber war. Dass Doris Pell sich mit der Absicht trug, wie sie ihrer Freundin und ihrer Tante erklärte, sich mit diesem Briefschreiber auseinander zu setzen, spricht ebenfalls gegen die Selbstmordtheorie. Sie hätte sich sonst keine Gedanken mehr über ihre Zukunft gemacht. Und sie hätte vermutlich diese Person, die sie in den Tod trieb, niemals gedeckt. Es bestand nicht der geringste Anlass für sie, sich selbst das Leben zu nehmen.«

Er lächelte.

»Sie bauen da einen sehr guten Fall auf!«

»Aber Sie nehmen ihn nicht ernst, nicht wahr? Schön. Ich bin fast fertig. Lassen Sie mich zum Schluss noch eine Vermutung aussprechen. Wir wissen nicht, ob Doris Pell sich mit der Person aussprach, die sie als Briefschreiberin erkannt hatte. Vielleicht herrschte beiderseits Furcht oder Misstrauen, wie weit der andere gehen könnte. Vielleicht wurde zwischen ihnen aber auch eine Verabredung getroffen? Jedenfalls ging Doris Pell nach dem Abendessen mit der abgeänderten Bluse noch einmal ins Herrenhaus. Sie konnte sich im Park mit einer Person entweder aus Willow Cottage oder Holly Cottage getroffen haben. Es könnte auch sein, dass sie davon gesprochen hatte, sie würde abends noch einmal ins Herrenhaus gehen. Daraufhin erwartete sie dort jemand an einer Stelle der Einfahrt, die ihm günstig erschien. Doris Pell kam vom Herrenhaus zurück. Wie wir wissen, führt eine Brücke über den Bach, der anschließend in einen Teich mündet. Diese Brücke gehört zur Zufahrt des Herrenhauses. Können Sie mir sagen, wo man die Leiche des Mädchens am nächsten Morgen fand?«

»An der Stelle, die Sie eben beschrieben haben. Man nahm an, sie sei von der Brücke in den Bach hinuntergesprungen.«

Sie sagte ernst:

»Randal, können Sie denn immer noch daran zweifeln, dass sie von der Brücke in den Bach gestoßen wurde?«

KAPITEL 32

March sah an ihr vorbei auf das schwache Feuer, das auf dem Kaminrost knisterte. Tatsächlich beschäftigte er sich in Gedanken mit längst abgeschlossenen Fällen, bei denen Miss Silver auch so feierlich ernst gepredigt und Recht behalten hatte. Seiner Erfahrung nach gehörte es zu Miss Silvers Gewohnheiten, in jedem Fall, an dem sie beteiligt war, Recht zu behalten. Das mochte zuweilen ärgerlich sein; aber man musste es einkalkulieren. Er fühlte sich dazu gedrängt, auch diesmal diese Erfahrung zu berücksichtigen. Natürlich konnte er sich auf die Ausrede berufen, dass ihr Möglichkeiten zu Gebote standen, die einem Polizeibeamten verwehrt waren. Doch er war nicht geneigt, diesen Standpunkt einzunehmen. Er wollte ganz einfach die Wahrheit herausfinden. Er sah sie voll an und sagte:

»Ich frage mich …«

Er bemerkte, wie sie seinen Blick wärmer zurückgab als zuvor. Seine Antwort hatte ihr gefallen. Er empfand absurderweise eine gewisse Befriedigung über ihre Reaktion. Sie sagte:

»Fassen wir noch einmal kurz zusammen. Doris Pell kommt zu ihrer Tante zurück und sagt, sie wisse, wer die anonymen Briefe geschrieben hat. Noch am gleichen Abend wird sie offenbar ermordet. Connie Brooke, so läuft ein Gerücht durchs Dorf, soll ebenfalls den anonymen Briefschreiber kennen, und nur wenige Stunden später, nachdem das überall bekannt wurde, findet man sie vergiftet in ihrem Bett. Am Samstag behauptet Colonel Repton, er wisse, wer die anonymen Briefe verfasst hat, und nachdem diese Kunde sich im ganzen Dorf verbreitet hatte, wird er am Montagnachmittag vergiftet an seinem Schreibtisch aufgefunden. Können Sie immer noch leugnen, dass hier ein Zusammenhang zwischen dem Fall Doris Pell und den beiden anderen Fällen besteht? Und dass sie alle von gleicher Hand starben?«

Er nickte.

»Es sieht so aus. Da jedoch Miss Pell bei der Totenschau von Doris Pell wesentliche Informationen zurückhielt, konnte das Urteil nur Selbstmord sein. Wenn wir nun in allen drei Fällen die gleiche Täterschaft unterstellen, bliebe Mrs. Repton dennoch unsere Hauptverdächtige.«

Miss Silver schüttelte den Kopf.

»Ich bin von ihrer Täterschaft keineswegs überzeugt.«

»Und warum nicht?«

»Ein Gefühl. Psychologische Gründe. Wäre sie schuldig, würde sie wenigstens Ansätze von schlechtem Gewissen zeigen. Aber ich konnte bei Mrs. Repton nicht einmal die Einsicht feststellen, dass sie in einer akuten Gefahr schwebt, festgenommen zu werden. Furcht kann ein Mensch am allerwenigsten verbergen. Hätte sie Angst, würde sie das wenigstens durch Mimik oder Gesten verraten. Mir scheint, sie weiß, dass sie keinen Grund hat, sich zu fürchten.«

»Sie ist zäh.«

»Auch der abgebrühteste Verbrecher hat einen Instinkt für die Gefahr, die ihm droht. Ich bin sehr beeindruckt von der Naivität, die sie bisher gezeigt hat. Und unser Fall beginnt ja nicht mit einem Mord, sondern mit den anonymen Briefen. Mrs. Repton ist durchaus nicht eine frustrierte Person mit einem ungestillten Machthunger. Und da sie ja eine geheime Affäre mit Gilbert Earle hatte, wäre sie niemals so dumm gewesen, sich in anonymen Briefen selbst anzuzeigen.«

»Mag sein! Aber sie konnte damit auch die Ehe zwischen

Valentine Grey und ihrem Liebhaber hintertreiben.« Er stand auf. »Ich muss meine Pflicht tun. Bisher konnten auch Sie keine Beweise vorbringen, die Mrs. Repton als Täterin ausschließen. Und ich glaube, unsere Verdachtsmomente reichen für eine Festnahme aus.«

Sie packte ihr Strickzeug ein und erhob sich.

»Wollen Sie sie nochmals verhören?«

»Ich sehe keinen Grund, den Kurs zu ändern, der mit dem Staatsanwalt abgesprochen wurde. Ich werde sie natürlich auch auf ihre Rechte hinweisen müssen.«

KAPITEL 33

Der Lunch war vorbei, und Miss Silver trank den Kaffee, der nach dem Essen serviert wurde, im Salon in Gesellschaft von Miss Maggie Repton. Das Twinset für die kleine Josephine war fertig und musste nur noch gebügelt werden. Nachdem Miss Maggie die Strickarbeit bewundert und ein paar zerstreute Bemerkungen gemacht hatte, wie schön es doch sei, Nichten und Neffen mit Handarbeiten versorgen zu können, seufzte sie tief und sagte:

»Ich habe oft daran gedacht, wie herrlich es ist, wenn Valentine verheiratet wäre und schon Kinder hätte. Es ist so interessant, Kinder aufwachsen zu sehen. Doch nun, wo sie ja nicht einmal mehr verlobt ist, sollte ich diese Hoffnung lieber fallen lassen.«

Miss Silver lächelte.

»Vielleicht ist es noch zu früh, wieder von Verlobung zu sprechen. Aber sicherlich sind Miss Valentine und Mr. Leigh ...«

Miss Maggie unterbrach sie erschrocken: »Glauben Sie, die Leute haben davon schon etwas gemerkt?«

Miss Silver sagte mit liebenswürdiger Nachsicht:

»Sie können es überhaupt nicht übersehen, meine Liebe.«

Miss Maggie erwiderte: »Oh, Gott ...!« Und sagte dann, mit einem Seufzen: »Ich hoffe nur, diesmal kommen keine anonymen Briefe dazwischen!«

Miss Silver hatte nur auf so eine Eröffnung gewartet. Sie fragte mit großer Anteilnahme:

»Haben Sie selbst mal eins dieser Giftblätter erhalten?«

Miss Maggie sah besorgt über die Schulter. Aber sie konnte nur Möbel entdecken, die schon immer hier gestanden hatten.

»Oh«, sagte sie, »oh, Miss Silver, ich habe es keinem gesagt ... Aber ja, ich habe einen Brief bekommen!« Sie stellte ihre Tasse auf den Tisch, weil ihre Hände begonnen hatten zu zittern. Sie war diesen Reaktionen wehrlos ausgeliefert. Wenn sie an diesen Brief dachte, zitterte alles in ihr.

»Es wäre besser gewesen, Sie hätten ihn der Polizei übergeben, Miss Maggie.«

Ein dünnes Rot überzog Miss Maggies blasse Wangen.

»Oh – das konnte ich nicht! Das konnte ich unmöglich tun! Es stehen so furchtbare Sachen in diesem Brief!«

»Über – Ihre Schwägerin?«

»Ja – Sie haben ja keine Ahnung ...«

»Haben Sie den Brief aufbewahrt?«

Miss Maggie senkte die Stimme zu einem bebenden Flüstern: »Oh, ja – in meiner Schmuckkassette – eingesperrt. Möchten Sie den Brief sehen? Da – da Roger nun verstorben ist, hatte ich gedacht – hatte ich mich gefragt, ob ich ihn nicht doch jemandem zeigen sollte. Vielleicht können Sie mir sagen, was ich tun soll!«

Miss Silver lächelte beruhigend.

»Ich sehe ihn mir an, wenn Sie hinaufgehen, um Ihren Mittagsschlaf zu halten.«

Miss Maggies Schmuckkassette war ein altmodischer, mit schwarzem Leder überzogener Kasten mit einem schmalen Goldrand und den mit Gold geprägten Initialen »M. R.« auf dem Deckel. Das Leder war an den Ecken abgestoßen und das Goldmuster am Rand nur noch ein Schatten seiner früheren Pracht. Miss Maggie erklärte, dass die Initialen sich auf ihre Großmutter bezogen, und suchte aus einer Ecke ihrer Nachttischschublade einen kleinen Schlüssel aus Messing hervor. Sie sperrte die Kassette auf und entnahm ihr mehrere Einsätze, die mit violettem Samt ausgeschlagen waren. Aus dem zweiten Einsatz holte sie ein schweres Armband hervor, unter dem ein zusammengefaltetes Stück Papier zum Vorschein kam. Nachdem sie dieses ebenfalls aus dem Einsatz entfernt hatte, hielt sie es zögernd mit Daumen und Zeigefinger fest.

»Eigentlich möchte ich ihn doch lieber nicht vorzeigen.«

»Aber wenn es Ihr Gewissen erleichtert ...«

»Oh, ja, das würde es – das würde es sehr!«

Miss Silver streckte die Hand aus.

»Dann schaue ich ihn mir an.«

Das Papier entsprach der Beschreibung, die Randal March ihr gegeben hatte: billig, liniiert, die Schrift ohne Disziplin, plump, mit zu großen Auf- und Abstrichen, die oft Flecken auf dem Papier verursacht hatten. Miss Silver kam der Gedanke, der Verfasser könnte ein Streichholz als Schreibgerät dafür benutzt haben, um seine Handschrift zu verstellen.

Der Inhalt des Briefes war noch schlimmer, als sie sich vorgestellt hatte. Scilla Repton wurde mit den ordinärsten Ausdrücken apostrophiert. Miss Silver wendete das Blatt um und las den Brief zu Ende, der natürlich keine Unterschrift aufwies. In der rechten unteren Ecke stand nur der Hinweis: »Einer, der es gut meint.« In der linken unteren Ecke stand gar nichts. Sie betrachtete wieder die Vorderseite – auch dort war das Papier an dieser Stelle nicht beschriftet. Blitzartig kam ihr eine Idee. Sie sagte:

»Liebe Miss Repton, ich glaube doch, dass Sie diesen Brief der Polizei zeigen sollten.«

Miss Maggies Augen füllten sich mit Tränen.

»Ich würde mich zu Tode schämen.«

»Wenn Sie nichts dagegen haben, will ich den Brief dem Chefkonstabler zeigen, nur ihm!«

Miss Maggie griff nach Miss Silvers Händen.

»Oh, wenn Sie das für mich übernehmen würden! Ich habe die ganze Nacht wach gelegen und gegrübelt, was ich damit machen soll und ob ich ihn nicht schon früher Mr. March hätte zeigen müssen! Ich habe ihm ja erzählt, dass Roger so einen schrecklichen Brief erhalten hat und Valentine ebenfalls; doch mich hat ja niemand gefragt! Und daher habe ich diesen Brief verschwiegen; denn wie schrecklich wäre es gewesen, wenn ich ihn einem Mann hätte zeigen müssen!«

Nachdem Miss Silver die Steppdecke um Miss Maggie festgestopft und die Wärmflasche an deren Füße geschoben hatte, ging sie in das angrenzende Zimmer, das ihr als Domizil überlassen worden war, solange Miss Maggie ihrer Anwesenheit bedurfte. Es war ein gemütliches, wenn auch altmodisches Zimmer mit seinen dunklen Mahagonimöbeln und dem Kastenbett, das mit einer purpurroten Tagesdecke eher an einen Katafalk erinnerte. Dieser Vergleich wäre Miss Silver gar nicht gekommen. Sie bewunderte viel zu sehr die Kostbarkeit der Materialien und die Leuchtkraft der Farben. Da das Zimmer nach Norden lag, hatten weder Vorhänge noch Bettbezüge unter der Sonneneinstrahlung gelitten, und das Muster aus Weinranken und -blättern auf den Polstern war erstaunlich gut erhalten. Die Einrichtung, hatte ihr Miss Maggie erzählt, ging auf die Dame zurück, deren Initialen auf Miss Maggies Schmuckkassette geprägt waren.

Miss Silver ging zur Frisierkommode und breitete dort den Brief aus, den Miss Maggie ihr überlassen hatte. Sie saß ziemlich lange an diesem Möbelstück, das 1840 zu den modernsten Produkten der Holz verarbeitenden Industrie zählte, als Lady Margaret dieses Zimmer einrichtete, und studierte den anonymen Brief.

KAPITEL 34

Jason Leigh hob den Sperrriegel von Mr. Bartons Gartenpforte an, ging bis zur Tür in der Seitenwand und klopfte dagegen. Die Tätigkeit, die er von Berufs wegen ausübte, setzte Eigenschaften voraus, die man unter dem Begriff »sechster Sinn« zusammenzufassen pflegt, obwohl dieser vielleicht zutreffender als Schärfung der anderen fünf Sinne umschrieben werden sollte. Während er vor der Tür von Gales Cottage stand und klopfte, hatte er das fast bis zur Gewissheit ausgeprägte Gefühl, dass er beobachtet wurde. Es war noch nicht richtig dunkel, doch dunkel genug, dass im vorderen Wohnzimmer von Willow Cottage Licht brannte. Alle anderen Zimmer im Nachbarhaus gingen entweder zur Seite oder nach hinten hinaus. Jedoch konnte man, wenn man sich aus den Seitenfenstern weit genug hinauslehnte, wie Miss Silver selbst festgestellt hatte, den Eingang von Gales Cottage ebenfalls beobachten.

Als Jason dort stand und klopfte, lehnte sich indessen niemand nebenan aus dem Fenster. Er hatte trotzdem den Eindruck, dass jemand rasch nebenan von einer Fensterscheibe zurückgetreten war und ihn nun aus der Tiefe des Raumes beobachtete.

Sein Verstand reagierte mit Ungeduld. Diese Wayne-Schwestern waren schon immer eifrige Sammlerinnen von Nachrichten gewesen, wozu auch Miss Eccles und ein Dutzend anderer Dorffrauen zählten, und Miss Renie würde nun abwarten, ob er Mr. Bartons Schwelle passieren durfte. Wenn ja, würde sie enttäuscht sein. Und in diesem Augenblick drehte sich innen der Schlüssel, und die Tür schwang nach innen. Es kam genügend Licht aus der Küche, dass er sich im engen Flur nicht die Knie anstieß und ohne Stolpern die Schwelle passierte.

James Barton versperrte hinter ihm die Tür und lenkte ihn, freundschaftlich die Hand auf die Schulter gelegt, in den Raum neben dem Flur. Die Vorhänge waren zugezogen, die Öllampen angezündet, und die Katzen lagen vor dem Herdfeuer. Doch während sie beim Chefkonstabler nicht einmal mit einem Barthaar gezuckt hatten, erhoben sie sich nun in geschlossener Formation, streckten sich und rieben sich an diversen Stellen von Jason Leighs Hosenbeinen.

Jason hatte einen Namen und ein freundliches Wort für alle sieben – Achan – Abijah – Ahitophel – Agag – Abimelech – Abner – Absalom. Mr. Barton war einem Lächeln noch nie so nahe wie jetzt.

»Die vergessen einen Freund nicht! Die meisten Tiere tun das nicht; aber Katzen sind in diesem Punkt besonders eigen. Wenn sie dich mögen, mögen sie dich, und wenn sie dich nicht mögen, kannst du dich auf den Kopf stellen, und sie mögen dich trotzdem nicht.«

Die Katzen ließen von Jason ab und nahmen ihren Platz vor dem Herdfeuer ein. Die beiden setzten sich auf die Holzstühle. Nach einer Weile fragte Barton:

»Wann reist du wieder ab?«

Jason lachte.

»Vermutlich reise ich nicht mehr ab.«

»Du gibst den Job auf?«

»Wahrscheinlich sattle ich auf Landwirtschaft um. Wie du dich erinnern wirst, war ich nach dem Krieg ein paar Jahre als Lehrer der Landwirtschaftsschule tätig. Mich drängt es nun, die Praxis kennen zu lernen.«

Barton hatte inzwischen seine Pfeife in die Hand genommen und stopfte sie neu.

»Und warum?«

»Ich denke an den Ehestand.«

»Dann bist du ein verdammter Narr!«

»Nicht, wenn es sich um Valentine handelt.«

Barton warf ihm einen raschen, harten Blick zu. »Und was, erwartest du, soll ich nun dazu sagen?«

»Wenn du ein Narr bist, wirst du sagen, alle Frauen sind gleich. Aber sie sind es genauso wenig wie wir Männer. Wenn du sagst, was ich von dir erwarte, bezeichnest du Valentine als Ausnahme und beglückwünschst mich dazu.«

Es folgte eine lange Pause. Barton riss ein Zündholz an und entzündete seine Pfeife. Als sie richtig zog, sagte er mit seiner tiefen, asthmatischen Stimme: »Nein, das kannst du nicht von mir erwarten – nicht, wenn du weißt, was ich von Frauen halte. Aber wenn es jemals eine Ausnahme gegeben hat, dann war es ihre Mutter.«

Jason sah mit einem aufglimmenden Funken im Auge zu ihm hinüber.

»Und was weißt du von Mrs. Grey?«, fragte er.

James Barton gab den Blick fest zurück.

»Was jeder wissen musste, wenn er die Augen aufsperrte. Sie war gut, und etwas hat ihr das Herz gebrochen, und ohne Herz konnte sie nicht leben. Ich meine damit nicht, was man gemeinhin unter einer guten Frau versteht, denn das ist ein dehnbarer Begriff, hinter dem sich all die kleinen und auch die größten Laster verstecken können. Solange du nicht der Nachbarin den Mann stiehlst oder deine ehelichen Pflichten bei Männern erfüllst, die gar nicht mit dir getraut worden sind, kannst du gemein, eifersüchtig, streitsüchtig, heimtückisch, verschwenderisch, geizig, ein Nörgler, ein Zweifler und so eitel wie des Teufels Großmutter sein und bleibst trotzdem eine tugendhafte Frau. Mrs. Grey hatte eine andere Art von Güte. Ich habe mit ihr nicht öfter als dreimal gesprochen. Das erste Mal, als sie mich mit Roger in der Bibliothek überraschte. Er stellte mich als einen guten Freund vor, und sie sagte: ›Wie geht es Ihnen, Mr. Barton?‹ Und das zweite Mal sagte sie, das Wetter wäre schön, und beim dritten Mal, dass sie fürchtete, es würde schneien. Das war alles, und doch war etwas in ihr, als würde ein Licht hinter einem Fenster aufleuchten. Und das Mädchen hat etwas von dieser Güte mitbekommen, das will ich dir zugestehen.«

Jason war seltsam gerührt. Seine Freundschaft mit James Barton hatte an jenem Tag begonnen, als er als Zehnjähriger mit einem Bullterrier Streit bekam, um eine von den damals schon existierenden Katzen, eine frühere Ahitophel, aus dessen Reißzähnen zu befreien. Unter normalen Umständen wäre die Katze jedem Hund gewachsen gewesen, doch an jenem Tag war sie durch den Steinwurf eines gewissen William Clodd, der ihr das Bein brach, gehandikapt. Der Terrier hatte sie im Genick gepackt; worauf sich noch mehr Jungen und Hunde einmischten, bis der Garten von Gales Cottage einem Tollhaus glich.

Auf dem Höhepunkt der Auseinandersetzungen erschien James Barton, einen Besen in der einen, einen Schürhaken in der anderen Hand. Nachdem er alles in die Flucht geschlagen hatte bis auf den Bullterrier, aus dessen Kiefern Ahitophel erst befreit werden musste, hatte er Jason in seine Küche gebracht, um dessen diverse Wunden zu versorgen. Darunter waren zwei ernsthafte Bisse, doch das Herz von James Barton hatte Jason dadurch gewonnen, dass er darauf bestand, Ahitophel müsse zuerst versorgt werden, da ihre Notlage größer sei. Seither konnte er mehr oder weniger oft über Bartons Haus und Garten frei verfügen, was allein davon abhing, wie oft Tommy Martin ihn dorthin gehen ließ.

Nach längerem Schweigen sagte Barton:

»Ich hatte neulich Besuch vom Chefkonstabler, aber das wirst du inzwischen vermutlich schon erfahren haben. Hier in Tilling Green bleibt ja nichts geheim.«

Jason blätterte in einem Magazin, das sein Freund in Ledlington gekauft hatte.

»Tilling Green muss ja in den letzten zehn Tagen eine ziemlich aufregende Zeit erlebt haben.«

»Wahrscheinlich«, sagte Jason, der nicht von dem Magazin aufsah.

»Was mich betrifft, hätte ich nichts davon bemerkt, wenn dieser March nicht bei mir gewesen wäre.«

»Wie meinst du das?«

»Ich gehe tagsüber nur ins Dorf, wenn ich unbedingt muss. Und mit mir redet man ausschließlich über das Geschäftliche am Ladentisch und Schalter. Ich erfahre nichts von den Skandalen, die das eintönige Dasein des Dorfes beleben. Ich wusste also nicht, dass die Polizei mehr als geneigt war, hinter Connie Brookes Tod einen Mord zu vermuten, und dass sie sich in Reptons Fall ganz sicher ist. Mich wundert es, dass sie nicht Doris Pell ebenfalls hinzuzählen und daraus eine runde Sache machen. Sie könnten doch alle drei Fälle auf das Konto des anonymen Briefschreibers abbuchen und mir das Ganze in die Schuhe schieben.«

»Ist das die Theorie von March, oder saugst du dir das alles nur aus den Fingern?«

»Ich war einer der Letzten, die Roger noch lebend sahen. Deshalb war er hier.«

Jason schlug das Magazin zu und lehnte sich stirnrunzelnd zurück.

»Seine Frau war die Letzte, die ihn lebend sah – nein, Mettie Eccles, als sie ihm seinen Tee brachte.«

»Ein Glück für mich. Aber ich hätte schon vorher das Zyankali in seinen Whisky schütten können.«

»Warum solltest du das?«

»Oh, nur so aus Spaß, um mich am Tod meines besten Freundes weiden zu können.«

»March kann so etwas doch unmöglich glauben!«

Barton blies eine Rauchwolke in die Luft.

»Vielleicht nicht. Oder – vielleicht doch? Ich hatte nicht den Eindruck, dass er sich bereits für jemand entschieden hat. Und da er das nicht hat, könnte ich ihm vielleicht etwas erzählen, was den Finger des Verdachts in eine andere Richtung lenkte.«

Jason machte eine rasche, ungeduldige Handbewegung.

»Du spricht von Scilla – Scilla Repton? Der Finger zeigt schon ziemlich fest in ihre Richtung. Roger wollte sich von ihr scheiden lassen.«

Barton nickte.

»Das hat March mir auch erzählt. Er war ein Narr, dass er sie überhaupt heiratete. Ich habe ihm das oft gesagt, aber bei solchen Torheiten hört kein Mann auf den Rat eines Freundes. Es ist wie bei einem Gift. Der Körper muss es selbst ausschwitzen, ehe man es loswird. Aber manchmal bringt es einen eben um.«

»Was weißt du?«, fragte Jason rasch.

Barton zog an seiner Pfeife.

»Oh, etwas – eine Kleinigkeit.«

»Was?«

»Es hat nichts mit Roger zu tun.«

»Womit dann? Mit wem?«

Barton blies den Rauch von sich.

»Vielleicht mit gar keinem.«

»Willst du es mir nicht sagen?«

»Ich weiß nicht – ich denke noch darüber nach. Ich möchte zuerst aber etwas von dir hören. Erzähle mir die ganze Geschichte, wie du sie kennst – die Briefe, Doris Pell, dieses Blassgesicht Connie. Ist nichts an ihr dran und nichts, was man ihr anhängen könnte, dachte ich immer, und doch wird sie in einen Mordfall verwickelt. Warum?«

»Sie wollte gar nicht darin verwickelt werden.«

James Barton nickte.

»Dann erzähle mir, wie es wirklich war. So, wie du es weißt.«

»Ich war nicht hier, als Doris Pell im Teich ertrank; aber ich habe einen von den Briefen gesehen, und der hatte es in sich.

Tommys Mrs. Needham hat mich immer auf dem Laufenden gehalten, was man sich so im Dorf erzählt. Also hier hast du es!«

Er berichtete, was ihm die Haushälterin seines Onkels mitgeteilt hatte, jedoch in schlichten und sich auf das Wesentliche beschränkenden Worten. Dabei tauchten ganz von selbst die anonymen Briefe als verbindendes Element auf. Doris Pell hatte sich ihretwegen ertränkt. Connie Brooke hatte gesagt, sie wüsste, wer sie geschrieben habe, und starb. Roger Repton hatte gesagt, er wüsste, wer sie geschrieben habe, und starb ebenfalls.

Als Jason zu Ende gekommen war, hüllte ein Schweigen sie ein, das ziemlich lange dauerte. Schließlich sagte James Barton:

»Diese Connie – sie kam am Mittwochabend nach der Party mit Miss Eccles über den Dorfanger?«

»Ja.«

»Und sagte an der Tür von Holly Cottage gute Nacht, ehe sie allein weiterging bis zu ihrem Haus?«

»So sagt es Miss Eccles.«

»Was bedeutet, es gibt keine Beweise dafür?«

»Nein, die gibt es nicht.«

»Sie hätte also ebenso gut mit Connie bis zu deren Haus gehen und die Schlaftabletten unter den Kakao mischen können, damit das Mädchen nicht mehr aufwacht?«

»Es gibt keinen Beweis, dass es nicht so gewesen sein kann.«

»Und Miss Eccles ist es gewesen, die Roger den Tee in die Bibliothek brachte und ihn als Allerletzte lebend sah. Sie war auch die Erste, die den Toten entdeckte und schrie, seine Frau habe ihn umgebracht. Da kommt eine Menge zusammen, was gegen Miss Eccles spricht, nicht wahr?«

Jason sah seinen Freund prüfend an. Er sagte:

»Ich meine, es steht fünfzig zu fünfzig zwischen ihr und

Scilla, wobei in Connies Fall das Pendel mehr zu Ungunsten von Miss Eccles ausschlägt und in Roger Reptons Fall mehr zu Ungunsten von Scilla. Deshalb kann sich wohl auch die Polizei noch nicht zu einer Verhaftung entschließen. Logischerweise hängt das Ganze mit den anonymen Briefen zusammen. In Rogers Fall ist Scilla ein Geschenk des Himmels für die Polizei. Aber in Connies Fall ist sie der Stolperstein. Wie, in aller Welt, will Scilla Miss Maggies Schlaftabletten in Connies Schlummertrunk hineingezaubert haben? Offenbar weiß sich da die Polizei keinen Rat, und offenbar käme dafür auch sonst keiner in Frage außer Miss Eccles. Es sei denn, der Kakao wurde vergiftet, während Connie zusammen mit Miss Eccles bei der Party war, und zwar mit Schlaftabletten, die nicht aus Miss Maggies Medizinflasche stammten. In diesem Fall wäre auch Miss Eccles aus dem Schneider.«

James Barton sagte auf eine bedächtige, nachdenkliche Art: »Aber deiner Meinung nach stehen die Chancen zwischen Mrs. Repton und Miss Eccles fünfzig zu fünfzig?«

»Ich weiß nicht. Vermutlich. Obwohl ich wirklich keine Möglichkeit sehe, wie man Scilla nachweisen will, dass sie Connies Kakao vergiftet hat. Sie begrüßte den ersten Gast auf der Party und blieb, bis der Letzte gegangen war. Und selbst wenn sie dann zu Connies Haus hätte fliegen können, hätte die Zeit nicht gereicht.«

»Danach habe ich dich nicht gefragt«, sagte Barton gleichmütig. »Und wenn du endlich aufhören würdest, zu reden, könnte ich vielleicht auch etwas sagen.«

Jason lachte.

»So? Könntest du das? Als ich dich das letzte Mal fragte, wolltest du erst einmal darüber nachdenken, ob du überhaupt etwas sagen willst. Also – bitte!«

James Barton lehnte sich über die Reihe seiner schlafenden Katzen hinweg und klopfte seine Pfeife über der offenen Herdplatte aus. Dann lehnte er sich wieder in seinen Stuhl zurück, den Pfeifenstiel gegen das Kinn gestemmt. Nach einer Weile sagte er:

»Ich ging spazieren. Das mache ich fast jeden Abend, sobald es dunkel ist. Mit den Katzen.«

»Um wie viel Uhr?«

»So gegen elf. Ich schaute nicht auf die Uhr. Abner wollte hinaus, und dann wollten es plötzlich alle. Also gingen wir um den Anger.«

»Fuhren um diese Zeit Autos vom Herrenhaus fort?«

»Nein, nicht eines. Gar nichts kam uns entgegen, bis wir beim Croft anlangten. Und dort war jemand.«

»Wer?«

»Frag mich nicht – obwohl ich vielleicht darauf käme, wer es gewesen sein könnte, wenn ich es zu erraten versuchte.«

»Wer war es?«

James Barton schüttelte den Kopf.

»Abimelech kroch unter dem Gartentor hindurch. Es war verriegelt. Ich will gerade das Eisen zurückziehen, als ich jemand von der Rückseite des Kindergartens herkommen höre, ganz leise, so geräuschlos wie meine Katzen. Ich ziehe mich von der Pforte zurück. Ich kann auch so leise auftreten, als hätte ich Samtpfoten. Jemand ging im Dunkeln an mir vorbei, und Abimelech fauchte und spuckte. Das ist alles.«

»Alles!«

»Soweit es mich betrifft.«

»War es eine Frau oder ein Mann?«

Barton antwortete gedehnt: »Es war eine – Gestalt. Man könnte sagen, für einen Mann war sie zu leise. Aber auch Männer können so leise auftreten – ich zum Beispiel. Ein Wilderer könnte es ebenfalls.«

»Wohin ging diese Gestalt?«

»Oh, zurück zum Dorf. Den gleichen Weg wie ich.«

»Das solltest du der Polizei erzählen. Eine Person, die im Dunkeln von der Rückseite des Kindergartens kommt, hatte vermutlich nichts Gutes im Sinn. Das könnte die Person gewesen sein, die Connies Kakao vergiftet hat. Schleicht sich davon, ohne eine Taschenlampe zu benützen – die Polizei muss das wissen.«

James Barton sagte mit einem seltsamen, halben Lachen:

»Aber siehst du denn nicht, dass alles, was ich über diese Person sagen kann, diese Wer-auch-immer-Person auch von mir behaupten könnte? Ich lungerte ebenso im Dunkeln wie sie herum und schaltete keine Taschenlampe ein. Zudem war ich in Begleitung von Katzen, was jeder nächtlichen Wanderung einen unheilvollen Anstrich gibt. Trotz aller Fortschritte unserer Bildungssysteme und Naturwissenschaften gibt es in Dörfern immer noch einen unerschütterlichen Glauben an Hexerei – und kannst du dir einen Hexer ohne eine Katze vorstellen? Ich nicht!«

Jason, der nicht auf diese Frage einging, fragte abrupt:

»Warum hattest du keine Taschenlampe bei dir?«

Barton zuckte mit den Achseln.

»Ich brauchte keine.«

»Und doch kannst du mir nicht sagen, ob es ein Mann oder eine Frau war, die da dicht vor deiner Nase durch eine Gartentür kam?«

Barton lachte abermals.

»Jetzt denkst du wohl, du hast mich in der Klemme, wie?«

»Ich denke, ich hätte ›willst nicht‹ statt ›kannst nicht‹ sagen sollen.«

»Vielleicht! Aber so ist es nun mal – ich war dort, und ich kann nicht sagen, dass ich dort war, ohne mich selbst in den Verdacht zu bringen, ich wäre der Urheber all dieser Untaten.«

Jason runzelte die Stirn.

»Ich glaube, du weißt, wer es war.«

Barton lehnte sich vor.

»Niemand kann beschwören, was er dort gesehen hat, wenn es dunkel ist. Beim Croft Cottage stehen viele Bäume.«

»Aber?«

»Warum sollte es dabei noch ein Aber geben?«

»Natürlich gibt es ein Aber, und du könntest mir endlich sagen, was es ist.«

James Barton saß da mit seiner Pfeife in der Hand.

Er fing an, damit auf den Tisch zu klopfen. Unvermittelt hörte er aber damit auf und griff nach seinem Tabaksbeutel.

»Es gibt nur eine Person, die von Abimelech angefaucht wird«, sagte er.

»Ja?«

»Er fauchte!«

KAPITEL 35

Miss Silver wanderte zwischen Tee und Abendbrot über den Dorfanger – einem Abendbrot, das im Herrenhaus noch immer als Dinner serviert wurde, obwohl der Rest von Tilling Green sich mit einem schlichten Abendbrottisch begnügte. Selbst im Krieg hatte Miss Maggie stets diniert, obwohl Mettie Eccles ihr direkt ins Gesicht sagte, das wäre reiner Snobismus angesichts der Koteletts aus Trockenei und Magermilchpulver. Miss Maggie war ein wenig verwirrt gewesen von dieser Unterstellung, doch sie fuhr fort zu dinieren. Sie sagte, Roger möge keine Veränderungen, und sie glaube nicht, dass Mrs. Glazier sich beim Kochen irgendwelche Vorschriften von anderen Leuten gefallen ließe. Worauf Mettie antwortete, Maggie habe ja noch nie einen eigenen Willen besessen, und wenn man so etwas nicht tat, dann berufe man sich eben auf Konventionen. Das hatte dann doch zu einer Verstimmung zwischen den beiden Damen geführt, aber Miss Maggies Beharrlichkeit hatte am Ende gesiegt. Dies alles lag natürlich Jahre zurück; aber Miss Repton war beim Tee heute Nachmittag darauf zu sprechen gekommen, als sie sagte:

»Mettie hat einen so beherrschenden Charakter. Sie ist ja sehr tüchtig, wissen Sie, aber wenn Sie es nicht so machen, wie sie es will, versucht sie Ihnen beizubringen, wie Sie es machen sollen. Sie meint es gut, und ich weiß, es ist ungerecht, sich deswegen mit ihr zu entzweien, aber manchmal, fürchte ich, tue ich es doch. Natürlich nicht jetzt, weil sie mir so Leid tut, die Arme. Sie und Roger und ich sind ja praktisch gemeinsam aufgewachsen, und sie liebte ihn ehrlich. Die gute Eleanor war ein gutes Stück jünger – Valentines Mutter, wissen Sie. Oh, Gott – wie viel Zeit ist inzwischen vergangen.«

»Sie müssen viele glückliche Erinnerungen an jene Zeit haben.«

Miss Maggie wischte sich eine Träne ab.

»Oh, ja, die habe ich. Aber die arme Mettie – ich sorge mich um sie, weil sie so ganz allein in ihrem Haus sitzt, und obwohl sie Miss Wayne als Nachbarin hat, hat Renie doch immer den Kopf voll mit ihren eigenen Sorgen, dass sie keine Zeit hat für den Kummer anderer Leute. Ich fragte Mettie, ob sie nicht hierher kommen möchte; aber sie sagte, das kann sie nicht, solange Scilla noch im Hause ist. Und ich fürchte, ich bin auch noch nicht im Stande, zu ihr zu gehen – noch nicht. Und da dachte ich mir, vielleicht – es würde ihr so gut tun, wenn Sie sie besuchten.«

Da ein Interview mit Mettie Eccles Miss Silver sehr erwünscht kam, zierte sie sich nicht, sondern erwiderte, es wäre ihr ein Vergnügen, Miss Eccles in Holly Cottage zu besuchen, falls Miss Eccles sich nicht durch sie belästigt fühlen würde, da sie ja für sie eine fremde Person sei.

»Oh, Sie haben mir trotzdem wunderbar geholfen«, sagte Miss Maggie voller Dankbarkeit. »Und sie wird Sie bestimmt nicht als Belästigung empfinden, wenn Sie ihr einen Korb voll *James Grieves* bringen. So ein hübscher Apfel, und sie mag diese Sorte so gern, nur ist er leider nicht lagerfähig, und deshalb bekommt sie ihn so selten in den Läden.«

Miss Silver hatte mit ihrem Apfelkorb den Anger zur Hälfte überquert, als Jason Leigh im Dämmerlicht vor ihr auftauchte. Zu ihrer Überraschung blieb er stehen, begrüßte sie mit ihrem Namen und sagte:

»Ich hätte gern ein paar Worte mit Ihnen geredet, Miss Silver.«

Dem gleichmütigen Ton ihrer Stimme hätte man nicht entnehmen können, wie unerwartet ihr das kam.

»Aber selbstverständlich, Mr. Leigh.«

Er kam nicht direkt zum Thema. Er sagte:

»Sie sind auf dem Weg zum Willow Cottage?«

»Ich werde mir dort noch ein paar von meinen Sachen holen, doch im Augenblick erfülle ich Miss Repton einen Wunsch und bringe Miss Eccles einen Korb voller Früchte.«

Er stand vor ihr auf dem Pfad und verstellte ihr den Weg.

»Miss Silver, ich glaube, da ist etwas, das Sie wissen sollten. Wenn Sie umkehren würden und mit mir zurückgingen bis zum Rand des Angers und mir dann gestatteten, Sie bis zur Tür von Holly Cottage zu begleiten? Dann hätte ich genügend Zeit, Ihnen zu sagen, was ich Ihnen mitteilen möchte, falls wir nicht zu schnell gingen.«

Miss Silver wollte sich umdrehen und den Pfad zurückgehen, den sie gekommen war, als Jason Leigh fragte:

»Darf ich Ihnen den Korb abnehmen?«

»Sehr freundlich! Und was wollten Sie mir mitteilen, Mr. Leigh?«

Sie hatte schon ein paarmal Gelegenheit gehabt, einige Worte mit Mr. Leigh zu wechseln, da er in den letzten beiden Tagen öfters im Herrenhaus gewesen war. Doch bisher war ihr nicht aufgefallen, dass er sich auch für sie interessieren könnte. Daher war sie nicht vorbereitet auf das, was er jetzt sagte:

»Ich glaube, ich sollte am besten damit anfangen, dass ich weiß, weshalb Sie hier sind.«

Mit einem kurzen, strengen Hüsteln erwiderte sie:

»Tatsächlich?«

Nach dieser Zwischenfrage fühlte er sich ermutigt, fortzufahren:

»Ich kenne Frank Abbott. Ich sprach mit ihm, als ich in London Zwischenstation machte. Er hielt es für richtig, mich einzuweihen, auf welcher Seite Sie stehen. Ich will ganz offen zu Ihnen sein – er macht sich Sorgen.«

Sie sagte in einem Ton, der zwischen Tadel und Rührung schwebte:

»Frank ist nicht immer bereit, anderen Leuten zu erlauben, das zu übernehmen, was er für eine Risiko hält.«

»Der Tod von Connie Brooke ist ihm in die Glieder gefahren. Und gestern Abend hatte er das große Flattern, als er mich anrief.«

Miss Silver distanzierte sich von dieser Ausdrucksweise, indem sie sagte:

»Sie meinen, er fürchtet, mir könnte etwas zustoßen?«

»Ja.«

»Ich halte diese Sorge für unbegründet. Ich hoffe, die Sache recht bald aufklären zu können, und bis dahin fühle ich mich verpflichtet, bei Miss Repton zu bleiben. Aber Sie wollten mit mir noch über etwas anderes reden, nicht wahr?«

»Ja, ich wollte – ja. Sagt Ihnen der Name James Barton etwas?«

»Durchaus, Mr. Leigh. Er bewohnt Gales Cottage, das Nachbarhaus von Miss Wayne. Er ist ein Frauenhasser und Eremit. Er hat sieben Katzen, die alle biblische Namen tragen, welche mit A beginnen. Sie begleiten ihn bei seinen nächtlichen Streifzügen.«

Sie hörte so etwas wie ein Lachen neben sich.

»Volltreffer! Dann brauche ich Ihnen nur noch zu sagen, dass er seit meinem zehnten Lebensjahr mein Freund ist, grundehrlich und anständig und absolut unfähig, einem

Mann, einer Frau, einem Kind oder einem Tier etwas zu Leide zu tun. Und wenn ich das sage, weiß ich, wovon ich rede.«

»Ja, Mr. Leigh?«

Jason fuhr fort:

»Ich komme gerade von ihm. Wir sprachen über die anonymen Briefe und die drei Todesfälle, die offenbar damit zusammenhängen.«

Sie hatten das Ende des Angers erreicht und kehrten wieder um. Lichter brannten in den Fenstern der Häuser, die den gegenüberliegenden Rand des Dorfangers säumten. Es war fast dunkel, und ein leichter Wind strich durch die Bäume. Jason fuhr fort:

»Er vertraute mir etwas an, das ich für wichtig halte. Er weigert sich, damit zur Polizei zu gehen. Ihre Position in dieser Angelegenheit – sie ist nicht offiziell?«

»Nicht ganz. Aber ich kann nicht Beihilfe leisten, etwas zu verheimlichen, was die Polizei wissen müsste.«

»Ich dachte mir, dass Sie so etwas antworten würden. Das Gleiche habe ich zu Barton gesagt. Das Ganze ist viel zu ernst, zu gefährlich, als dass ihm noch erlaubt sein dürfte, wichtiges Beweismaterial zurückzuhalten. Aber – und deshalb rede ich mit Ihnen – es ist keine Angelegenheit, die man der Polizeistation in Ledlington anvertrauen sollte. Sie verlangt Fingerspitzengefühl. Deshalb komme ich mit der Sache zu Ihnen, weil Sie direkt mit dem Chefkonstabler zu tun haben. Ich sagte Barton, dass ich so verfahren würde, und ich glaube, das hat ihn sehr erleichtert, obwohl er mir das nicht ausdrücklich sagte. Ich glaube, er hätte mir gar nichts gesagt, wenn er nicht wüsste, ich würde es schon in die richtigen Kanäle leiten.«

Miss Silver unterbrach ihn mit ruhiger Stimme:

»Und was hat er Ihnen nun anvertraut, Mr. Leigh?«

KAPITEL 36

Da Miss Eccles nur vormittags eine Hilfe im Haus hatte, und das nicht täglich, öffnete sie Miss Silver selbst die Tür. Sie hatte das Licht im Flur eingeschaltet, und es war ein großer Schock für Miss Silver, als Miss Eccles nun unter die Lampe trat. Sie hätte es nie für möglich gehalten, dass eine Frau sich in zwei Tagen so verändern kann. Miss Eccles war wie immer sorgfältig gekleidet und trug auch nicht Schwarz, doch das dunkelblaue Wollkostüm schien ihr zwei Nummern zu groß zu sein. Ihre Haare hatten ihre Elastizität und ihren Glanz verloren, und ihre blauen Augen wirkten stumpf. Miss Silver fühlte sich an eine Puppe erinnert, die zu lange im Regen gestanden hatte. Sie sagte mit teilnehmender Stimme:

»Darf ich ein paar Minuten hereinkommen, Miss Eccles? Miss Repton wollte Ihnen durch mich eine Nachricht zukommen lassen, und ich habe auch einen Korb mit Äpfeln bei mir, die ich Ihnen übergeben soll. Ich glaube, sie sagte, sie hießen James Grieves. Ich hoffe, ich habe den Namen richtig verstanden.«

Eine gute Kinderstube lässt sich nicht so rasch verleugnen. Obwohl Mettie Eccles nichts lieber getan hätte, als Miss Silver die Haustüre vor der Nase zuzuschlagen, mochte sie sich vor einer fremden Lady nicht so eine Blöße geben. Sie führte also ihre Besucherin in das Wohnzimmer mit blauen Vorhängen, einigen Möbelstücken von guter Qualität und einem Orientteppich, den ihr, wie Miss Silver wusste, Colonel Repton aus dem Fernen Osten mitgebracht hatte. Sein Muster enthielt keine weißen Farbtöne, sondern war überwiegend von dunkelblauer Farbe, welche durch kleine Partien aus Altrosa ein wenig aufgehellt wurden. Miss Silver überlegte, dass sich ein Schnipsel weißes Papier sehr gut von diesem Teppich abheben müsste.

Miss Eccles nahm ihr den Korb ab und kippte die Äpfel in eine Schale aus altem *Bleu de roi.* Sie hatte vorgehabt, die Sache im Stehen hinter sich zu bringen, aber da Miss Silver inzwischen Platz genommen hatte, blieb ihr keine andere Wahl, als sich diesem Verhalten anzuschließen.

»Miss Repton hoffte, Sie würden verstehen, dass sie Ihnen die Äpfel nicht persönlich bringen konnte. Dr. Taylor hat ihr jede Anstrengung untersagt.«

Mettie Eccles meinte trocken:

»Zu schade, dass Dr. Taylor uns kein Mittel gegen Anstrengung verschreiben kann.«

Miss Silver erwiderte ruhig:

»Ich glaube, man braucht keinen Arzt, um ein richtiges Rezept zu finden. Freundschaft und Anteilnahme helfen in solchen Fällen am besten, meinen Sie nicht auch? Miss Repton hat dieses Mittel gefunden. Sie bat mich, Ihnen zu sagen, wie froh sie über Ihren Besuch wäre.«

Mettie Eccles sah nicht so aus, als habe sie geweint. Ihre Augenlider hatten jene braune, vertrocknete Konsistenz, die typisch ist für tränenloses Leid. Unter diesen trockenen Lidern bekamen ihre Augen nun ein wenig Farbe – nicht ihr altes strahlendes Blau, sondern einen Ton kälterer Art, wie er Stahl eigen ist. Sie sagte:

»Nicht, solange diese Frau im Haus ist.« Die Worte kamen scharf und abgehackt.

»Sie meinen, Mrs. Repton? Miss Maggie sagte …«

Miss Eccles hob eine Hand.

»Ich weiß nicht, wie Maggie es fertig bringt, unter dem gleichen Dach mit seiner Mörderin zu essen, zu leben und zu schlafen!«

Miss Silver unterbrach sie mit ruhiger Autorität:

»Miss Eccles, glauben Sie wirklich, Mrs. Repton habe ihren Mann vergiftet?«

Mettie erwiderte mit einem schrecklichen kleinen Lachen:

»Glaubt das nicht jeder? Sie nicht auch?«

»Dann müssen Sie auch glauben, sie hätte diese anonymen Briefe verfasst.«

Miss Eccles starrte sie an:

»Was haben die mit dem Mord an Roger zu tun?«

»Alles! Sie sind die Ursache seines Todes. Colonel Repton wurde ermordet, weil er behauptete, er wisse, wer diese Briefe geschrieben hat.«

»Er wurde umgebracht, weil er sich von dieser Frau scheiden lassen wollte und sie von seinem Erbe ausschloss.«

Miss Silvers Autorität machte sich nun etwas deutlicher bemerkbar:

»Ich bin nicht dieser Meinung. Er wurde umgebracht, weil er wusste, wer diese Briefe geschrieben hatte. Genauso wie Connie Brooke und Doris Pell umgebracht wurden, weil sie gleichfalls dieses Wissen teilten.«

Miss Eccles war gewohnt, bei einem Gespräch den Ton anzugeben. Sie hatte einen schnellen Verstand und eine flinke Zunge. Es war für sie eine ganz neue Erfahrung, sprachlos zu sein. Sie sagte fast im Flüsterton:

»Ich weiß nicht, was Sie meinen.«

Miss Silver fuhr mit gelassener Stimme fort:

»Nur diejenige Person, die diese Briefe verfasste, hatte ein Interesse daran, die drei eben Genannten zu beseitigen. Haben Sie mal ein Exemplar dieser Briefe gesehen?«

Mettie Eccles antwortete: »Nein.« Und dann: »Warum sollte ich auch?«

»Vielleicht haben Sie selbst einen bekommen.«

Die herabhängenden Schultern hoben sich in einer Geste des Stolzes.

»Ich habe nie jemand einen Anlass gegeben, mir einen derartigen Brief zu schreiben. Niemand kann behaupten – kann sagen …« Ihre Stimme schwankte und riss ab. »Warum fragen Sie mich so etwas?«

Miss Silver fuhr in ihrem ruhigen Ton fort:

»Dann wissen Sie auch nicht, wie diese Briefe aussahen, nicht wahr? Sie können nicht wissen, ob dieses Papier von einem dieser Briefe stammt? Oder doch?«

Gleichzeitig hielt sie Miss Eccles ein Stückchen Papier hin, das aussah wie eine abgerissene Ecke von einem Blatt. Miss Eccles nahm ihr den Schnipsel aus der Hand und betrachtete ihn. Auf diesem dreieckigen Stückchen Papier waren mit ungelenker Hand die drei ersten Buchstaben von »Tilling« geschrieben, und vor dem zweiten »l« war das Papier durchgerissen. Da war nur noch ein Rand wie ein schartiges Messer.

»Ihnen ist so ein Stück Papier noch nie unter die Augen gekommen? Würde es Sie interessieren, zu erfahren, wo es gefunden wurde?«

Dabei sah sie Mettie Eccles gebannt an. Was sie erblickte, interessierte sie außerordentlich. Sie war unbefangen hierher gekommen, ohne Vorurteile und mit der großen Erfahrung, die Reaktionen fremder Menschen zu deuten und deren Gedanken zu lesen. Sie sah, was sie zu sehen hoffte. Sie sah eine Antwort auf das Problem, das zu lösen sie hierher gekommen war.

Miss Eccles Reaktionen verliefen in den Bahnen, die durch ihre wesentlichen Charakterzüge vorgezeichnet waren. Selbst unter den denkbar ungünstigsten Umständen der Trauer und des Schocks erwachte eine lebhafte Neugierde in ihr. Sie rief:

»Gütiger Himmel – Sie wollen doch nicht sagen, dass Sie auch so einen Brief bekommen haben!«

»Nein.«

»Dann also die arme Maggie. Was für eine Schande! Das ist die Höhe!«

Miss Silver erwiderte nüchtern:

»Ich möchte Ihnen gern eine Geschichte dazu erzählen. An dem Tag, als Doris Pell im Teich ertrank, machte sie in ihrer Eigenschaft als Schneiderin einen Besuch in einem Haus. Dort entdeckte sie so ein Stückchen Papier mit den ersten drei Buchstaben des Namens Tilling darauf und hob dieses Papier auf. Sie wusste sofort, was es bedeutete, weil sie selbst den Brief erhalten hatte, von dem dieses Stückchen Papier abgerissen worden war. Darf ich Sie bitten, mir meinen Schnipsel zurückzugeben?«

Miss Eccles reichte das kleine Stück Papier über den Tisch. Ihr Gesicht hatte ein wenig Farbe bekommen. Sie sagte mit einer Entschiedenheit, die ihre gegenwärtige Verfassung fast vergessen ließ:

»Aber das ist ja ungeheuerlich! Welches Haus war das?«

»Das kann ich Ihnen leider nicht sagen.«

Miss Eccles Brauen zogen sich zu einem Strich zusammen.

»Gütiger Himmel – das müssen Sie aber! Sehen Sie denn nicht, wie wichtig das ist? Warten Sie mal – sie war an jenem Nachmittag auch bei mir. Sie sollte mir den Besatz an meinen Nachthemden ändern, das arme Ding. Nun lassen Sie mich überlegen, wo sie sonst noch gewesen ist. Ich weiß, dass sie eine Bluse ins Herrenhaus brachte, die aber nicht richtig passte, sodass sie am Abend noch einmal dorthin musste. Auf dem Rückweg ist sie dann in den Bach gesprungen und ertrunken. So wurde es jedenfalls bei der Leichenschau festgestellt. Aber je mehr ich darüber nachdenke, umso weniger kann ich glauben – umso weniger bin ich überzeugt, dass Doris freiwillig ins Wasser gegangen ist.«

Miss Silver sagte:

»Welchen Eindruck machte Doris Pell an diesem Nachmittag auf Sie? War sie ihr gewohntes Selbst?«

»Moment – nein – das kann ich nicht sagen. Aber sie war nicht deprimiert oder melancholisch. Nicht so, wie ein Mädchen sein würde, wenn es sich mit Selbstmordgedanken trägt. Doris war ein sehr gläubiges Mädchen, wenn sie auch nicht oft zur Kirche ging. Nein, sie wusste, was für eine Sünde es ist, sich selbst das Leben zu nehmen. Ich hatte nur den Eindruck, dass sie sich über etwas aufgeregt haben musste. Vielleicht war Maggie ein bisschen streng zu ihr gewesen, weil die Bluse nicht richtig saß. Aber Selbstmord? Nein, daran dachte sie bestimmt nicht.«

KAPITEL 37

Miss Silver verließ Holly Cottage in dem Bewusstsein, ihren Auftrag erfüllt zu haben. Tatsächlich zwei Aufträge. Zum einen hatte das dreieckige Stückchen Papier, das von dem Brief aus Miss Maggies Schmuckkassette stammte und mit Hilfe eines angespitzten Streichhölzchens beschriftet worden war, seinen Zweck erfüllt; und zum anderen verließ sie dieses Haus in der Gewissheit, dass Miss Eccles' Lebensgeister dank ihres Besuchs wieder erwacht waren. Sie schritt den Plattenweg zum Gartentor hinunter, öffnete den Riegel und begab sich dann hinüber zur Haustür von Willow Cottage.

Miss Wayne öffnete noch viel zurückhaltender als Miss Eccles, indem sie bei vorgelegter Sperrkette erst einmal nachsah, wer draußen stand. Dann entschuldigte sie sich tausendmal, als sie Miss Silver auf der Vortreppe erkannte.

»Nein, das tut mir aber Leid! Es ist so unangenehm, wenn man im Dunkeln vor einer Tür warten muss. Aber ich fürchte, ich verliere immer so rasch die Nerven, wenn ich allein im Haus bleiben muss. Meine teure Schwester war ja so willensstark, und Joyce ist es auch. Aber – bitte, treten Sie doch ein.«

Als Miss Silver die Schwelle überschritt, nahm sie einen nicht ganz unbedenklichen Geruch war. Sie sagte:

»Könnte es sein, dass die Flamme an einer Kochstelle Ihres Gasherdes ausgegangen ist?«

Miss Wayne erwiderte etwas kleinlaut:

»Ich habe eben einen Topf aufgesetzt und ließ das Streichholz fallen, ehe sich das Gas entzündet hatte. Ich öffnete das

Küchenfenster, und ich hoffe, man wird es bald nicht mehr riechen können. Es gibt doch nichts Bequemeres als Gasherde; aber sie haben den Nachteil, dass sie riechen. Früher hatten wir überall Gas im Haus; doch Esther meinte, wir sollten doch lieber auf Strom umstellen, als die Leitungen im Dorf neu verlegt wurden. Sie meinte, Strom habe auch seine Nachteile; aber riechen würde man ihn nicht.«

Inzwischen waren sie im Wohnzimmer angelangt. Miss Silver schritt auf einen Sessel zu.

»Oh!« Miss Wayne wirkte überrascht. »Ich dachte, Sie wollten nur ein paar von Ihren Sachen abholen!«

»Auch das«, sagte Miss Silver, »doch vorher möchte ich noch eine Kleinigkeit mit Ihnen besprechen.«

Im Kamin brannte ein kleines Feuer. Miss Wayne setzte sich in ihren Sessel vor das Feuer.

»Oh, gern«, sagte sie. »Inzwischen gibt es ja so viel zu bereden. Wie geht es der armen Maggie? Und Valentine – wie schrecklich für so ein junges Mädchen, im letzten Augenblick auf die Hochzeit verzichten zu müssen! Ich habe mir doch gleich gedacht, dass etwas nicht stimmen kann, als der Bräutigam nicht zur Generalprobe erschien. Und diese Geschichte von dem Unfall! Nein – da merkte man doch gleich, dass er nur ihr Geld heiraten wollte. Und schließlich genügt es doch, dass ihre Mutter unglücklich verheiratet war. Niemand möchte der armen Valentine ein ähnliches Schicksal wünschen.«

»Gewiss«, sagte Miss Silver.

Renie Wayne zog ihr Taschentuch aus der Schürze und rieb damit ihre Nasenspitze trocken.

»Nicht dass Sie den Eindruck bekommen, ich würde jetzt klatschen. Meine teure Schwester war immer sehr empfindlich in diesem Punkt. Doch wenn es um Menschen geht, die einem so nahe stehen wie die Reptons, kann man doch gar nicht schweigen, nicht wahr? Und ist es nicht furchtbar, im Zimmer zu sitzen und zu stricken, ohne zu wissen, dass nebenan ein Mensch stirbt?«

»Ja, das ist furchtbar.«

»Und die arme Miss Eccles hatte ihm eben noch den Tee gebracht. Ich war natürlich bei ihr und wollte sie trösten, aber sie weigert sich strikt, Besuch zu empfangen. Und wie sie aussieht – man möchte kaum glauben, dass sie sich deswegen so sehr gehen ließe. Schließlich war er ja nicht ihr Mann, wenn sie ihn auch sehr geliebt hat. Man sollte ihr sagen, dass sie sich nicht so absondern darf, sonst kämen die Leute noch nachträglich auf dumme Gedanken.«

Miss Silver ließ ein leises Hüsteln hören.

»Nein, sie sollte sich nicht absondern.«

»Wir haben ja alle vor Augen, was passiert, wenn ein Mensch sich absondert. Man braucht ja nur zum Nachbarhaus hinüberzusehen. Dieser sonderbare Mr. Barton mit seinen schrecklichen Katzen – ich habe oft überlegt, ob ich wegen dieser Biester zur Polizei gehen soll. Die eine, die er Abimelech nennt, ist geradezu gemeingefährlich. Wissen Sie, Miss Silver, dass diese elende Kreatur mich sogar anfaucht? Erst heute Nachmittag …« Sie ließ den Satz wider Erwarten unbeendet und rieb sich mit dem Taschentuch die Augenwinkel. »Wahrhaftig, jemand sollte Mettie Eccles vor solchen Entwicklungen rechtzeitig warnen. Natürlich ist der Tod des armen Colonels ein schrecklicher Schock für uns alle gewesen …«

Vermutung ist eine Sache, Gewissheit eine andere. Eben noch war Miss Silver mit Jason Leigh um den Anger gegangen und hatte seine Worte im Ohr, dass Barton gesagt habe, es gäbe nur eine Person, die Abimelech anfauchen würde, aber den Namen dieser Person wollte er ihm um keinen Preis nennen. Und nun, hier in Miss Waynes Wohnzimmer, wurde ihr die Information geliefert, die Mr. Barton zurückgehalten hatte. Sie sagte:

»Mord ist eine schreckliche Sache, Miss Wayne.«

Renie Wayne fuhr auf eine leicht übertriebene Weise zusammen.

»Mord? Oh, nein, es war Selbstmord. Denn seine Frau – Sie werden das inzwischen sicher gehört haben – seine Frau wollte sich von ihm scheiden ...«

»Colonel Repton wurde ermordet.«

»Oh, nein ...«

Miss Silver fuhr entschieden fort:

»Er wurde ermordet, weil er gesagt hatte, er wisse, wer diese anonymen Briefe geschrieben habe. Es ist heute nicht mehr möglich, nachzuprüfen, ob er das tatsächlich wusste. Nur wurde er belauscht, als er das sagte, und weil das überall im Dorf bekannt wurde, wurde er ermordet – genauso wie Doris Pell und Connie Brooke, die beide wussten, wer diese Briefe verfasst hatte.«

»Oh – oh – wie schrecklich. Sind Sie dessen ganz sicher?«

»Ja, das bin ich«, sagte Miss Silver, öffnete ihre schäbige Handtasche und entnahm ihr das kleine Papierdreieck, das sie eben Miss Eccles gezeigt hatte. Sie hielt es nun Irene Wayne vor das Gesicht.

»Möchten Sie gern wissen, unter welchen Umständen dieses Stück Papier gefunden wurde?«

Die kleinen Augen richteten sich auf die Hand und das, was darauf lag.

»Nein – nein. Was ist das? Ich habe nicht die leiseste Ahnung ...«

Miss Silver sagte:

»Da muss ich Ihnen widersprechen. Ich glaube, Sie haben ein ähnliches Stück Papier schon einmal gesehen. In der Hand von Doris Pell. Es war das Stück Papier, das ihr den Tod brachte.«

Und plötzlich, als würde ein Bild sich vor ihren Augen auflösen, sah Miss Silver nicht mehr Irene Wayne vor sich sitzen, sondern ein Frettchen mit glitzernden, grausamen Augen und zuckender Nasenspitze. Es war ein Frettchen, das bisher nur mit einem Maulkorb jagen und in einem Käfig leben durfte. Nun aber war es von seinen Fesseln befreit und beschnüffelte eine Beute, die sich in seinen Bau verirrt hatte und der es an die Gurgel gehen konnte. Zuerst ein Krampf, der an Entsetzen erinnerte, und dann fast ein Fauchen:

»Wer gab Ihnen das? Wer gab Ihnen das?«

Miss Silver antwortete:

»Jemand hat es mir gegeben, Miss Wayne.«

Das kleine Gesicht war verzerrt vor Wut, vor Angst, und dann abermals vor Wut.

»Was, glauben Sie, werden Sie damit anfangen?«

»Es gibt nur eines, was ich damit anfangen kann.«

»Aber das werden Sie nicht tun!«, sagte Renie Wayne mit ihrer kleinen, aber schrillen Stimme. »Das werden Sie nicht tun, weil ich Sie daran hindern werde! Sie halten sich wohl für sehr klug, hierher zu kommen und Ihre Nase in Sachen zu stecken, die Sie nichts angehen! Aber ich bin auch nicht von gestern! Das glaubten Sie wohl nicht, aber daran sollten Sie jetzt lieber denken! Keiner von diesen dummen Leuten hat daran gedacht! Nein, um Miss Renie braucht sich niemand zu kümmern! Esther wurde ins Komitee gewählt und Mettie Eccles und diese vorlaute Nora Mallett. Und wenn sie eine Vorsitzende brauchten, war es immer eine von den dreien. Doch niemals kam einer auf die Idee, auch mich mal zu fragen. Nein, ich war immer diejenige, die man nicht zu fragen brauchte. Maggie hat mich ja nicht mal zur Party damals vor der Hochzeit eingeladen! Ich ließ mir nicht anmerken, dass ich auch gern dabei gewesen wäre – nein, so dumm bin ich nicht. Aber ich fand einen Weg, sie alle zu bestrafen!« Ihre Stimme sank zu einem heiseren Flüstern herab: »Vor langer Zeit – oh, vor so langer Zeit – in Little Poynton – fing ich damit an. Es war so einfach. Doch Esther ertappte mich dabei und verbot mir, diese Briefe zu schreiben. Aber dann, als sie tot war, konnte ich machen, was ich wollte!«

Ihre Stimme hatte sich mit diesem letzten Satz vollkommen verwandelt. Sie war von einer grauenhaften Munterkeit, und ein Lächeln zog ihre vertrockneten Lippen auseinander. Sie warf ihr Taschentuch in die Luft und fing es wieder auf.

»Sie ahnen gar nicht, wie viel Spaß ich damit hatte!«, sagte sie. »Niemand wusste davon! Ich zog ein schwarzes Kleid an und weinte, wenn Leute mich besuchten. Aber sobald ich wieder allein war, schüttelte ich mich aus vor Lachen. Eine von diesen Damen hat mich mal eine kleine vertrocknete Made genannt – ich habe es selbst gehört! Ich wusste etwas von ihr – eine Geschichte, die schon Jahre zurücklag. Ich schickte ihr einen von diesen Briefen – und als ich sie das nächste Mal in der Kirche sah, da trug sie die Nase nicht mehr so hoch – nein, ganz und gar nicht! Das war der größte Spaß an der Sache, die Leute zu beobachten, wenn sie einen Brief bekommen hatten!«

Miss Silver hatte sie mit wachsender Besorgnis betrachtet. Ein gestörter Geist war, vermutlich für immer, vollends aus dem Gleichgewicht geraten. Im Augenblick jedenfalls waren Angst vor Entdeckung, die Schande und Vergeltung nach sich ziehen mussten, und Egozentrik zu einer Mischung geworden, die sich als Selbstvergötzung einer Kriminellen äußerte.

Irene Wayne redete und redete:

»Doris Pell war ein dummes Mädchen. Wenn Leute so dumm sind wie Doris Pell, ist es erheiternd, sie noch ein bisschen zu erschrecken. Sie mochte mich nicht. Ich merkte es ihr an, als wir mein blaues Kleid anprobierten. Sie mochte mich nicht anfassen. Ich schickte ihr zwei Briefe, dass jeder im Dorf wüsste, was für ein liederliches Mädchen sie wäre. Na, das hat ihr gar nicht gefallen!« Sie kicherte schrill. »Aber dann hielt sie sich für schrecklich klug, als sie das Papierstück fand, das aus Versehen von einem Brief abgerissen worden war. Und wenn Sie sich nun auch für so schrecklich klug halten, dann denken Sie an Doris Pell. Was ist ihr passiert – na?«

Miss Silver sagte ernst:

»Sie haben sie von der Brücke heruntergestoßen, und sie ertrank.«

Irene Wayne lachte – ein schreckliches Lachen.

»Ja, sie schlug sich den Kopf an einem Stein auf und ertrank. Ja, ich kann Menschen bestrafen. Ich habe auch Connie Brooke bestraft. Sie wollte im Dorf herumerzählen, wer die Briefe geschrieben hat. Esther nahm Schlaftabletten, bevor sie starb. Ich erzählte dem Arzt, ich hätte sie weggeworfen; aber das habe ich nicht. Und wussten Sie, dass mein Hausschlüssel auch zur Hintertür des Kindergartens passt? Ich brauchte also nur in Connies Haus zu gehen, als sie sich bei der Party im Herrenhaus amüsierte, und Esthers Tabletten in ihrem Schlaftrunk aufzulösen.

Und Colonel Repton war auch so dumm, seinen Whisky unbeobachtet herumstehen zu lassen. Bei ihm wären Schlaftabletten nicht das richtige Mittel gewesen. Aber ich erinnerte mich an das Zeug, das Esther vor zwei Jahren gegen das Wespennest im Birnbaum benützte. Ich hatte das Zeug in einem kleinen Fläschchen bei mir, als wir zur Handarbeits-Party gingen. Ich saß im Salon und stickte weißes Leinen. Dazu mussten meine Hände sauber sein, und ich hatte einen Fleck am Finger. Als ich in den Korridor hinausging, um meine Hände zu waschen, kam gerade der Colonel aus seinem Arbeitszimmer. Er ging zur Toilette. Und statt mir die Hände zu waschen, schlüpfte ich in die Bibliothek und mischte das Zeug unter seinen Whisky auf dem Schreibtisch. War überhaupt nichts dabei. Kein Mensch hat mich hinein- und hinausgehen sehen.«

Miss Silver erhob sich aus dem Sessel. Sie hatte genug gehört.

Miss Wayne fuhr fort:

»Sie glauben wohl, Sie könnten jetzt hinausgehen ins Dorf und eine Menge Lügen über mich verbreiten? Aber Sie nehmen doch nicht an, dass ich das zulassen werde, nicht wahr?«

Miss Silver sagte mit ihrer ruhigen Stimme:

»Sie können mich nicht daran hindern.«

Wieder dieses schreckliche Lachen!

»Ich kann nicht? Das wollen wir mal sehen! Es war sehr dumm von Ihnen, heute Abend zu mir zu kommen. Ich war nämlich dabei, ein wichtiges Geschäft zu erledigen. Sie haben das Gas gerochen, als Sie ins Haus kamen ...«

Miss Silver spürte einen Moment lang eine echte Beklemmung; doch ihre Stimme erwiderte mit gleichbleibender Ruhe:

»Ja?«

Miss Wayne plusterte sich auf:

»Oh, ja, das *haben* Sie. Aber der Geruch kam nicht vom Gasherd, da haben Sie sich gründlich geirrt. Der hübsche große Wandschrank neben dem Wassertank, den haben wir einbauen lassen, als die neue Installation eingerichtet wurde. Und dort ist ein Gasrohr mit einem Brenner. Esther wollte das Rohr nicht abmontieren lassen, weil wir damit die Wasserrohre warm halten konnten, wenn es wirklich kalt wurde. Aber wenn wir den Brenner einschalteten, wurde sie nervös. Dann stand sie nachts auf und schaute nach, ob die Flamme nicht ausgegangen war. Aber ich sagte zu ihr: ›Du merkst es doch an dem Geruch, wenn er ausgeht. Du schläfst doch gleich nebenan.‹ Und jetzt kommt mir dieser Anschluss sehr gelegen. Der Hahn ist aufgedreht und der Wandschrank zugeschlossen. Und das Gas kann nicht entweichen, weil der Wandschrank kein Fenster hat.«

Miss Silver benützte den kräftigsten Ausdruck, den sie in ihrem Wortschatz duldete. »Du meine Güte!«, rief sie.

Und dann: »Sie sollten ihn lieber abdrehen, oder es wird eine Explosion geben.«

Tasächlich war der Geruch inzwischen auch im Wohnzimmer sehr streng geworden. Mit zwei Schritten war sie beim Fenster, riss die Vorhänge zurück und öffnete das Fenster. Die Nachtluft strömte frisch und kalt ins Zimmer.

KAPITEL 38

Jason Leigh hatte sich im Herrenhaus von Valentine verabschiedet. Eine eigenartige Unruhe trieb ihn dazu, seinen Besuch abzukürzen. Er hatte Valentine nur sagen wollen, dass die Polizei daran dächte, Scilla Repton zu verhaften. Für Valentine war das ein großer Schock gewesen, denn sie mochte nicht daran glauben, dass Scilla ihren Mann umgebracht hatte.

»Jason, das ist unmöglich – das können sie nicht tun – nicht wegen Roger!«

Und er: »Vielleicht können sie nicht anders – zu viele Indizien sind zusammengekommen. Sie müssen etwas tun ...«

Und dann war er rasch fortgegangen, von einem Gefühl getrieben, als habe ihn ein kalter Luftzug in einem geheizten Zimmer überrascht.

»Ich will nur Miss Silver bei Miss Wayne abholen und sie zum Herrenhaus begleiten!«, rief er noch über die Schulter und lief schon über die Brücke, wo Doris Pell über das Geländer ins Wasser gestürzt war.

Er sah das hell erleuchtete Wohnzimmerfenster von Willow Cottage, von dem die Vorhänge zurückgezogen waren. Er lief den Gartenweg entlang und sah, dass das Fenster weit offen stand. Miss Silver, die das Fenster gerade geöffnet hatte, drehte ihm den Rücken zu. Renie Wayne stand an der Tür. Ihr Gesicht war verzerrt, ihre Stimme schrill:

»Das Gas im Wandschrank ist angedreht, und die Tür ist abgesperrt. Und wissen Sie, was ich in diesem Schrank eingeschlossen habe? Wissen Sie, wer jetzt sterben muss? Ja, sterben muss, wenn Sie nicht gleich das Fenster schließen, die Vorhänge zuziehen und feierlich auf die Bibel schwören, dass Sie morgen abreisen und nicht ein Wort, nicht ein einziges Wort von dieser Lügengeschichte erzählen, die Sie sich ausgedacht haben? Sie brauchen mich gar nicht so anzusehen, weil Sie die Tür nicht aufschließen können, um ihn aus dem Schrank zu befreien. Denn ich habe den Schlüssel versteckt, und die Tür ist aus dickem Holz. Sie können unmöglich den Schrank noch rechtzeitig aufbrechen, um ihm das Leben zu retten.«

Miss Silver rückte einen kleinen, fast unmerklichen Schritt auf die Tür zu. Sie sagte mit ihrer ernsten, ruhigen Stimme:

»Wem würde ich das Leben retten?«

Miss Wayne kicherte. »Wem wohl. Wer könnte es anders sein als der kleine David? Joyce brachte ihn zu mir, weil sie sich mit Penny Marsh im Croft Cottage treffen wollte. Sie hat nur noch Flausen im Kopf. Sie glaubt, sie könnte Connies Platz im Kindergarten einnehmen, statt mir dafür dankbar zu sein, dass ich ihr ein Heim geboten habe. Statt für meine Bequemlichkeit zu sorgen, will sie jetzt fremde Kinder betreuen. Eine undankbare Person! Ich bin schon länger nicht mehr zufrieden mit ihr, und ich wollte sie dafür bestrafen. Deshalb schaltete ich das Gas ein und sperrte David in den Wandschrank. Aber ich gebe Ihnen den Schlüssel, wenn Sie versprechen, nichts von den Briefen zu erzählen, nichts von Connie oder dem Colonel.«

Jason kam im Hechtsprung durchs Fenster. Renie Wayne stieß einen Schrei aus und wich bis zur Tür zurück. Als er sie bei den Schultern packte, kämpfte sie wie eine in die Enge getriebene Ratte.

Miss Silver lief an ihnen vorbei und dann die enge Stiege hinauf. Da Renie Wayne allein im Hause gewesen war, hatte sie keinen Grund gehabt, den Schlüssel zum Wandschrank zu verstecken. Sie hoffte und betete, dass er im Schloss stecken möge.

Als sie den Treppenabsatz im Oberstock erreichte, wurde der Gasgeruch fast unerträglich. Sie schaltete das Licht ein. Vor ihr war das Fenster, das zum Haus von Miss Eccles hinaussah. Sie riss es auf, während sie den Atem anhielt, weil die Wände plötzlich dazu neigten, sich wie ein Karussell in Bewegung zu setzen. Sie steckte den Kopf durch das Fenster und saugte die Lungen voll frischer Luft. Dann drehte sie sich wieder in den Flur hinein, und der Blick war wieder klar. Rechts sah sie den Wandschrank, und der Schlüssel steckte! Bisher hatte sie alles rein instinktiv getan, ohne daran zu denken, was sich in diesem Wandschrank befand. Sie musste erst das Gas entweichen lassen, damit das Haus nicht in die Luft flog.

Sie öffnete die Schranktür, und diese schwang nach außen.

Es war ein tiefer Wandschrank voller Schatten. Der Kopf schwamm ihr wieder von dem Gas, das sie einatmen musste. Sie tastete im Schrank herum, bis sie den Brenner fand und das Ventil zudrehen konnte. Dann trat sie in den Schrank, der so geräumig war wie eine Kammer. Sie bückte sich nach dem Ding, das da auf dem Boden lag. Ihre Hände strichen über etwas Raues und dann über den Henkel, der zu einer altmodischen Reisetasche gehörte. Sie zog daran und zerrte mit letzter Kraft und eisernem Willen die Tasche und was darin eingeschlossen sein mochte, bis zum offenen Fenster des Flurs. Die Tasche war schwer; aber nicht schwer genug, dass sie den Körper eines kleinen Jungen enthalten konnte. Sie kämpfte mit Riemen und Schnallen und hob den Kopf wieder über das Fensterbrett. Der Wind umspielte ihr Gesicht, und ihr Kopf wurde abermals klar. Als sie die Bügel der Tasche auseinander zog, sah sie den Körper einer getigerten Katze.

Jason Leigh, der, drei Stufen auf einmal nehmend, die Treppe heraufstürmte, sah, wie Miss Silver versuchte, Abimelech aus dem Fenster zu halten, damit er frische Luft atmen konnte.

KAPITEL 39

Es war mehr als beruhigend für Miss Silver, sich wieder in der vertrauten Umgebung ihres Wohnzimmers in Montague Mansions zu wissen.

Frank Abbott war bei ihr, und Hannah hatte zum Tee ihre ausgezeichneten Sandwiches serviert.

»Mir war gar nicht wohl bei dem Gedanken, sie nach Tilling Green geschickt zu haben, als die Nachricht von Connie Brookes Tod hier eintraf. Hätte ich gewusst, dass ich Sie bei dieser Giftspritzerin einquartiert habe – oh, Himmel!«

»Mein lieber Frank!«

Er lachte.

»Man kann nie bei Ihnen Tee trinken, ohne sofort auf das Thema zu kommen, das uns beide bewegt. Sie hatten diese Renie gleich in Verdacht? Offen gestanden wäre ich nie auf diese Idee gekommen.«

Miss Silver schüttete noch etwas Milch in ihre Tasse. Hannah neigte dazu, den Tee etwas kräftiger aufzubrühen, wenn Frank Abbott zu Besuch kam.

»Es bestand ja tatsächlich eine Beziehung zwischen ihr und dem ähnlichen Ausbruch einer Verleumdungskampagne durch anonyme Briefe, die vor fünf Jahren in Little Poynton stattfand. Eine alte Tante von Miss Wayne wohnte damals in dem kleinen Dorf, welche die beiden Schwestern regelmäßig zu besuchen pflegten. Miss Renie versuchte im Verlauf eines Gesprächs mit mir, den Verdacht auf die Posthalterin des Dorfes zu schieben. Als ich sie fragte, ob es Beweise für deren Täterschaft gegeben hätte, wurde sie ungewöhnlich nervös. Sie sagte, sie gäbe nur ein Gerücht wieder, das damals im Dorf umlief, und ihre Schwester wäre immer sehr verbittert über sie gewesen, wenn sie dieses Gerücht vor anderen Leuten wiederholte.«

»Und deshalb verdächtigten Sie sie?«

Miss Silver antwortete nach einem kurzen Schweigen:

»Ich überlegte, dass ihre Nervosität in keinem Verhältnis zu so einem belanglosen Gerücht stünde, das, wie meine eigenen Nachprüfungen ergaben, vollkommen haltlos war. Und, wie ich eben schon sagte, es bestand eine Verbindung zwischen Miss Renie und diesem Dorf.

Dann, nach dem Tod der Kindergärtnerin und Roger Reptons, gehörte sie zu den vier Personen, die für eine Täterschaft ernsthaft in Frage kamen. Diese Personen waren Mrs. Repton, Miss Eccles, Miss Wayne und Mr. Barton. Wäre nur der Fall Repton zu klären gewesen, hätte die Polizei zweifellos Mrs. Repton als Täterin festnehmen müssen. Doch zwischen ihr und den anderen beiden Morden bestand nur ein sehr lockerer Zusammenhang. Für den Giftmord an Connie Brooke kamen nur Miss Eccles, Miss Wayne und Mr. Barton in Frage, wobei ich gestehen muss, dass ich Mr. Barton nie ernsthaft in Betracht zog. Sein einziges Motiv, Connie Brooke zu ermorden, hätte darin bestanden, seine Entlarvung als anonymer Briefschreiber zu verhüten. Jedoch nach meinem Gespräch mit Miss Pell war klar, dass Connie Brooke und Doris Pell das Beweisstück für die Entlarvung dieses Täters nicht auf Mr. Barton bezogen, weil Doris Pell es in einem Haus gefunden hatte, in dem eine ihrer Kundinnen wohnte. Also schied Mr. Barton für mich als Täter aus.«

»Aber Doris Pell hatte doch auch das Herrenhaus besucht, ja, sie wurde sogar vor dessen Tür ermordet. Kam für Sie wirklich kein Mitglied dieses Haushalts als Täter in Frage?«

»Mrs. Repton, wie ich schon vorhin sagte, hatte keinerlei Beziehung zu Connie Brooke und hätte niemals deren Kakao vergiften können. Sie wurde selbst durch einen anonymen Brief bloßgestellt, handelte sich dadurch eine Änderung des Testaments ihres Mannes zu ihren Ungunsten ein und war erheblich mehr von dem Tod ihres Mannes erschüttert, als sie nach außen hin zu zeigen bereit war. Sie trat die Flucht nach vorne an und forderte die Polizei bei den Verhören durch geharnischte Antworten heraus. Sie war sich keineswegs der Gefahr bewusst, als Mörderin verhaftet zu werden. Ihre herausfordernde Haltung stand im krassen Widerspruch zu der seelischen Konstitution eines anonymen Briefschreibers, der nicht wagt, für seine Behauptungen mit seiner Person einzustehen.«

»Und auch sonst kam niemand in Betracht, der diese Briefe geschrieben haben könnte?«

»Oh, nein! Miss Maggie ist die Güte in Person und Valentine ein bezauberndes Mädchen.«

Er lachte.

»Jason kann sich freuen. Leicht wird sie es nicht mit ihm haben. Er ist schon ein sonderbarer Vogel.«

Sie ging auf diese Bemerkung nicht ein, sondern fuhr fort:

»Blieben nur zwei Verdächtige übrig, die in den Häusern wohnten, die Doris Pell kurz vor ihrem Tod besucht hatte. Das waren Miss Eccles und Miss Wayne. Beide hätten Doris Pell von der Brücke stoßen, beide Connie Brookes Kakao vergiften können. Sie hatten auch beide Gelegenheit, den Whisky von Colonel Repton zu vergiften, da sie bei der Handarbeits-Party zugegen waren. Miss Eccles brachte ihm sogar den Tee in die Bibliothek. Und beide kamen auch von ihrer seelischen Disposition her für eine Urheberschaft der anonymen Briefe in Frage. Um eine endgültige Klärung herbeizuführen, griff ich zu einem Experiment.«

»Sie fälschten eine Beweisstück.«

»Mein lieber Frank!« Ein leichter Tadel schwang durch Miss Silvers Stimme.

»Ich nehme das zurück, Madam. Sie benützten die Ecke eines Beweisstückes, beschrifteten sie mit einem Streichholz und versuchten damit, einen Verdächtigen aus der Reserve zu locken.«

»Damit bin ich einverstanden, lieber Frank. Ich baute darauf, dass die Person, die ein ähnliches Stück Papier schon einmal in der Hand von Doris Pell gesehen hatte, eine starke Reaktion zeigen würde. Ich ging damit zuerst zu Miss Eccles. Deren Reaktion war sehr offen und natürlich. Trotz ihres Kummers und ihrer Trauer über den Tod des Colonels, den sie sehr geliebt hatte, zeigte sie eine lebhafte Neugier für dieses Stückchen Papier und wollte unbedingt wissen, wie ich in den Besitz dieses Schnipsels gekommen sei.

Miss Waynes Verhalten war ganz anders. Zunächst verriet sie sich schon dadurch, dass sie das Verhalten der Katze Abimelech für gemeingefährlich hielt, weil dieses Tier es wagte, sie anzufauchen. Und dann, als ich ihr das Papier präsentierte, erlebte ich ihren seelischen Zusammenbruch. Sie war zunächst starr vor Entsetzen und fing dann an, zu prahlen, wie sie alle Personen, von denen sie sich zurückgesetzt oder gekränkt fühlte, bestraft hätte. Als die Polizei eintraf, war sie ganz offensichtlich dem Wahnsinn verfallen. Miss Esther Wayne musste von dem Zustand ihrer Schwester Renie und deren Briefen gewusst haben, die sie fünf Jahre zuvor in Little Poynton verschickt hatte.«

Frank Abbott referierte:

»Es gab damals zwei Selbstmorde in diesem Dorf. Miss Wayne hätte der Polizei sagen müssen, was sie wusste.«

Miss Silver griff nach ihrem Strickzeug.

»Sie hätte drei Menschen das Leben retten können. Doch wenige Menschen sind geneigt, ihre privaten Gefühle dem öffentlichen Wohl unterzuordnen.«

»Hoffentlich konnte sich wenigstens Abimelech von ihrem Schock wieder erholen.«

Miss Silver lächelte.

»Sie ist die Jüngste der sieben, und da die Reisetasche, in der Miss Wayne sie eingeschlossen hatte, luftdicht schloss und sehr geräumig war, konnte das Gas nicht so rasch zu ihr vordringen. Sie hat das Attentat recht gut überstanden, wie ich mich selbst überzeugen konnte, als Mr. Barton mir auch die anderen Katzen vorstellte. Übrigens kocht er einen ausgezeichneten Tee.«

»Meine liebe Madam – Sie wollen doch damit nicht sagen, dass Sie sein Haus betreten durften?«

Miss Silver lächelte.

»Er sagte, falls ich wieder mal nach Tilling Green käme, sei ich jederzeit bei ihm willkommen.«